范小青

2020.7.28

走向世界的中国作家

合租者

范小青 著

文化发展出版社
Cultural Development Press

图书在版编目(CIP)数据

合租者/范小青著.—北京:文化发展出版社,2020.5

ISBN 978-7-5142-2965-3

Ⅰ.①合… Ⅱ.①范… Ⅲ.①长篇小说－中国－当代
Ⅳ.①I247.5

中国版本图书馆CIP数据核字(2020)第034184号

合租者 HEZU ZHE

范小青 著

出 版 人:武 赫
策划编辑:肖贵平
责任编辑:孙 烨
责任校对:岳智勇
责任印制:杨 骏
封面设计:郭 阳
排版设计:辰征·文化

出版发行:文化发展出版社(北京市翠微路2号 邮编:100036)
网 址:www.wenhuafazhan.com
经 销:各地新华书店
印 刷:天津嘉恒印务有限公司
开 本:880mm×1230mm 1/32
字 数:285千字
印 张:11
版 次:2020年6月第1版 2020年6月第1次印刷
定 价:68.00元
I S B N:978-7-5142-2965-3

◆ 如发现任何质量问题请与我社发行部联系。发行部电话:010-88275710

不仅是为了纪念

——“走向世界的中国作家”文库总序

野莽

在一切都趋于商业化的今天，真正的文学已经不再具有二十世纪八十年代的神话般的魅力，所有以经济利益为目标的文化团队与个体，像日光灯下的脱衣舞者表演到了最后，无须让好看的羽衣霓裳作任何的掩饰，因为再好看的东西也莫过于货币的图案。所谓的文学书籍虽然也仍在零星地出版着，却多半只是在文学的旗帜下，以新奇重大的事件，冠以惊心动魄的书名，摆在书店的入口处，引诱对文学一知半解的人。

这套文库的出版者则能打破业内对于经济利益的最高追求，尝试着出版一套既是典藏也是桥梁的书，为此做好了经受些许经济风险的准备。我告诉他们，风险不止于此，还得准备接受来自作者的误会，此项计划在实施的过程中不免会遭遇意外。

受邀担任这套文库的主编对我而言，简单得就好比将多年前已备好的课复诵一遍，依照出版者的原始设计，一是把新时期以来中国作家被翻译到国外的，重要和发生影响的长篇以下的小说，以母语的形式再次集中出版，作为中国当代文学的经典收藏；二是精选这些作家尚未出境的新作，出版之后推荐给国外的翻译家和出版家。入选作家的年龄不限，年代不限，在国内文学圈中的排名不限，作品的风格和流派不限，陆续而分期分批地进入文库，每位作者的每本容量为十五万字左右。就我过去的阅读积累，我可以闭上眼睛念出一大片在国内外已被认知的作品及其作者的名字，以及这些作者还未被翻译的本世纪的新作。

有了这个文库，除为国内的文学读者提供怀旧、收藏和跟踪阅读的机会，也的确还能为世界文学的交流起到一定的媒介作用，尤其国外的翻译出版者，可以省去很多在汪洋大海中盲目打捞的精力和时间。为此我向这个大型文库的编委会提议，在编辑出版家外增加国内的著名作家、著名翻译家，以及国外的汉学家、翻译家和出版家，希望大家共同关心和参与文库的遴选工作，荟萃各方专家的智慧，尽可能少地遗漏一些重要的作家和作品，这个方法自然比所谓的慧眼独具要科学和公正得多。

遗漏总会有的，但或许是因为其他障碍所致，譬如出版社的版权专有，作家的版税标准，等等。为了实现文库的预期目的，在全书的编辑出版过程中，出版者会力所能及地逐步解决那些障碍，在此我对他们的倾情付出表示敬意。

2018年5月12日改于竹影居

目　录

遍地痕迹

在危重病房醒过来，已经是三天以后了。

因为头部重创，当天晚上发生的事情，全部丢失了，他唯一记得的一个场景，一个印象，就是他推着自行车从家里出来，回头看时，父亲站在家门口朝他挥手。

天色已渐渐地暗下来。

时间虽然不算太晚，但是山区的天，黑得早。

其他所有的一切，全部断片了。

幸好有另一个当事人，刘英。

根据刘英的叙述，和赶来医院的张强父亲的补充，才完整地还原了事情的经过。

在县城工作的张强接到父亲的电话，说隔壁李叔有事找他商量，电话里三句两句说不清，他最近如果能够抽空，最好回去一趟。

张强知道是什么事。李叔的女儿娟子今年高考，娟子的成绩是不用担心的，在县中一直名列前茅，关键是娟子在填志愿的问题上不听大家的意见，她自作主张，想学考古，如果真的学了考古专业，那娟子今后的人生的方向，离家乡，离亲人，离张强，就会很远很远了。

这让一辈子生活在山村的父母和村里人都觉得不可理解，不可接受。

李叔想让张强劝劝她。娟子从小个性强，向来自作主张，要说有人说话她能听进去一点，也就是张强了。

张强和娟子从小一起长大，两人亲如兄妹，娟子从会说话以来，就一直喊他哥。

张强是村子里走出去的为数不多的大学生，读的是警官学校，毕业后回到县公安局，在刑警大队工作，他是村里的骄傲，是父母的骄傲，更是娟子的骄傲和榜样。

其实在这之前，张强和娟子已经通过电话，一向听张强话的娟子，这回却怎么也听不进劝，坚持要学考古。

这让张强感觉有点奇怪，隐隐约约觉得这里边是有原因的，但到底是什么原因，张强还没来得及细想，就接到了父亲的电话。

那两天他正在参与一件大案的侦破工作，到了关键的时刻，一时走不了，耽误了两天，等到案子一告破，张强立刻请了假赶回村子去。

可惜他已经迟了。

这天一大早，娟子已经走了。这是填高考志愿的日子，老师把参加高考的同学集中到学校，指导大家填志愿。

张强到家，李叔也在，张强听说娟子已经去填志愿了，有些着急，李叔却告诉他，不用担心了，娟子已经听了劝，不打算报考古专业了，更何况，娟子高考发挥得好，分数超出了大家的预期，填报一流大学的任何专业都是绰绰有余的。

这事情也就尘埃落定了，不过张强还是关心地问了一下，老师到底建议娟子填哪几所学校和专业，李叔有点难为情，他也说不太清。

张强笑着说，李叔，你只负责高兴就行。

李叔的确高兴，女儿辛苦这么多年，总算要熬出头了。不说其他，单说娟子在县中上学的这三年，李叔一家人不知道担了多少心。

县城虽然不算太远，但是路不好走，前些年山区修了盘山公路，通了汽车，如果走盘山公路绕行，那就必须搭乘汽车，否则一两个小时也走不到家。

娟子刚上高一的时候，还没有什么自信，虽然功课不错，但是她的山里口音和穿着打扮，受到一些女同学的嘲笑，比较孤立，所以那时候娟子老想着回家，可是回家太不方便，家里经济条件也差，也没有多少钱让她可以经常乘坐长途车。

有一天半夜，家里人听到有人敲门，爬起来一看，娟子居然回来了，赫然就站在门口，问她是怎么回来的，她笑呵呵地说是搭了一辆从县城过来的货车，就坐在副驾驶的位子上回来的。

这可把家里人吓坏了，好在娟子是遇上了好人，福大命大，没有出事，还十分顺利。

但是家里人越想越后怕，娟子实在太让人操心。那时候张强已经是警官学院大三的学生了，他还记得，刘叔专门给他写了信，求他劝劝娟子，不要再冒险，吓死人了。

他已经有手机了，但是娟子还没有，他就给娟子所在的县中打电话，值班的老师把娟子叫来后，娟子一听，顿时笑了起来，说，哥啊，你胆子也太小了，你考的是警校吗？你今后出来是要做警察吗？

张强说，娟子，这不是胆子大小的事情，这是防范意识，没有防范意识，迟早要出事的。

娟子继续笑道，哥，你这是咒我要出事罢。

张强急了，说，娟子，我怎么会咒你呢，可是你的防范意识太——就算你自己不怕，可是你想想你家里人，你爸你妈，一直在为你担惊受怕——

好了好了，哥，我答应你，娟子爽快地说，至少，我向你保证，我不会再搭陌生人的车回家。

虽然娟子嘴上答应，可张强了解娟子的性格，大大咧咧的，所以尽管娟子承诺了，但是张强心里，一直是隐隐不安的。

好在后来娟子渐渐适应了县中的生活，也融入了那个大集体，回家的次数也就越来越少，她把精力和时间都用在学习上了。

后来再也没有发生过随便搭陌生人车的事情。

其实，从县城返回，另外还有一条近道，村里人如果急着要到县城，有时候也会走这条道的，那全是山路，但是只要有力气，会爬山，翻过几个山头，就到县城了。

当然，村子里的人，有的是力气，也很会爬山，他们从小就爬山。他们爬山，和平原地区的人走平路差不多。

只是山道比较偏僻，而且自从有了盘山公路，翻山的人也渐渐地少了，村里有些比较富裕的人家买了摩托车，甚至汽车，同村人要搭个车，那都是很自然的事情，所以，那条曾经连接山村和县城的山道，已经渐渐离他们远去了。

李叔告诉张强，今天娟子填了志愿，她就会返回，只是李叔并不知道她是坐车从盘山公路回来，还是会心急地翻山回来。

娟子从小胆子大，性子又急，如果搭不到车，她很可能就翻山回家了。

李叔已经给娟子发了短信，让她不要翻山回来，今天如果搭不到车，可以明天回来的。

娟子没有回信，也许她正和老师一起研究着怎样上到最理想的大学呢。

张强听了李叔的话，有些担心，张强说，李叔，要不你再发个短信，让娟子还是别走山道吧，山道不安全。

李叔倒不太担心，李叔说，没事的，娟子胆子大，这几年她回家，多半是走山道的，她才不怕，呵呵，像个男孩子。

张强说，说心里话，我是一直担心她的。

李叔停顿了一下，又说，嘿嘿，没事的，反正今天最后一次了，考上大学就好了，就不用翻山回家了。

张强的父亲也对李叔说，恭喜你们啊，书包翻身了。

李叔高高兴兴地回去了。

张强和父母亲聊了一会天，因为第二天一早就有重要任务，张强来不及等母亲做晚饭了，扒了几口中午的剩饭，就出发返回县城。

他推着自行车出门时，回头看，父亲正站在门口朝他挥手——这是张强这一趟回家，留下的唯一的一点记忆。其他的关于他回家的所有内容，都是父亲叙述出来的，张强已经没有一丁点印象了。

不过，他当然是相信父亲的。

另外的一部分，是刘英叙述的。

刘英和娟子是同学，这一天她们一起到县中填报高考入学志愿，傍晚时分，她们一起走出校门，虽然正是夕阳西下，但是两个女孩子看到的却是未来的灿烂的阳光。

乡间的末班车已经开走了，现在，她们要么走回家去，或许在路上能搭到车，要么在县城再住一个晚上。

她们决定回家。

今天和往日不同，今天也许就是她们人生的一个崭新的开始，她们更愿意和亲人分享这个日子。

两个女孩子在县城的西北方向分头而去。

其实她们本来应该是同路的，从县城出发，如果走盘山公路，先经过刘英的村子，再往前不到十公里，就是娟子家所在的村子小藤村。

只是事情十分明显，娟子不想走盘山公路，万一搭不到顺风车，得花费数倍的时间，她更愿意“噔噔噔”地一口气翻过几个山头，就到家了。

刘英不如娟子胆大，她更愿意到盘山公路去碰碰运气。

刘英果然运气不错，刚走出县城上公路，就搭到了一辆车。一切的事情，就是从这辆车开始的。

上车的时候，刘英并不知道这是一辆黑车，她还十分奇怪，她走在路上，听到身后有车过来，她停下来，手一伸，车就停在她身边了。

刘英起先是有点犹豫的，但是看到车上除了司机，另外还有三个人，他们正和司机说说笑笑，刘英也就放松了警惕。这时候司机告诉刘英，他开的是黑车，车上的三个乘客，同意拼车，所以他才停下来，问一问刘英要到哪里，看看顺不顺路。

开黑车在这一带是十分正常的事情，刘英似乎也没觉得黑车会有什么问题，既然是顺路的，人家也愿意挤一挤带上她，她没有过多考虑就上车了。

后来刘英反复回忆，她几乎不敢相信这件事确实发生过，而且，确实就发生在她身上。生性谨慎又胆小的刘英，说什么也不可能如此轻易就上了这样一辆车，肯定没有麻醉药迷幻药之类，如果一定要给出解释，恐怕只有两个字：命运。

刘英的命运在山路上打了个转。

当然，不仅仅是刘英。

刘英上车以后，知道那三个乘客的路要比她远一点，她会先下车，下车的地方，离村口只有一小段路，刘英彻底放心了，至今她还记得，她听到乘客和司机在谈论前不久发生的一桩黑车抢劫杀人案，说得刘英心惊肉跳，他们却像在谈什么风花雪月的故事，刘英心底里，就渐渐升起了一丝不祥的感觉。

好在车子很顺利就到了刘英家村子附近，这儿有个乡间班车的停车点，司机将车子停稳，收了刘英的车钱，刘英下车，车子就继续往前走了，一切就是这么顺利。

刘英心里的那一丝不祥预感也飘散了。

天色渐渐地暗下来了，刘英的心情却是一片明亮，她哼着欢快的歌曲，沿公路拐了个弯，往村子走去，她很快就能看到村子里的炊烟，这正是家家户户做晚饭的时间了，她甚至已经听到村庄的声音了。

忽然间，刘英停止了她的哼唱，因为她听到了背后的脚步声，越来越快，越来越近，她还没有反应过来，她的嘴和脸，就从背后被人捂住了。

与此同时，她口袋里的手机也被抢了。

是车上的那三个人。

刘英想挣扎，但完全没有用，三个男人对付一个弱女子，甚至根本不需要费什么力气，吓也把她吓瘫了。

刘英心知不妙，她克制住慌乱，先是放弃了抵抗，然后低下头，想向他们表达出自己驯服的意思。

果然，那三个人稍有点放松了，其中一个说，别捂太紧了，小心闷死了。

另一个不同意说，放开了万一她喊呢，这里离村子不远，喊声听得见。

再一个说，还是捆起来放心。

他们肯定是有预谋的，是有备而来的，因为他们竟然随身带着捆绳和胶带，将她的手和嘴都捆上、封住了。

现在刘英只有眼睛是可以使用的，刘英的眼睛里流出了眼泪，是后悔和恐惧的眼泪。但是，后悔已经来不及了，恐惧笼罩了她。

哭，现在就哭了？他们中的一个人开始嘲笑她。

另一个人说，别跟她啰唆，赶紧走。

他们推搡着她，拉扯着她，往远离村子的方向走。刘英的嘴被紧紧地封着，喊不出声，就算她能够喊出声来，现在，他们离村子越来越远，村子已经听不到她的喊声了。

那个嘲笑刘英的还是比较多嘴，闷着头赶路觉得无聊，他又说话了，他说，咦，季八子的消息蛮准的，他说今天会有高中生走山路，果然的。

刘英顿时想到，原来除了这三个人外，他们还有同伙。

有同伙又怎么样，没有同伙又怎么样，她已经落在他们手里，命运已经拐弯了，她并不知道等待她的将是什么，她只知道，那一定是噩运。

绑票？拐卖？奸杀？

天色越来越黑，走在路上已经看不清任何东西了，刘英一直指望着能有汽车路过，打出光亮，照到他们，可是山区公路本来车就很少，何况已经是晚上，他们走出一大段也没见到一辆车。

有一个人早已经看出刘英的心思，说，你别妄想了，就算有车来，你也招不了手，就算你能招得了手，人家也不会来救你，现在谁也不想惹事情。

另一个帮衬说，是呀，大黑夜的，谁愿意在山路上停车，多危险呢。

刘英被他们说准了心思，顿时泄了气，眼帘低垂，她还指望他们能够良心发现，觉得她可怜，然后——

没有然后。

他们早已经不理睬刘英，他们压根就没把她放在眼里，他们对待刘英，就像对待一件物品，一件本来就属于他们的物品。

在他们那里，搞一个人，真的并不是那么难，似乎一切都是轻而易举的。

也许，甚至，杀一个人，也就如杀一只鸡那么简单。

刘英悔之不及。

走在黑夜里，他们开始聊天。

哎，你们说，这个妞，破没破瓜？

你想知道？你试试罢，嘻嘻嘻。

真的？我真的可以试？

你问老大。

哥，我想试试，嘿嘿。

老大呵斥他说，闭嘴，你都干了多少回了，你不知道破瓜和没破瓜的，要差多少？

那个，我知道的，我只是想试试，哥你看，这夜路上，一个人也没有，不仅我可以试，干脆我们三弟兄都尝尝。

刘英简直要吓晕过去了，她的手膀子被捆得很紧，一动不能动，她只能拼命眨眼睛。可是天黑了，他们看不见她的眼睛。其实，就算他们看见她在眨眼睛，他们会放弃他们的邪恶吗？

不会。

老大仍然不同意，老大说，你试一试，你爽了，我们得少赚多少，不知轻重的家伙！

刘英在慌乱中做出了判断，这是拐卖妇女的团伙，他们要的是钱，她要镇定自己，先保住生命。

那个不知轻重的家伙心有不甘，守着如花似月的女孩子，他不能安分了，他躁动得不行，他不满意地说，哥，每次你都弄个老菜帮子给我，我跟着你，干了这么多年，哥你好歹也让兄弟我破个处啥。

那老大是个会做老大的人，不和兄弟明斗，耍花腔说，要破也不难，你得等我们谈了好价钱，等买家付了款，查过身子，认了账，你再破。

那家伙急得说，那多难哪，人家付了钱，人就带走了，哪里还轮得到我？

老大说，你别急，有的是办法，到时我们哄他们多住一晚上再走，你不就得手了。

另一人说，老办法，给他们弄点睡觉的药，让他们做个美梦，嘿嘿嘿。

那个火急火燎的家伙说，那说好了啊，她的瓜必须我来破，你们要排在我后面的啊。

老大敷衍他说，排队排队，你先用，放心吧。

他们三个都笑了起来，他们真的把刘英当成物品在那里讨价还价。

刘英已经万念俱灰，她的眼泪差不多流干了。

刘英看到过许多拐卖妇女的报道，有些人贩子手段相当拙劣，甚至非常低级，刘英也曾经和其他女生一起议论过，都不敢相信那些被骗被拐的女孩怎么会这么轻易就上当，她们也从来不会想到有一天自己会碰上这种可怕的事情。

但是可怕的事情已经来了。

刘英甚至想到了死，她想一死了之。但是一想到死，她心里就哆嗦，她不想死，年轻的女孩子，怎么可能和死连在一起，美好的生命才刚刚开始，但是如果活下去，很可能就是生不如死呀。

刘英也甚至想向人贩子提出拿钱换人，虽然家里也许拿不出多少钱，但是为了救女儿，父母一定会想出办法来的。

可惜，人贩子根本不给她谈判的机会。

他们根本没有把她当人。

他们又走了一段，那个老大掏出手机看了看时间，说，应该快到了，再走下去，差不多要回到县城了。

另一个兄弟说，老大，你没有记错约定的时间地点吧？

老大说，呸，你见我出过错吗？

那兄弟刚要说话，老大忽然"嘘"了一声，大家顿时屏息凝神，四围一片寂静，就听到了嘎啦嘎啦的车轮声，像是一辆旧了的自行车。

声音是从背后传过来的，不等这三个人贩子回头，飓风一般的，一个黑影就冲了过来，猛地刹车后，他将自行车推倒在地，一个人只身扑向三个还没有反应过来的人贩子。

在后来很长的一段时间里，刘英一直反复地回想当天晚上发生的一切，回想张强冲过来的那一瞬间的情形，恍若在梦中。

她只是记得，已经绝望的她，猛然间一回头，借着月光，她看到一张黝黑的英俊的脸庞，一双炯炯的大眼睛，喷着愤怒的火花。

张强一对三和人贩子打开了，他是警校出身的，自然会打，可是人贩子毕竟有三人，张强感觉到自己占不到上风，一边打一边对着刘英持续大喊，你，快，快报警——他看刘英呆若木鸡，又喊道，打手机，打电话呀！

刘英急得哭起来，手机，手机——

张强明白了，手机早已经不在她身上了，他立刻喊道，快，你骑车走，到县城去喊人，你，快骑车，到县城，喊人——

刘英呆住了，身子居然一动也不会动。

张强急得大骂，你听不懂人话？你他妈找死啊？你有没有脑子啊？你什么什么什么——

刘英渐渐回过神来了，她狠狠心，一跺脚，赶紧骑上车，往县城方向飞驰，她曾经想回头看一看，但是她不能回头，她一回头，很可能就走不了了。

刘英并没有骑到县城，刚骑出一段路，迎面就来车了，是一辆警车，迎着她停下来，原来是那个黑车司机回去报了案，带着警察来了。

等他们再赶到事发地点，三个人贩子已经不见踪影，张强昏迷在地，头部受了重伤。

三天以后，张强在医院里醒来了。

但是他什么也不记得了。

后来通过刘英和自己父亲的讲述，他才得以把那天傍晚发生的事情断断续续地串联起来。

只是，因为不是自己的记忆，他总觉得这些事情和他自己这个人，中间似乎隔着些什么，或者说，这中间缺少了什么，也许过程中还有哪些是他们所不知道的，只是因为自己已经丧失了这一部分记忆。

他们的叙述其实并不完整，张强从家里出来，到盘山公路上看见了人贩子绑架刘英，这一段时间，是空白的，是彻底丢失了的。

父亲和刘英也无法帮他捡回来。

好在刘英被救下了。

张强醒来的时候，刘英的父母亲给他跪下了，可刘英却不在医院，按理她应该守护着救命恩人的，可是她却不在。

她在最后的时间里，修改了自己的高考志愿，把自己的第一志愿和所有志愿都改成了警校。

就是张强曾经就读的那个学校。

张强醒来后，需要在医院继续治疗和观察，局里领导和刑警队的同事来看他，都是急急忙忙，到一到就走了，说是有重要的案子，张强问是什么案件，他们都不细说，刑警队的副队长老金对张强说，你安心养伤，等你出院，说不定案子已经破了。

这期间，刑警队长老钱一直没来看他，老金告诉他，钱队被市局喊去汇报案情了。

张强就想，是个大案。

其实，他早就觉察出这是个大案，虽然大家尽量让口气显得轻松，但是张强向来敏锐，他能听出来，他能感觉出来，碰上大案了。

下午阿兵来看他时，他就直截了当对阿兵说，是发生在山上的案子？

阿兵奇怪，你怎么知道，金队告诉你了？

张强说，你们的鞋上，都是泥。

阿兵下意识地看了看自己的鞋，那泥土的颜色黑中略带点红，有些特殊。

就在那一瞬间，张强心里忽然有了一种预感，有一种非常不祥的预感。

他的预感向来很准。

这一回也一样。

是娟子。正是他一直提心吊胆、一直担惊受怕的，娟子真的出事了。

那天晚上，娟子和刘英在县城分手，娟子一口气翻过几个山头，她站在离村子最近的那个山头，望着生她养她的那片土地，天已经黑了，已经看不见了，但是娟子闻到了村子的气味，她听到了村子的声音，娟子笑了。

她不知道，危险正在向她逼近。

一条鲜活的生命，就这样被剥夺了。在僻静的黑色的山路上，娟子被人残忍地杀害了。

因为案发时间是夜晚，又在人迹稀少的山头，一直到第二天中午，才有翻山路过的村民发现了死去的娟子。

张强的心一直往下掉，往下掉，掉到一个无底的深渊，他的受了伤的脑袋好像重新要裂开了，要爆炸了，他不能再在病床上躺下去了。

张强跳了起来，拔掉输液管，直奔案发现场。

已经过了侦破命案的72小时黄金时间，案发现场早已围封，空无一人。该取的痕迹和证据，队友都会细心提取的，张强这时候再到案发现场，并不是来破案的，他是来和娟子告别的，只是他万万没想到，竟然以这样一种方式和娟子告别。

他都还没有来得及向娟子说出他的心思，娟子永远地带走了他的初恋和爱情。

他的脑袋瓜子终于承受不了了，他抱住自己的开裂的脑袋倒了下去。

当他再次醒来，发现自己泪流满面，身上沾满了黑中带红的泥土，这是他家乡的泥土，这是娟子丧命于此的泥土，他站起身，朝着空旷的山野，他想高声喊叫。

但是他埋下了喊叫，将它深深地埋在心底的最隐秘的地方。

有人说过，所有的案件都是人做的，所有的作案人都会留下痕迹的。

但是，在李娟案的现场，却没有留下任何的痕迹。或者换个说法，现场可能留下的任何痕迹，都被清除掉了，脚印，指纹，血迹，物品，什么也没有留下。别说可能存在的另外的一个人或几个人，别说是杀害娟子的凶手，就连娟子自己的脚印，也被抹得干干净净，好像娟子出现在那里，是从天上下来的，是从地底下冒出来的，是从一个不存在的地方来的。

不难判断，凶手处理现场有丰富的经验，是个老手。

唯一能够推断出死因的，就是娟子脖子上的勒痕。娟子是被掐死的。

那就是说，除了凶手的那双手，根本就没有作案工具。

张强在一无所有的案发现场找了又找，寻了又寻，恨不得挖地三尺，恨不得把整座山翻个转，可是除了泥草和植物，真是一无所有。

悲伤、愤怒和沮丧的情绪，一直裹挟着他，他冷静不下来，一直到他在现场一无所获、不得不离开的时候，他才渐渐冷静下来，他往小藤村的方向走了一段，踩到了一件东西。

是一根细藤带子。

细藤带子，在这一带太普遍了，小藤村之所以村名叫小藤，是因为这个地区有一种特殊的产物：细藤。小藤村周边的山上产的藤条，比别的地方的藤条要细得多，但它的韧性却非常强，带有一股天然的清香味。

因为细藤十分柔软，村里很多人，都用细藤编织成细藤带子，做自己的生活用品，比如男人用它们当裤带，女人会用它做吊带衫的吊带、扎头发，用它编织手袋，等等。

在一个细藤遍野的地方，地上的一根细藤带子，为何能让张强的神经为之牵动?

张强因为悲伤和愤怒，已经完全看不清自己的内心世界了，他只是弯腰将这根细藤捡了起来，随手塞进口袋。

在成立专案组的时候，局里也曾经有人提出，担心张强感情用事，想让他回避这个案子。但是刑警队的同事又都十分了解张强，专案组里有他没他，他都不会放弃，他都会拼了命去破这个案子的。再说了，山区的地形和其他方面的情况都比较复杂，只有张强，对自己的家乡，对生他养他的那片土地，是最了解、最熟悉的。

命案侦破的黄金时间72小时，张强在昏迷之中，一想到这个，他心里就涌起难以克制的内疚和懊悔，都怪我，怪我，我要是没有受伤，一定不会错过72小时的，我熟悉那个地方，那个地方，我闭着眼睛也能——

金队说，强子，你别胡思乱想了，怎么怪你呢，你救了刘英，你立了三等功，你——

张强只是摇头，说不出话来，金队心里也十分不好受。

虽然娟子比张强小好几岁，但是他们从小一起长大，他一直视她为妹妹，等娟子长大后，他发现，自己非常喜欢这个妹妹，而且，早已经不是喜欢妹妹的那种喜欢了。

就在张强回队的这天，法医的第一份鉴定报告出来了，娟子身上，有厮打的伤痕，警方获得了一条极为重要的也是唯一的线索，通过娟子指甲缝里的一星点点皮肤组织，确定了一个人的血型：A型。

接下来破案工作立刻有了方向，先是让案发地小藤村的适龄对象，全部进行血检，排查出十二个A型血的人，排除了没有作案时间的，排除了老弱病残没有作案能力的，排除了已经失去联系三年以上的。

最后剩下两个人，不能排除。

一个是村里的二混子，叫毛吉子。这毛吉子生性懒惰，好吃懒做，年纪轻轻到处混日子，四处游荡。你要找他吧，他好像长年累月都不着家，你不想见他吧，他又总是会在你面前晃荡，给你添麻烦。

找到毛吉子并不难，张强和金队就守候在他家，毛吉子的爹娘也不为毛吉子说话，更没有丝毫给毛吉子通风报信的想法，老两口口中还骂个不停。

张强和金队只守了半个小时，就看到毛吉子晃荡晃荡地回来了。

一看见张强和金队，毛吉子吓蒙了，愣了一会，转身就跑。

张强三步两步就追上他，揪住，拉到金队面前。

毛吉子立刻腿软了，打着哆嗦说，强、强、强子哥，别、别抓我——

张强说，你为什么要逃跑？

毛吉子说，我、我犯事了？

张强心里猛地一刺痛，眼前顿时闪现出那个傍晚在隐秘的山区里发生的情形，毛吉子在偏僻的山道上拦住了娟子，上前紧紧抱住娟子，娟子拼命挣扎，毛吉子无法得手，恼羞成怒——

难道真是毛吉子——张强的眼里要喷出火来了——就在火光的另一边，某一个阴暗的角落，张强感觉到那里有一个人，一直在看着他们，但是他看不见他的脸，看不见他的身形，只是感觉到他的存在。

金队感觉得到张强的异常，他怕张强冲动，赶紧接过话头问毛吉子，你回忆一下，6月28日下午六点到十点之间，你在什么地方？

张强似乎比毛吉子还要紧张，但他忽然觉得，自己完全不能明白自己内心的想法，是希望毛吉子有作案时间，还是不希望他有作案时间？

他不知道。

脑子里一片空白。

不，脑子里满满的都是当天晚上的幻象。

就听得毛吉子说，让我想想，让我想想——毛吉子的声音渐渐带起了哭腔，我想不起来了，我真的想不起来了，我全忘记了。

金队说，才几天时间，你就忘记了？

毛吉子支吾着说，我、我、我可能、可能，是在犯错误——

犯错误？张强简直要暴跳起来，他把娟子杀了，他说自己是犯错误？

金队拍了拍毛吉子的肩，让他冷静一点，金队说，毛吉子，如果你说不出这个时间段的去向，而且没有人能够证明你这个时间在干什么，结果是什么，你应该知道的。

毛吉子当然知道，他说，我知道，那就是我杀了娟子。

毛吉子的爹忽然冲了过来，一把揪住毛吉子的衣襟，连扇了几个耳光，才被金队拉开。

老爹气得大骂，你这个杀人胚子，你个杀人胚子，我早就知道你是个杀人胚子——

毛吉子捂着脸，嘟嘟哝哝地说，为了证明你的说法是对的，就算是我杀的吧。

他爹更是气疯了，再次上前揍他，骂道，你个混账东西，杀人这事情也可以“就算”啊，你吃屎长大的？你脑子里灌的是尿啊？

这父子俩说话没个正经，做父母的也不为儿子作证，既然毛吉子不能证明自己，金队和张强当场就带走了毛吉子。

毛吉子被铐上手铐的时候，冲着父母亲大笑说，啊哈哈哈，爹，娘，你们终于有了一个杀人犯儿子。

其实金队和张强都是有经验的，毛吉子应该不是凶手，但是毛吉子不能证明那个至关重要的时间段他在哪里，这是案件的核心之核心。

经验有时候也会走眼的。

审问毛吉子的过程，简直就像是和毛吉子在玩弄时间游戏。

金队：再问你一遍，6月28日晚上六点到十点，你在哪里，有人和你在一起吗？

毛吉子一口咬定：我忘记了，我真的忘记了。

金队和张强交换了一下眼色，金队说，那好吧，既然这个时间你说不清楚，那我们换个方向提问了。

毛吉子说，好的好的，你们问什么都可以，只要我能记住的，我一定如实坦白。

你为什么要杀李娟？

毛吉子愣住了，想了一会才缓过神来，咦，他说，你们换个方向，换到这个方向了，直接就问我杀人的事情了。

金队说，杀人的事情你不会也忘了吧？

毛吉子哭丧着脸说，队长，强子哥，我的记性，我最近的记性，真的不行了，我怀疑我得什么病了，他们说人老了就会忘记事情，可是我还没老呢，我怎么就都忘记了呢？

张强气得踹了他一脚，你忘记了？你连杀人的事情都能忘记？

毛吉子说，强子哥，你脚下还是留情的，踹得不算太疼，因为我知道，因为你知道——

闭嘴！张强喝止了毛吉子的胡扯，你老实交代，你是怎么杀娟子的？

毛吉子夸张地喊叫起来，喔哎哎，你们一步一步紧逼啦，刚才队长问是不是我杀了娟子，这会儿你强子哥就直接问我是怎么杀娟子的，我知道，你们是先入为主的，你们认为是我杀了娟子，所以你们才会这么直接地问我，你们算什么警察，警察哪有这么破案的。

金队说，那好吧，我们不先入为主，可是你在家的时候，对你父亲说，“就算”是你杀了娟子，那你说说“就算”的意思，或者，我们换个说法，如果是你杀了娟子，你为什么要杀她？

毛吉子来情绪了，那、那当然，因为我、我喜欢她，我想、想和她XX，她不同意，她还骂我，她还打我，我一生气，就把她砍了。

张强脑海里的幻象又出现了，但不是毛吉子形容的那样用刀砍人，而是有一个人用手紧紧掐住娟子的脖子，娟子拼命挣扎——张强憋闷，窒息，他挣扎着，想摆脱，就在这时候，他又感觉到了，在现场的某个角落，有一个人，在看着他们，他看不见他的脸，看不见他的身形，但是他能感觉到有一个人在那里。

他依稀听到金队在问：你砍了她几刀？

毛吉子说，八刀，哦不对，不止八刀，有十几刀，我那把刀，太钝了，我没有时间磨刀。

你身上一直就带着刀，你有预谋？

是呀，我本来是预谋去割细藤的，怎么结果变成砍人了呢。

张强劈头给了他一记头皮，你还割细藤，你个混账东西，你在小藤村活了二十年，满山都是细藤，可是你知道细藤长什么样子？

毛吉子居然笑了，还是强子哥了解我，我不瞎说了，我说什么强子哥都知道我在瞎说。

那你到底带了刀没有？

毛吉子挠了挠头皮，刀？刀好像是带了的，要不然拿什么砍人呢，我的手，细皮嫩肉的，总不能当成刀砍人吧。不过我带刀不是打算割细藤的，强子哥说得对，我才不会割细藤呢，我就是个好吃懒做的货。

那你带着刀干吗？

毛吉子又难住了，他想了又想，是呀，我好端端的带把刀干吗呢，我是要杀鸡吗？

金队也被搞毛躁了，一甩手，走出了审讯室，张强跟了出来。金队说，算了算了，这狗东西，叫他滚。

气话是这么说，但是虽然可以肯定不是毛吉子干的，暂时还不能放他走，他的时间还是有问题，他没有不在场证明。

他们吃了盒饭，也给毛吉子吃了，毛吉子高兴地说，啊咦，还有饭吃，不是说不让睡觉不让吃饭的吗？

呸！

张强心里一冒火，脑海里的幻象又出现了，在那一个夜晚，那一个现场，现在的某一个阴暗的角落，那里有一个人，一直在看着他们，张强看不见他的脸，看不见他的身形，只能感觉到他的存在。

无论毛吉子有多么无赖，多么难对付，他们都得把他的时间逼出来，敲实了再放人。于是，饭后接着再审。

金队已经知道无望，都懒得和他啰唆了，由张强和阿兵负责审问。

连张强也已经黔驴技穷了，只得反着来问，如果不是你干的，我们铐你，你为什么不抗议？

毛吉子说，强子哥，嘻嘻，我没有吃过手铐，尝尝鲜，没想到铐得这么疼。

你自己承认是你杀了娟子，你就不怕我们信了你，判你死罪？

毛吉子说，这个不会的，你们不会冤枉我的，强子哥，你比包大人还厉害，比福尔摩斯还聪明。嘿嘿。

那你为什么要瞎说八道，你难道不知道，提供伪证也是犯罪？

我没有想提供伪证，我确实是吃不准，我最近的记忆不行了，我的脑子大概出了问题。

金队突然闯了进来，问了一句：你脑子出了什么问题，对时间记不住吗？

毛吉子说，时间？时间是什么？我确实有点搞不清。

金队火冒地说，那你就在这儿待着吧，哪天你把时间搞清了，哪天再说。金队一甩手出去了，还让张强和阿兵也退出去。这是金队的惯用手法，张强和阿兵领会，假装起身要走。

果然毛吉子急了，哎、哎——强子哥，你们不能不管我，我可不能天天在你们这里混吃混喝，这不好意思的，罪过的——你让我再想想，

6月28日晚上六点到十点是吧，我在哪里，我在哪里，啊呀呀，我想起来，我和大头在一起，在梅镇的天上人间唱歌。

阿兵立刻去了解大头的情况，电话打到大头那儿，大头一听，气得说，毛吉子和我唱歌？和鬼唱歌吧！我出来打工三年多了，一次也没有回去过，除非我死了，我的鬼魂回去了，他和我的鬼魂在唱歌吧。

毛吉子有点难为情，抓耳挠腮，装模作样想了半天，眼睛又亮起来，说，我想起来了，我想起来了，这回是真的，肯定是对的，那天晚上，六点到十点，我和二柱子在桃花镇洗脚，就是、就是那个，他们称之为足浴。

张强气得说，你牛，你厉害，又唱歌，又洗脚，你咋不去嫖呢？

毛吉子说，我想去的，但是钱不够，贱货太贵。

再找到二柱子一问，是有和毛吉子一起足浴，但不是6月28，是半年前，冬天。

毛吉子后来又回忆起一件事，说是6月28日晚上六点到十点间做的，是给邻村一位去世的老人穿寿衣。又核实下来，确实是有穿寿衣的事情，但是发生在一年前了。

金队又气得从外面冲了进来，暴跳如雷，不像个队长了，反倒是张强劝他说，金队，你别生气，我跟你说，这家伙，就这么个人，哦不，这家伙，简直不是个人。

有一回毛吉子在镇上溜达，看到街上贴了一个通缉令，上面写着，在某月某日某时在某超市发生了抢劫案，当时店里只有一个店员，店里的监控录下了罪犯的背影。

通缉令刚贴出去，毛吉子就打了张强的电话，说要自首，说他看到通缉令，就立刻想起来了，就是那天的那个时间，他正是在那个店里，那肯定就是他干的，他知道自己逃不掉，还是自首吧。

其实，监控录像里录下来的，根本就不是他。

毛吉子自己也不解，奇怪地说，咦，我怎么一看到通缉令上写的东西，就觉得那是我，我确实是进过那家超市的呀。

再把监控录下的内容往前看，毛吉子确实在那家超市出现过，只不过不是发生抢劫的那个时间。

毛吉子配合着张强的叙述，补充说，是呀，那回我真以为是我干的呢，我去找强子哥自首，强子哥臭骂我一顿。

金队莫名其妙地看着毛吉子，又看看张强。

阿兵也觉得糊涂了，说，毛吉子，你连中午和晚上都分不清？

金队火冒地说，你是有意跟我们捣乱吧，你是要干扰破案吧？

毛吉子急了，赌咒发誓说，队长，强子哥，还有这位警察哥，我可不敢干扰破案，可是，可是，时间对我来说，真是没什么意思的，我要时间干什么？反正我就是一天一天混日子，每天和每天，每时和每时，都是一样的，无所谓的啦，我要搞清楚它干什么呢？

毛吉子的这些破事，竟然为难住了金队和张强这样的辣手侦探，一时就僵持住了，李娟案，既可以证明不是他干的，又不能证明不是他干的，这算什么？

幸好，过了一天毛吉子的父亲来了。虽然他骂毛吉子的时候毫不嘴软，毫不留情，恨不得把自己的儿子骂死，但是到了毛吉子真的处在生死边缘的时候，父亲还是要来拉他一把的。

毛吉子的父亲是带着证据来的，证据就是他们家的一个邻居二狗子，二狗子提供了毛吉子不在场的证明，那天晚上那个时间，他和毛吉子两个去偷邻村的鸡，然后跑到梅镇的小饭店去把鸡煮了，喝了半晚上的啤酒。

关于时间的准确性，二狗子也提供得十分精确，几个节点，都得到了印证：1.在去往偷鸡的路上，走到村口时，刚好看到张强骑上自行车离去，那大约就是六点出头一点；2.偷鸡的时候，听到了失主家的电视里新闻联播开始的声音，那是七点钟；3.失主追赶他们的时候，二狗子还抽空给另一个朋友发了一个信息，让他到梅镇饭店吃鸡喝酒，这条信息还在，是七点二十分发的；4.在梅镇饭店，没有见到那个朋友和他们汇合，他又发了一条信息追问，那是七点五十；5.后面他们一直在饭店吃鸡喝酒的情况，由饭店店主提供了证明。

最后又和被偷鸡的邻村的老乡核对过，不仅是时间，连偷了几只鸡、鸡长什么样子都对上了。

真相大白，毛吉子可以走了，就在他们离开之前，张强突然问二狗子，你们偷鸡，毛吉子带刀了吗？

二狗子“扑哧”了一声，说道，毛吉子带什么刀，不用刀的，你别看他手小，偷鸡的本事可不小，手一扭，鸡脖子就断了。

张强听到“断了”两个字，眼前一黑，忽然间，幻象又冒出来了，那个夜晚的山道上，娟子被紧紧地掐住了脖子，黑暗中，有一个人一直看着他们。他看不见他的脸，看不见他的身形，但是他知道他在那里。

毛吉子走了。

小藤村A型血这条线索，还有一个嫌疑人，叫许忠。

许忠是在案发前一星期离开小藤村外出打工去了，到了广东某县，并且给家里发过报平安的信息了，但是奇怪的是，他给家里发的信息，却是在李娟案发后的第三天，难道他在路上走了那么久。这条线索有可疑之处。

根据许忠给家人提供的信息，张强和阿兵赶到广东，很顺利地找到了许忠。

这是许忠临时租住的一个农家小屋。

信息是准确的。

说明许忠并没有撒谎，可奇怪的是，许忠看到张强的时候，神情显得有些紧张，两只眼珠子滴溜溜地转着，两只手下意识地在裤腿上蹭，好像要蹭干净了和张强握手。

不过最终他也没有伸出手来，只是看着张强说，你、你是强子嘛，干吗这么远跑来找我？

张强请他坐下，他不坐，却说，你说、你说，你有话就说，坐什么坐。

张强觉得挺奇怪，这个许忠，在村里一向忠厚老实，怎么才来广东几天，就变了个人似的，说话奇奇怪怪。

张强虽然有点奇怪，但对于许忠的性格变化什么的并没有往深里想，他一心只想尽快破案。

所以抛开别的疑惑，直接提问：

你是几号离开的？

23号。

有证明吗？

许忠眼珠子又转了转，理直气壮地说，证明？为什么要证明，小藤村都快憋死人了，我出来打工，见见世面，赚点钱，就是这样，强子你又不是不知道，这还需要证明吗？

那你23号出来，是乘坐什么交通工具的？

许忠咧嘴笑了，嘻嘻，强子，乘坐什么交通工具，文绉绉的哦。

阿兵有点急了，说，你直接回答问题，你是怎么到广东的？

许忠说，你是谁啊，我和强子说话，你插什么嘴。

张强说，老许，别废话了，你知道我们是干什么的，你就知道我们来干什么。

许忠说，哟，强子，你还学会了说话绕圈子，你是抓坏人的，你来找我，你是想抓我，那就是说，我是坏人啰。

张强说，你说话才绕圈子，你把23号的车票拿出来我看看。

许忠又笑了，说，车票，你怎么认定是车票呢，这么远的路，我不会坐飞机来吗？

张强火了，激将他说，飞你个头，我还怀疑你根本没有买票，你是混上车来的吧。

许忠说，你说话要有证据噢，我怎么没有买票，现在又不是从前，想逃票，难呢——一边说，一边在一个破旧的包包里掏呀掏呀，张强和阿兵都认为他在做戏，假装找票，最后肯定会说，哎呀，票丢了。

可是许忠偏偏还就把车票找出来了，递给张强，说，喏，你说我逃票的，我逃了吗？

张强接过车票一看，是29日的票。

张强心里“怦”地一跳，赶紧压抑住紧张和激动，说，你说是23号来的？

许忠说，是23号。

张强把车票塞到他眼前，说，那你看看，这是几号的票。

许忠一急，想把张强手里的票夺回去，可张强怎么可能让他如愿，将票高高举起，说，你怎么解释，29号的票？

许忠的神色显然有些慌张，但他沉了沉气，歪着脑袋假装想了想，说，咦，怪了怪了，我明明是23号来的，怎么车票会是29号，谁跟我搞的鬼？

阿兵忍不住说，29号就是案发后的第二天，你这是凌晨五点的票，时间刚好连接上。

许忠好像听不懂，说，时间？什么时间连接上？

阿兵说，你头天晚上在小藤村犯了案，连夜潜逃，刚好到县城火车站买了这张票逃走。

许忠看到阿兵一边说话一边拿出了手铐，顿时吓尿了，扑通一声就朝他们跪下了，说，我坦白，我坦白——

许忠坦白了，从头说起，一开始他是怎么被骗入赌场，然后怎么越陷越深，怎么欠下了一屁股的赌债，怎么借了高利贷还赌债，怎么还上了再赌，又欠了更多，最后也知道自己不可能翻转了，就起了逃走的念头。只是他不知道像他这样的人，早都被赌场的黑势力控制住了，不光人被控制住，连念头也早已被看穿，根本无法逃脱，唯一的办法就是继续赌，继续借——

阿兵打断他说，喂，你不要避重就轻，不要转移我们的注意力，我们要破的是命案，我们要追抓的是杀人犯，不是你的烂赌账。

许忠不服，说，怎么是烂赌账，赌账搞得不好，一样会出人命的。

阿兵气得想上前给他一头皮，张强挡住阿兵说，我们耐心点，听他继续说，看他能说出什么来。

许忠就继续说，后来他们看我越欠越多，也知道我还不了了，他们还对我的全面情况做出调查了解，知道从我身上榨不出油水来了，就开始打别的主意，要我把家里的宅基地抵给他们，我寻思，宅基地可不行，那是我祖宗留下来的，我不能做败家子——

阿兵失声笑了起来，不能做败家子，你欠下这么多赌债，你这烂人，还不算是败家子？

许忠说，你别打乱我的思路，你让我继续说，我知道我不能直接拒绝他们，这些人心狠手辣，直接拒绝说不定我的小命就没了，我假意和他们周旋，我说，我家的宅基地，不是我一个人说了算，我还有一个哥哥一个弟弟，我们得三个人商量。他们相信了我，让我第二天去找哥哥弟弟商量，我赶紧答应，拔腿想走，我真是很傻很天真，他们哪可能再让我离开，当天晚上就把我看住了，第二天要陪着我一起去找哥哥弟弟。

我心想完了，就算我走投无路真要卖宅基地，可我哥我弟怎么可能同意，就算拿我的命威胁他们，他们肯定说，这条烂命，你们拿去好了。

是的，你们一定猜到了，这个时候开始，我就动歪脑筋了，我先是假装睡觉，等看我的那个人也昏昏欲睡的时候，我从背后袭击了他，把他打晕了，我就逃走了，逃到县城火车站，买了23号的票——

可你是29号的票——

看到阿兵又要打断他，许忠赶紧摆手说，你别打断我了，我马上就结束了，我已经说到最后了，你们说得没错，我是潜逃了，但不是杀人，是欠债逃跑，我打晕了那个看我的人，他没有死，我看得很清楚，我还摸了他的脉搏，跳得可带劲呢，又快又有力道，我怀疑他是假装晕过去，可能他是有良心的人，故意让我逃跑的，反正，总之，他只是暂时晕过去——结果，没想到你们警察也会为他们服务，你们竟然帮着他们来追杀我，我逃得这么远也逃不过你们——

许忠哭了起来。

阿兵听到最后，直挠脑袋，说，咦，这是什么事，我怎么好像碰到过这件事情，要不，我是在哪里听到过，难道当事人就是你?

许忠连连点头，没错，就是我，就是我!

一直沉住气的张强终于忍不住了，上前踹了许忠一脚，骂道，狗日的许忠，你他妈的玩我们——

许忠指天画地说，天地良心，我可不敢，借我十个胆子，我也不敢，虽然强子你和我是老乡，可你是疾恶如仇的，我是知道的，你不会包庇我的，我真不敢玩弄你。

张强说，呸，你刚刚说的这些内容，明明是我们刑警队去年破的一个案子，连细节都一模一样，你竟然揽到自己头上，你想干吗，你是想转移目标，你是想把水搅浑吧。

阿兵说，哦，我想起来了，我进单位后，这个案子是作为典型案例拿来给我们新人上课的，难怪我说怎么这么熟呢——那个案子的最后，赌棍逃跑到广东，被黑社会追杀，死了。

张强冷笑道，是呀，老许，如果你硬说你是那赌债案的当事人，那你，死了？我们现在是在和死人说话？

轮到许忠挠头了，他想了又想，说，这我也想不通了，难道我死了还会活在人世间，还能和你们说话，如果真是这样，死也没那么可怕了。

张强说，老许，别胡扯了，你知道我们不是来破已经破了的赌债案的，我现在只问你，你说自己23号离开，怎么车票会是29号？

许忠嘴上支支吾吾，眼神躲躲闪闪，就是不解释。

阿兵还对赌债案心有疑惑，他对张强说，但是奇怪呀，我们破的案子，他怎么会知道得这么清楚，正如你说的，连细节也一模一样？

张强说，难道媒体作过详细的报道？可我们明明没有公开这个案子呀——老许，你是从哪里得知赌债案的？

许忠哭丧着脸说，你非要问我从哪里得知，你们警察就是这样不讲理的，这本来就是我自己的事情，我还需要从别的地方得知吗？

张强给队里发了一个信，让他们把那个案件的当事人的照片发过来，很快接收到以后，张强把手机举到许忠面前，说，你睁大眼睛看看，这个人是你吗？

许忠愣了愣，还嘴硬，说，不管怎么说，反正就是这样的。

张强说，这个人名叫黄一海，是你吗？你叫黄一海？

许忠又愣了愣，还是说，反正是我，你说我叫黄一海，我就叫黄一海，反正就是我的遭遇，就是我的亲身的遭遇，要不然，我怎么会记得这么清楚？

确实如此呀，他的态度、口吻，都是十二分的诚恳，一点也不像在捉弄警察；他的叙事过程，又是十二分的顺当，不是自己亲身经历，能说得这么溜吗？他把一个与他自己完全无关的案件倒背如流，这算什么呢？连阿兵都被他打动了，阿兵说，神经病啊，把别人的事情扯到自己身上，这是一种新型的精神病吗？

许忠实在扯得太远了，似乎连张强也无法把他拉回来，张强渐渐失去耐心了，直接挑明了问，娟子你认得吧？

许忠说，娟子怎么会不认得，老李家的女儿罢，嘿嘿，强子，你小子别假正经，你喜欢娟子，你以为别人不知道，可其实人人都知道——

张强强压住内心的悲痛，咬着牙说，娟子死了，被人杀死了，你不知道？这几天家里没有人传信息给你？

许忠一听娟子死了，顿时吓得面如土色，立刻给自己喊起冤来，不是我，不是我，强子你不能冤枉好人啊！

张强说，你算是好人吗？

许忠说，我不算是好人，但是我没有杀娟子，别说娟子，什么人我也不会杀的，强子你知道，我向来胆小，连杀只鸡我都不敢，怎么敢杀人啊？

张强和阿兵，虽然不如金队那么有经验，但也已练就了火眼金睛，心里早已经下了结论，许忠不是杀害娟子的杀手，可是问题又来了，和毛吉子一样，怎么排除他的作案嫌疑，或者，反过来说，怎么才能找到许忠的不在场证明。

居然有一张29号的车票。

张强再次把注意力放在车票上，放在时间上。他欲擒故纵地对许忠说，你说你是23号坐车来的，那你把23号的车票找出来给我看看。

许忠没再耍滑头，真的到包里去翻找，也果真给他找出一张票来，怎么同一个人会有两张车票，难道许忠23号出来了，然后又回去，杀害了娟子，29号再上车？正当张强和阿兵感觉疑惑的时候，张强眼睛扫到这张车票上，一眼看到，车票上的人名，并不是许忠，而是杨小萍。

许忠也看到了那张车票上的名字，他嘿嘿一笑，说，实名制好，实名制太好了，实名制还我清白了。

张强大声问道，杨小萍是谁，人呢？

许忠还没来得及回答，从小屋的里边，走出一个女人来，低垂着脑袋，低声说，我是杨小萍。

许忠说，我还没坦白，你急着出来干什么？

杨小萍说，谁让你胡扯八扯，人家都要怀疑你是杀人犯了，我还能躲在里边不出来？

真相终于大白了。许忠又从包里翻出第三张车票，那张票是23号的，实名许忠。只是许忠犯了个错误，第一次没有把它翻出来。

许忠和邻村的有夫之妇杨小萍搞了个婚外恋，两人相约一起离开家乡，他们23号到了县城，本来想当天就溜的，但是没有坐票了，要在火车上站一二十个小时，杨小萍表示吃不消，最后买到了六天以后，也就是29号的两张坐票。

许忠心思缜密，作了周到的考虑，以作防范，先买了一张23号的站票，虽然觉得这钱花得有点冤，但是万一被戳穿，也好以23车票抵赖一下。

等车的那几天，他们就同居在县城一个小旅馆。

许忠拿出了旅馆的住宿发票。

这个信息传回去，同事到旅馆进行了核实，旅馆的监控也录下了他们的行踪。可怜见地，这六天时间，他们都没敢随便出门，饿了，都是杨小萍装扮一番后出来买吃的。

杨小萍一直低垂着脑袋，不敢看张强和阿兵，嘴里却一直嘀嘀咕咕埋怨许忠，都怪你，你要是细心一点，把23号车票找出来给他们看了，他们就走了，也不会把我扯出来了。

许忠说，你放心，他们是破命案的，对我们这种烂事，他们才没心思管，他们也不会多嘴的，多了嘴，只会给他们自己添麻烦，对吧，强子？

杨小萍却不依不饶了，顶真说，你真是太烂了，你居然说你是个死人，你是想吓唬我吗？

许忠说，死人是他们说的，又不是我说的——他说着说着，自己也觉得奇怪了，又犹豫着自言自语，难道、难道真是一种新型的精神病，我怎么会觉得那个欠了赌债逃走的人就是我呢。

杨小萍说，你还嫌事情不够多、不够丑，你还要多事，不是你的事情你还拼命往自己身上揽，你还干什么？

许忠看起来懵懵懂懂，想了又想，说，不是我的事情，为什么我会觉得是我的事情——

杨小萍“呸”了他一声，说，让你平时少看那些乱七八糟的新闻，你非看，你看得连自己是谁都不知道了——杨小萍怒气冲冲，停顿了一下，又说，我要回去了，我不跟着你了。

许忠说，为什么，我们吃了这么多苦头，走了这么远的路，还担惊受怕了，还忍饥挨饿了，不就是因为想两个人在一起吗？

杨小萍冷笑说，我想在一起的人，不是你，是许忠，你硬说你是赌徒，你还说你叫黄一海，你还说你已经死了，我看到你都害怕，我都不知道你是谁——

在他们的争吵拉扯中，张强的脑袋一阵剧痛，他扶着自己的头，赶紧走了出去。

阿兵跟在旁边追问，走啦，我们就这么走啦？

张强气得说，不走你还想干啥，给一对狗男女调解矛盾？

从许忠那儿回来，小藤村的线索就彻底地断了。

刑警队继续把范围扩大到和娟子有关系的人群：除小藤村以外，最大的一个群体就是娟子县中的同学老师。

可是还没有等刑警队有所动作，就有人来投案自首了。

来人是娟子的高中同班同学，名叫林显。

林显一进来，就主动交代，说了三个“是”：我是A型血，我是娟子的男朋友，我是嫌疑人。

林显来的时候，张强在外面办事，他接到阿兵的电话，说有人来自首了，并且说了林显的三个“是”。

张强一听林显是娟子的男友时，心里“咯噔”了一下，瞬时紧缩了，同时又感觉一股热流涌了上来。

他以最快的速度赶了回来，直接加入了审问。

你说你是娟子的男朋友，你凭什么这么说？

林显说，我们是公开的，同学都知道，老师也知道——

为什么我不知道？

张强的问题实在有点超出常识，超出常规，金队、阿兵他们都有点为他担心，不过林显却没有什么感觉，他正常地回答说，因为你不是我们的同学，也不是我们的老师。

张强被噎住了。

其实林显这话并不是呛他的，所以林显相对平静地继续着自己的交代，我喜欢娟子，娟子也喜欢我，我们是真心相爱的，我一直对考古学有兴趣，本来娟子不喜欢考古学，因为受我的影响，她也渐渐地喜欢上了这门学问和这个专业，我们曾经相约，如果高考分数达得到，我们一起填报考古专业——

可能对于金队和阿兵来说，这像是林显信口胡编的，但是张强心里明白，林显说的是真话。

难怪那一阵，娟子死活要报考考古专业，原来原因就在这里。

也就是说，他们确实是一对恋人。

为什么我不知道?

张强心里隐隐地疼痛，娟子有恋爱对象，却没有告诉他。从小到大，娟子对于张强，无话不说，无事不谈，但是这一次，她没有说，是怕他难过，还是?

接下来林显的交代更是十分的顺理成章：

因为自己爱娟子，又爱考古，两边都不想放弃，而一开始娟子答应他一起填报考古专业，让他大喜过望，不料最后娟子变卦了，林显十分不甘心，他软硬兼施地想让娟子回心转意，因为情绪激烈，他甚至做出了比较出格的动作，遭到娟子的反对和抵抗。

两人的关系迅速降温，6月28日，回县中填报志愿那天，娟子没有和他说话，连正眼也没有看他一眼。

难道两个人之间持续了近两年的感情就这么完蛋了？林显无法接受。后来他尾随娟子，想再做一次努力。发现还有刘英同行，没敢当着刘英的面出现，悄悄地跟在两人身后，等到娟子和刘英在县城西头分手，一个上盘山公路，一个翻山而去，他就追上了娟子，陪着娟子一路同行，一路劝说，不知不觉就快到小藤村了，娟子说，你回去吧，我到家了。林显仍然在纠缠娟子，想让她改填志愿，娟子说，林显，你别再烦我了，我不想学考古，我哥说了，考古不是我这样的人学的。

林显立刻激动起来，说，又是你哥，又是你哥，什么时候，你把你哥从你我之间踢开，我们的事情就好办多了。

娟子说，那不可能，我哥是永远的我哥，踢开你，也不可能踢开我哥。

林显更加不能接受，说，你还说你不爱你哥，如果不是爱，你会如此离不开他？

娟子说，有些感情，你根本不懂。

林显说，是我不懂，还是你假装，你明明心里有人，还和我谈恋爱，你欺骗我，你玩弄我！

娟子不想再和他啰唆了，转身离去，眼看着娟子的背影，林显知道，她这一走，就再也不会转身回来了，林显一着急，上前去抓住娟子，娟子甩开他的手说，林显，你抓不住我的。

林显说到这儿，情绪有些失常，停了下来，林显的话像千百只苍蝇在张强脑袋里乱舞蹈，嗡嗡作响，张强晕晕乎乎，他又进入了那个案发的场景，他看到林显和娟子拉拉扯扯，他还看到，旁边黑暗中有一个人，在看着他们，他看不见他的脸，也看不见他的身形，但是他知道这个人存在。就在旁边，一直都在。

金队说，然后，你就动手了？

林显点了点头，又摇了摇头，没有马上动手，我先是拉住她不让她走，后来、后来才动手的。

那是什么时间，你记得吗？

记得，日子记得很清楚，6月28日，我们返校填报志愿，具体时间，我们下午从学校出来，娟子翻山回村，快到小藤村的那个山坡，大约是晚上六点半多一点，我们拉扯了好一阵，出事的时间，可能七点多了。

6月28日，到今天，过了好些天了，你为什么案发时不投案，要等这么多天才来？

林显显得有些犹豫，好像吃不太准，他犹豫着说，其实这些天，听说娟子出事后，我一直在想这件事情，是不是真的，我想去现场还原经过，但又不敢去，我只能在家里反复思考，虽然当时的情形像画面一样，一直在我的眼前，十分清晰，但我仍然不敢肯定，不敢确定，不敢相信自己会干出这种事。最后，也就是昨天，我在网上读到一部网络小说，我惊呆了，同时也清醒了，已经有人把我的故事写成小说了，这是刚刚更新的一部小说，简直太惊奇了，连细节都没有一点误差，一定是我身边的人，一定是知道这件事情的人，我的同学，我的老师，我的熟人，反正，是他帮我回忆起来了——

真是匪夷所思。

这个小说的名字叫《杀死你最心爱的人》。

题记有两句话：

杀死她，她就永远属于你了。

杀死她，别人就永远得不到她。

金队立刻让人查核，网上确实有这部小说，但是作者和林显和娟子完全无关，远在天边，而且小说一年前就开始在网上连载，三个月前小说就结尾了。

林显坚持认为小说是根据他和娟子的真实故事创作出来的，林显说，是它启发了我，让我一下子看清楚了自己的内心，一下子就确定了。所以，我来了。虽然来晚了，但是我毕竟是来了，恭喜你们，你们破案了。

林显整个的叙述并没有什么大的漏洞，但是大家其实都很清楚，林显不是凶手，因为在最关键的部分中，他露馅了。

你是怎么杀死娟子的?

我用山上的硬土疙瘩砸了她的后脑勺，她就倒下了，我当时很意外，我真没想到，一个人的生命是这么的脆弱，这么一下子，她就倒下了。

不难解释林显的自首行为，他沉浸在虚幻和现实之间，不能分清，不能自拔，他的现实，来自娟子被杀这一事实，而他的虚幻，则来自那个网络小说。

至于作案时间的排除，也十分顺利，6月28日晚上，林显的母亲发现林显从学校填报志愿回家后，一直闷闷不乐，就把他带到图书馆的退休老馆长家里，那位老馆长，是林显的考古学启蒙老师，那天晚上，老师和林显在书房里一直聊到很晚，林显的母亲则一直在客厅和老馆长的夫人说话。

他们都是林显不在场的证人。

林显被母亲带去看心理医生了，案子就停顿在这里了。

张强的脑袋又迷糊了，创伤的后遗症一直反反复复，他又产生幻觉了，始终在场的那个人，一直都在那里，他努力地睁着眼睛，想看清楚那个人，始终在场的那个人，那个他永远也看不到，却又永远摆脱不了的那个人。

命案的线索再一次断了的时候，忽然从拘留所传来了振奋人心的消息，前些天抓到的人贩子季八子，在关押中主动招供了杀害娟子的罪行。

季八子的供述是这样的：

6月28日傍晚，他的三个同伙在公路上截到一个女学生，当时约定在县城以西的山区九溪口接头，并且已经通知买家在那里见面交货收钱。就在三个同伴绑着刘英前往九溪口的时候，季八子通知了买家后，也立刻赶往那里。

为了节省时间，并且不被注意，季八子没有开车，而是选择了翻山过去，就这样，他和娟子走上了同一条路。

他在临近村子附近山坳，看到了前面的娟子，季八子顿时喜出望外，今天运气太好了，很可能一下子就能得手两个女学生。

季八子没有料到，娟子很不好对付，她先是高声喊叫，接着又踢又挠，把季八子的脸都抓花了，季八子想拿下她，还真不太容易，纠缠了很长时间，眼看着可能要误了九溪口那边的接头，季八子甚至都想撤了，他对娟子说，算了算了，我赶时间，不搞你了，你走吧。

哪里想到脾气十分暴烈倔强的娟子，不仅不赶紧逃跑，竟然揪住季八子不放，掏出手机就要报警。

季八子是人贩子，他不想杀人的，可是只要娟子手机一拨通，他就彻底完蛋。季八子情急之下，双手向娟子的脖子掐过去——

时间是对的，作案手法也是对的，季八子到现场指认了地点，也是对的，还有季八子脸上的抓痕，季八子对娟子的描述，季八子的血型，等等，几乎所有的一切，都指证了季八子的犯罪事实，当然最关键是季八子的口供，和这一切，都是对得上的。

几乎就是铁板上钉钉了。

张强可以松一口气了，那个始终存在却又始终看不见的人，现在已经现形了，就在他的眼前，他看得清清楚楚，他应该可以彻底摆脱了。

可是，在张强的感觉中，那个人仍然在那里，他看不见他的脸，看不见他的身形，但他知道，他还在，一直在。

张强心底有一个声音告诉他，凶手不是季八子。

金队他们已经在作结案准备了，可是张强却依然魂不守舍，依然感觉真凶在盯着他，死死地盯着他。

但是他已经山穷水尽，刑警队所有的同事，也不再支持他，人证物证，没有一件对他的感觉是有利有用的。

但是，张强就是张强，没有路他也必须要开辟出一条路来，他再一次找到法医，请他确认李娟的死因。

法医说，鉴定报告都写明了，你也看了几十遍了吧，有问题吗？

张强固执地说，有没有别的可能了，哪怕一丝一毫，哪怕是你的怀疑——

法医奇怪地说，张强，这是你说的话吗？你一个负责命案的刑警，怎么成了法盲，鉴定怎么能靠怀疑，这都是有科学依据的，你又不是不知道。

张强说，孙老师，就算我私人求你，你能不能在李娟的死因上，再作一次鉴定？

法医说，张强，明明季八子已经供述，和侦查的结果也完全对上了——

张强脱口而出，不对，我看到有一个人，不是季八子，他一直在现场，一直在旁边看着——

法医吓了一跳，什么？张强，你说什么？你看见现场有个人？你在现场吗？你开什么玩笑，那时候你在哪里，你昏迷不醒躺在医院的床上呢。

张强也清醒过来，被自己的说法吓了一跳，说，这只是我的直觉，我的直觉，季八子不是凶手。

法医犹豫了一会，慢慢地说，直觉，好吧，你相信直觉，我也不好反对你，你一定要问直接的死因，那就是窒息死亡——

张强性急地打断说，窒息而亡，有没有可能绳勒窒息？

法医想了一会，犹豫着说，绳勒？尸检都看不到的绳印？什么样的细绳，会如此之细，又如此坚韧——

张强激动地脱口而出，有，有，是细藤!

法医不是本地人，没有听说过小藤村的细藤，他完全不能接受张强的观点，反驳说，细藤？你是说藤条编织的那种细藤？不可能，不可能那么细那么韧——

张强掏出一直揣在口袋里的细藤，给法医看。

法医果然十分震惊，但他不是震惊细藤的细和坚韧，他震惊的是，张强怎么会有这样的一根细藤。

这是哪里来的？

是张强在案发现场捡来的。

可是案发地在张强昏迷的那三天里，刑警队早已经搜得底朝天，除了泥土，现场不可能留下任何实物。

现在张强有些迷惑，觉得有些不真切，这根细藤，真是他捡来的吗？

无论死因是手掐窒息还是绳勒窒息，至少，案件中是有一根细藤存在的。

所以，张强有了重审季八子的理由。

刑警队上上下下，都对张强的行为感觉不解，但是他们理解和最后容忍了张强的任性。

用金队的话说，审吧审吧，看季八子能不能重新编出个故事来。

谁能料到，金队居然一语成谶，重审季八子的时候，故事真的发生了一百八十度的大转弯，季八子的口供的内容虽然和第一次完全一样，但是在关键的地方，却出现了反转，季八子在供述中提到的地点，在县城以东的小岗村附近的山坳，而小藤村，在县城以西。

根据季八子第二次的供述，刑警队查到县城以东小岗村的山道上，这里确实发生过一次袭击案，一个女孩子走夜路的时候，被人掐着脖子欲实施强奸，但是女孩被掐昏迷了，强奸犯以为杀了人，吓得逃跑了。女孩并没死，醒来后自己跑回家，家里人怕丢脸，没报警，瞒了所有的人。

结果在拐卖人口的季八子那里，又破了一桩强奸未遂案。

季八子第一次的口供和第二次的口供，除了一南一北，一生一死，其他过程甚至细节都十分相似，难怪连季八子这样的惯犯，都搞串了，他一定是以为自己把那个女孩掐死了。

他完全混淆了一东一西两个地理位置。

季八子的强奸未遂案被最后确认的这一天，是娟子被害整整四十天。

娟子的死，仍然是个谜。

案子再一次搁浅。

娟子的遗体存放已经超过一个月了，根据规定，只要法医鉴定报告最后确定，遗体就可以交给家属，让死者入土为安了。

而警队这边，如果再没有进展，案子很可能就会成为陈案搁置。因为刑侦人员完全没有了方向，没有线索，没有任何可以向前迈出哪怕一小步的可能性。

娟子就这样没有了，无论是身为警察，还是娟子“哥”，张强无论如何都无法接受这个事实。

张强仍然坚持怀疑法医鉴定的娟子的死因，那根细藤成了他心中解不开的结，撤不掉的疑，也成了他的想法不断涌出的源头。

张强的行为，让法医也受到了牵连，为了让张强的固执的想法有个了结，也为了使自己免受质疑，法医求助了省厅技侦处，请他们协助再次进行死亡原因的鉴定。

就在这一天，刘英出现在刑警队，她告诉张强，她已经提前被高校录取了，就是张强曾经就读的那所警官学院。

可是张强根本没有听到刘英在说什么，一时间他甚至已经忘记了刘英是谁，面对刘英温情的目光，张强完全没有感觉，他是麻木的。

刘英说，四年，四年以后，我也会来的，和你一起。

张强好像完全听不懂她在说什么。

张强的同事告诉刘英，张强因为脑部受伤，加上娟子的案子一直未破，身心都疲惫到了极致。

刘英两眼含泪，说，我提供一个线索，不知道有没有用。

麻木的没有感觉的张强突然间蹦了起来，线索，什么线索，线索在哪里？

刘英说，娟子在校时，每天都记日记，如果能看看她的日记本，也许里边会有什么信息。

张强他们立刻带上刘英一起重新翻寻娟子的遗物，根据刘英的回忆，娟子的大部分东西都在这里了，但是独独找不到日记本。

刘英明天一早就要出发，开始人生的新的征程，可是她放心不下自己的救命恩人，这个张强，和当初从天而降舍命救她的那个张强，似乎已经完全不是同一个人了。

我再提供一个情况，刘英说，你看看有没有帮助，娟子有个“哥”，不是她的亲哥，是她同村的一个人，我没有见过，但是娟子很喜欢这个“哥”，一直挂在嘴上的——

张强叹息了一声说，她的哥，就是我，我们从小就亲如兄妹。

刘英“呀”了一声，原来你就是娟子的“哥”——

张强十分敏感，赶紧追问，是“哥”怎么啦?

刘英停下了，犹豫了好一会，才说，我，对不起，我前几天还怀疑过她的“哥”呢。

张强猛地一振、一刺，过了好一会，他才问出来，刘英，你为什么怀疑她“哥”？你凭什么怀疑她“哥”？

刘英说，娟子从前，老是把哥挂在嘴上，后来她和林显好了，她再提到“哥”的时候，口气就不大一样了。

怎么不一样?

就是那种，有点为难，有点拘谨，甚至有点担心的感觉。

所以，你就觉得是她“哥”干的?

刘英十分窘迫十分内疚，喃喃地说，我也是因为着急，才胡乱瞎想的，那时候我不知道她“哥”就是你，如果我知道你就是娟子的“哥”，我就不会那样想了。

张强脱口而出，只要案子一天不破，任何人都可能是嫌疑人，包括我。

刘英惊愕地看着张强，他是她的救命恩人，是她的英雄，因为张强，她改了志愿，因为张强，她早已经想好，四年以后，她会回来，甚至，往后，再往后，她都已经想过了。

可是张强说，任何人，包括我。

张强的脑海里，再次出现了案发现场始终在旁边的那个人。

一道闪光照亮了昏暗的现场，那个人的脸应该被照亮了，张强应该能够看见他的脸了。但是张强却不敢去看他的脸，他只觉得自己的心，被击中了，那是最致命的一击。

6月28日，傍晚，张强从家里出来，骑车回县城，然后在盘山公路上碰到人贩子和刘英，这中间的时间，是不连贯的，有一个时间的空段，至少有半小时到三刻钟的空间，就是他完全丢失的那一段，父亲和刘英也无法帮他捡回来的那一段。

那一段时间，他到底在哪里，到底干了什么？

他必须找回那一段的记忆。

张强紧紧抓住刘英的手，问出了一连串的问题：

娟子有没有和你说过，她“哥”知不知道她和同学林显谈恋爱了？

娟子有没有对你说过，她“哥”对她和林显谈恋爱是什么态度？

娟子有没有和你谈过她和她“哥”的感情是怎么样的？

你和娟子在县城分手时，娟子有没有提到他“哥”？

你和娟子在县城分手的时候，娟子有没有告诉你，她“哥”会在山路上接她？

……

刘英被张强的轰炸搞晕了，好半天才回过神来，一旦回过神来，她立刻大吃一惊，她惊恐地反问，你怎么这么问，你问这些问题，你这是在破案吗？你是在怀疑谁呢？

张强说，这些天来，我一直在想，我想不起丢失的那一段时间——我的时间链条是断的，从我家出来，到在盘山公路上看到你，那段时间，不需要走一个多小时，至少有大半个小时的时间里，我不知道自己在哪里。

刘英当然也无法知道，她只是看到她的救命恩人张强如同从天而降，骑着自行车飞扑过来。

张强说，这段丢失的时间，谁也说不出来，但我还是想问问你，当时，你看到我骑自行车过来，你还记得我那时候是什么样子？你能不能从中感觉到什么？

刘英哪里可能记得，当时她早已经吓得魂飞魄散，刘英说，我只看到一团黑影，哦不，是一道闪光飞了过来，像闪电侠——

闪电侠？张强的脑海里突然被一道闪电照亮了，终于将那个昏暗的看不清的场景照亮了，他看到了那个没有面目的人：

6月28日傍晚，张强骑自行车回县城，一直担心娟子会不会翻山回家，实在放心不下，他将自行车停在山下，上了山坡，想试试能不能接到娟子，结果一进山，果然就遇到了娟子，张强向娟子表白了自己的心思，娟子拒绝了，娟子说，你是我哥，而不是爱人，张强上前拉住她，想说明白一点，可是娟子急于要回家，甩掉了张强的手，张强不甘心，紧紧抓住她不放，娟子拼命挣扎，乱踢乱叫，面目完全变了，完全不是张强心爱的那个娟子了，张强一气之下，失手了——

他从口袋里掏出那根细藤，递到刘英面前，娟子是被勒死的，而我身上，恰恰有一根细藤，你想想，一根细藤怎么会在我身上？

刘英带着哭声说，我只知道，小藤村这地方，遍地都是细藤，一根细藤说明不了什么，你这样是不负责任的，是不利于破案的，破不了案，你对不起娟子——

张强听到刘英说“对不起娟子”，才渐渐地冷静了一点，他平息了一下情绪，对刘英说，好吧，你放心，我只是把自己的胡思乱想跟你说说，说过了，发泄了，也许就好了——

刘英担心地说，那，你还会那么想吗？

张强说，接下来的事情，我可能就是要证明自己是凶手——他见刘英又紧张起来，赶紧改口说，换个说法，接下来，我就是要证明我自己不是凶手——抓住真正的凶手！

送走刘英，张强回到住处，无意中把一直随身带着的包打开了，居然在里边发现了娟子的日记本。

有几页还折了角，张强先看了这几页的内容：

——“哥说他喜欢我，但不是哥喜欢妹妹的那种喜欢。可是我一直只是把哥当哥的，亲哥一样，我不会和哥谈恋爱，我已经和哥说开了，但是哥不相信，不听我的，哥很固执，他要我正视自己的感情，其实，我正是因为正视了自己的感情，才和哥说开的。

我有男朋友了，是我的同学，名字暂时保密，嘻嘻，等高考录取通知书拿到，我们就打算公开了，哥，你永远是我哥，我永远爱你，但我不是你的恋人。”

——“哥，我终于想明白了，我终于知道自己的内心了，所以我不报考古专业了，哥，你也明白我的心思了吧？”

张强脑袋里一阵混乱，娟子的日记本怎么会在他这里，但是娟子日记本是破案的一个重要线索，他正要起身，阿兵进来了，张强注意到阿兵进门时看他的眼神，忍不住说，阿兵，你觉得，我、我怎么了？

阿兵支支吾吾，神色慌张，说，哦、哦，没什么，你可能晚上没睡好——

张强不会放过一丝一毫的怀疑，他的想象力像长了翅膀，飞翔起来，他追问阿兵，是不是我说梦话了？

阿兵不打自招地说，你别问我你说的什么梦话，是你自己做的梦，不是我做的梦。

阿兵不肯说，张强采取主动进攻的方式，说，我喊娟子了，是吧？

阿兵尴尬地说，嘿，梦话呀，张强你当什么真。

张强说，既然是梦话，不当真，你为什么不肯告诉我？不肯告诉我，就说明我一定说了什么关键的话——

阿兵步步后退，说，我不是故意的——

张强“霍”地站了起来，身上带着一股杀气，说，果然就是这样！

阿兵莫名其妙地看着他，说，张强，你说什么，果然是什么样？

张强说，我不是故意的——这就是我在梦里说的，日有所思，夜有所梦——我现在全想起来了，那一段空白的时间，我现在知道里边是什么了，就是我在山道上对娟子下了手——

阿兵说，张强，你、你太荒唐了，我、我不跟你说了——阿兵心急慌忙地跑了出去。

不一会金队就来找张强了，金队一来就说，强子，队里给你放假，你休息两天，去看看医生吧？

张强“哈”了一声说，金队，你们都认为我疯了吧？

金队说，不是说你疯了，现在很多人都有这种情况，心理压力大——

张强说，金队，这不是心理压力的问题，我有证据——

金队脸色大变，证据？你有什么证据？

张强说，证明我可能是李娟案的嫌疑人——李娟的日记本在我手上，里边有关于我的内容，自从我知道娟子在学校谈了对象后，我就一直在纠缠她——

金队说，别说了别说了——李娟的日记本，怎么会在你手上？

张强说，其实你们都知道，你们心里都有数，我有一段时间是空白的，6月28日傍晚，我从家里出来，大约是六点左右，到我在盘山公路上碰到刘英，已经是七点半左右，这里边大约有三刻钟的时间丢失了。

金队说，强子，人命关天，这可不能瞎想瞎说！

张强说，但是没有人能够证明我那三刻钟在什么地方，我没有不在场证明——更重要的，我怎么会有娟子的日记本？

金队说，难道你认为在那三刻钟里，你杀了娟子，拿了她的日记本？

张强说，现在的指向就是这样。

金队叹息了一声，说，张强，你昏头了，你忘记了一个根本的事实，嫌疑人是A型血，你是A型血吗？

张强的血型是B型。

张强立刻去重新做了检验，但是血型是改变不了的，是B型就是B型，永远是B型。

张强不甘心。

但他已经无路可走。

当天下午张强的父亲来了，金队他们不放心，特意请老人家来劝劝张强，父亲知道张强的不安，跟他说，强子，心里有什么，就说出来，别憋着。

张强拿出娟子的日记本，问父亲，知不知道这本子怎么会在他手里。

父亲说，咦，就是那天，娟子出事那天，你回家，李叔带来给你的，说是娟子让他交给你的，你就放在自己的包里带走了。

又说，你李叔还高兴地说，娟子终于想清楚了。

娟子看清楚了自己的内心。

张强却迷失在内心了。

就在他完全没有了方向的时候，收到了刘英发来的短信，刘英虽然刚刚入学，但是放心不下张强，她一直在努力回忆娟子的情况，方方面面的情况，然后写信告诉张强，提供给他参考。

刘英的信里仔细回忆了娟子的许多事情，其中有一个情况，引起了张强的注意，由于高考压力大，娟子一度内分泌失调，患了皮肤病，经常挠痒痒，有时候痒到入骨，她挠得身上横一条竖一条的印子。

根据刘英提供的这条线索，再次组织核查，最后竟然确认了，娟子指甲缝里的皮肤组织是娟子自己的。

这个案子实在太让人沮丧，越查，信息越多，越乱，但是有用的东西却越来越少，越查，离真相越远，最后竟然连唯一可靠的证据：嫌疑人的血型，都否定了，那就是说，警方根本就没有任何一点点的信息，完全无法为嫌疑人画像测写。

大家知道，这样的案子，基本上是要搁置了。

张强仍然坚持自己的想法，既然没有嫌疑人的血型，就不能排除我是嫌疑人的可能性。刑警队也已经没有其他招数了，按照张强的思路，大家反复讨论那个三刻钟左右的空白。

中途又返回去了——无人作证。

自行车坏了，停下来修车——无人作证。

路上碰到了别的什么需要帮助的事情——无人作证。

绕道到别的村子去干什么——无人作证。

张强又重走了一遍当天的路，绕道走进了沿途的每一个村子，查找自己的痕迹，但是没有人记得他曾经来过。

无人作证。

他还是空手而归。

讨论也是白讨论，重走也是白走，空白仍然是空白。

空白就是空白，它既不能证明张强是杀手，也不能证明张强不是杀手。

从省公安法医处也传过来了最后的结论：窒息死亡，是掐死的，没有任何绳勒的痕迹。

张强揣在口袋里的那根细藤，意味着什么呢？什么也没有，除了带有张强的体温，没有任何有用的信息。

那三刻钟的空白，也许永远都是空白了，也许永远都不可能知道里边填的是什么内容。

但是，这个空白在张强的心里，却又是堵得水泄不通，堵得他透不过气来，他只是看不见那里边到底是什么。

多年后，刘英已经是省公安厅技侦处的一名干警，她跟着老师运用物证数据管理法，每年对未破命案现场物证进行重新梳理检验，破了很多旧案。后来她向老师申请，回到家乡对多年前的李娟案重新取证，在李娟的衣物上提取到精准DNA。

DNA彻底还了张强自毁的清白。很快通过全网比对，抓住了真凶：一个当年来山区收购藤条的人，因一桩抢劫案正在服刑，看到刘英去监狱找他，他顿时明白命案告破了，只说了一句，你终于来了。

张强仍然在县公安局工作，只是不再当刑警，他现在负责管理局里的档案。

若有空闲，他会把刘娟案的档案材料拿出来看一遍。刘娟案的材料，要比从前的许多案件的材料多得多，仅仅关于张强自己的一些情况，就整理了几十页纸。

张强注意到，从刘娟案往后，到后来，到现在，许多的案件，留下的材料比从前要多得多，而且，越来越多，前不久一桩普通的拦路抢劫案，竟然出现了二十多个嫌疑人。

刘英破案后回到县局，相逢的时候，张强说，刘英，还是你厉害。

刘英说，技术手段不一样了，再说了，当时的现场，没有痕迹，是个老手，全抹去了。

张强却摇了摇头，说，不是没有痕迹，是痕迹太多，遍地痕迹。

刘英点头赞同，说，是，遍地痕迹。

嫁入豪门

上部

引子

什么豪门呀，寒门吧。寒门也够不着，人家寒门还出学子呢。就他们家这两位，一个66届初中，一个68届初中，连我都不如。我还好歹混过个高中呢。这两人也够霉的，都下了乡。其实可以试试留一个照顾老人的，但两个人都要表现自己进步，何况是全国山河一片红呢。老人呢，心里很想让他们留一个下来，但也不敢，什么家庭成分啊，敢乱说话，敢乱提要求吗。于是两个人都下去了。本来人家以为这两兄弟应该是下放在一起的，互相也好有个照应。但结果这两个人没有在一起。那时候倒是显示出他们比别人聪明一点。他们说，两个人在一起，有朝一日有出头希望的时候，这个希望给谁呢？还不是两桃杀三士。所以说他们表现进步真的只是“表现表现”，心里全是假的，人还没下去呢，就想着怎么上来，桃树还没种呢，就想着怎么摘桃子了。结果呢，他们连桃子的核都没见着。桃子是有的，但轮不着他们，给别人摘去了。他们两个一直坚持到最后，实在坚持不下去了，母亲就提前退了休，让弟弟顶替了。为什么是弟弟不是哥哥呢？因为弟弟看上去比哥哥更瘦弱一点，瘦弱的人总是需要更多一点的关心和呵护。其实这是一个误区。哥哥因为个子高一点，人也壮一点，就仍然留在乡下，守望着没有希望的希望，到最后一招，就是办病退。

替那个哥哥出具假证明的那个人就是我妈。我妈是个医生，应该算个知识分子，但她身上却有很多小市民的习气，她肯定和他们之间有什么猫腻，就帮他们做了假的病历，做得有模有样，连化验单子都是全套的，滴水不漏，说那个哥哥是肝炎，已经很严重，有腹水什么什么的。事情办妥以后，我妈还叮嘱那个哥哥说，去派出所办户口还是让你弟弟去吧，你看上去也不像个病入膏肓的人。

哥哥和弟弟就这样回来了，回到这个生养他们后来又抛弃了他们的城市。他们坐在自己家门口的走廊上，看着小天井里荒芜的杂草，井圈的痕印，干枯的石榴树，斜倒的石笋，等等，有些感慨，有些沧桑，但不是很强烈。他们现在强烈的渴望是工作和爱情。

爱情说来就来了，那就是我。

我是由我妈带进来的。我很不情愿，别别扭扭的。我妈告诉我，那可是个大人家，好大的人家。但我想象不出有多大。我妈拽着我走进了一条很深的小巷，一直快走到底了，我怀疑前面还有没有路，是不是就快断头了。我妈跟我说，你这么大了还不懂，有老话嘛，南州路路通，在这个城里，就没有死路。果然我们终于找到了那扇破烂的大门。

大门上方有一块乌七抹搭烂糟糟的木板，木板上刻了三个字，字已经很模糊了，而且都是繁体字，我看了一会，认出了其中的一个堂字，我妈说，小妹，你没有知识，这就是赐墨堂。听我妈的口气如此的肃然起敬，好像赐墨堂是很厉害的家伙。但在我看起来，这老家伙摇摇欲坠，随时要下来砸人的脑袋了。

我夸张地抱了抱脑袋，又往后退了几步。我知道我妈急着要我跟她进去，我偏磨磨蹭蹭不往里走，远远地停在一个地方，指着那块匾问我妈，妈，这是什么堂啊？我妈奇怪地看了我一眼。她应该觉得奇怪，我从来就不是一个喜欢多管闲事的人，更不是一个喜欢多长知识的人，我一直自我感觉我是一个很随意的人，当然，用我妈和我姐的话说，那不叫随意，那叫懒，嘿，懒就懒罢，与我无关的事，我是懒得去问，更懒得去管，再说了，我这还有我妈，还有我姐，哪里轮得上我。这会儿我一改往日随意的脾气，站定了对这个什么堂感起了兴趣，我妈自然是会奇怪的，但她也只是狐疑地看了我一眼，立刻回答我说，这就是赐墨堂。我妈的口气很重，好像我早就应该知道这个什么赐墨堂，今天终于相见，我应该很激动。可惜的是，我从来没听过什么堂，更不会因为走到这个堂来就激动了，我懒洋洋地说，什么是赐墨堂呢？我妈说，赐，这个字你都不理解吧，就是从前皇帝赏给别人东西，墨呢——我说，墨我知道，就是那一条黑黑小小的东西，磨出来的水也是黑黑的，蘸着写毛笔字的。我妈说，冯小妹，你可别小看这幢老宅子，他们宋家多少代人的光耀都在这里了，皇帝赐给他们祖先一段墨，所以这幢大宅就叫个赐墨堂。我“扑哧”一声笑了起来，说，嘿嘿，也不怎么样嘛，就赐了一段墨，这皇帝也够小气的，这老宋家祖宗也够没面子的，哪怕赐个砚台，赐一本书，也比赐一段墨强呀。我妈说，那是皇帝赐的，赐什么都是很厉害的。我妈咽了口唾沫，换了口气，又说，小妹，你现在还不懂，等以后你就会知道了，宋家可不是一般的人家。我妈站定了和我解释了半天，最后她才从我的脸色上察觉到了我的意图，说，我说呢，一个不学无术的小孩子，怎么关心起赐墨堂来了。过来一拉我的手说，别想花招再磨蹭，早晚得进去。

我们穿过头顶心“赐墨堂”三个字，进了大门，又一脚高一脚低地穿过一个很长很狭窄又很昏暗的弄堂，最后我妈推开一扇摇摇欲坠的旁门。旁门生了锈的铰链发出的吱嘎声，把我的耳朵都绞痛了，我朝里一探头，说，咦，这就是大人家？

我妈一手扯着我的胳膊，另一只手对着空中画了一个大圈子，说，从前，这整个大宅子都是他家的。我翻了翻白眼，反唇相讥说，从前老地主刘文彩家的庄园有多大？我妈“呸”了我一声，不理我了，拉着我就站到了他们家的小天井里。

他们家的天井真是很小，屎眼样，院子的墙壁也很恐怖，斑斑点点，有发霉的青苔，还有一些不知什么枯藤爬在上面，只有一棵芭蕉，虽然不大，却是长得郁郁葱葱的。他们家的屋子也很小，很破烂，像旧社会的穷人家，虽然一字排开有三间，但三间屋子都很拥挤，里边堆满了乌七八糟的旧家具破烂货，也不知道是些什么东西，他们家的人就在那些东西的夹缝中钻来钻去，而且他们的动作很轻盈，幅度又小，都是无声无息的，像蟑螂一样潜伏和滑行在这个阴森森的老宅子里。

当然这些都是我以后才渐渐发现的，现在我还没有走进这个家，我只是被我妈紧紧拽在小天井当中，我看到有两个长相很像的男人坐在走廊上，这两个人很像，但一个戴眼镜，一个不戴，两个人的轮廓和身材也稍有区别，一个比一个大一点，一个比一个小一点。

这就是我说的那俩兄弟。他们看起来很老相，头发稀毛瘌痢，脸色如丧考妣，要谈对象了也没有一点点喜气。他们毕竟多年在乡下吃苦，饱经沧桑了呀，我应该理解他们，但这跟我心目中要谈的对象差太远了，我一眼就没看中他们，还觉得很逆面冲。我很生气我妈竟要把我介绍给他们中的一个。一气之下，我用力甩开了我妈的手，说，这么老！我妈赶紧“嘘”一声，又狠狠地剜了我一眼，憋着嗓音说，你不撒泡尿照照自己。

我自己怎么啦，我比他们年轻，比他们有活力，还有，最重要的，我的运气也比他们好一点，至少我没有到乡下去做几年农民再回来。当然我的运气也只能跟他们比比而已。那个时候，就算留在城里，也没有多好的果子吃，我被分配在一家砖瓦厂当工人，砖瓦厂就是生产砖头的，到处都是黑乎乎的，跟煤矿工人也差不多，过去听人家说，煤矿工人的老婆小便都是黑的，我们做砖头的也差不了多少，至少冬天我擤出来的鼻涕是黑的，或者有时候我哭了，眼泪肯定也是黑的。在这样的单位工作，我能不哭吗，我隔三岔五地淌一点黑眼泪，脸弄得像个要饭叫花子。

后来我费心在厂里观察了一阵，想找个轻松干净点的活，那也不是没有，比如科室干部，坐办公室的，哪怕打打算盘，收收信件，给领导撩一撩门帘都可以，但我知道那轮不上我。研究来研究去，最后我觉得还是推板车的活爽快些，也干净一点，至少呼吸的空气不是黑的。我就要求领导给我换工种，我说我要推板车。开始领导根本不同意，说没有女孩子推板车的，我左缠右磨，最后他们无奈地同意了，但我在他们心目中就有了一个对工作挑肥拣瘦的不好印象。

后来的事实证明，厂领导的想法是对头的，从来没有女孩子推板车，是因为女孩子根本就推不动装满了砖头的板车。我头一次试着推的时候，不仅车子纹丝不动，反倒把我自己推了一个跟斗，我气得说，像死猪。板车班组的工人笑话我说，你说这里有几头死猪？他们开始对我还不错，也想照顾我一点，少装一点，但即使装一半我也推不动，后来没办法了，我就想办法，反过来，在车上套上绳子，绳子背在肩上，像驴和牛那样拉车，但还是拉不动。推板车的男人嫌我碍手碍脚，影响了板车班组的荣誉，特别是我们的板车组长，看见我就朝我翻白眼，叫我小姐，还叫我走开。但我不走，我是板车组的人，后来他们拿我没办法，我的活就由他们每人带一点带掉了。于是，我被全厂的人叫作板车小姐。那时候小姐这个称号是很难听的，资产阶级娇小姐的帽子一旦套上了，几十年都拿不掉人家对你的偏见。我努力想改，但是我又吃不来苦。好在许多年以后小姐的含义变了，小姐成了时髦的叫法，可惜那时候，我早已经是小姐她妈了。

所以，当我瞧不上那两兄弟时，我妈就叫我撒泡尿照照自己，一个推板车的，还能怎么样？

但是就算我照清楚了自己，我还是觉得自己比他们强。一看这两人坐在那里死沉沉的样子，面目呆滞，眼睛发定，像从棺材里倒出来的，我就气不打一处来，我想说话，想攻击他们一下，可我妈不许我说话，我就走到井边朝着井下说，死样。

他们家这口井的井围很小，水倒蛮清的，还能看见我两条小辫子一晃一晃的，我"哧"地笑了一声，说，比我们家门口的井小多了，我们那是三眼井，井围有那么大，我做了一个手势。他们听了我说话，只是无声地笑了笑。我知道他们并不觉得好笑，只是表示礼貌而已，这就是装模作样的大人家吧。我妈批评我说，这是一家人用的井，用得着那么大吗？不知道我妈为什么天生要拍他们家的马屁，我妈这样的人，是很势利的，要拍也应该拍拍干部或者别的什么有权势的人，不知我妈哪根筋搭错了，才有了我的命运的走向。

两兄弟就这样死沉沉地坐在走廊上，只是看到我们进来的时候，稍微欠了欠身，过了好一会，在我对着小井骂了声"死样"以后，其中有一个才站了起来，对着屋子里说，妈，她们来了。我一直模模糊糊没有记住站起来说这话的是哪一个，是哥哥还是弟弟。但是我也一直没有忘记有一个人说了这句话，口气完全是一个小孩子在向大人求助的口气，我差一点又要说话，这时候他们的妈妈就从屋里出来了。

下面的事情，就由他们的妈和我的妈商量，跟他们两个好像没有关系，跟我也没有关系。两妈谈了一阵后，他们的妈就对我说，小冯啊，来看看我们的家吧。她引着我向左边的一间过去，我偏要往右边一间去，我说，先看看这边一间吧，这一间干净一点。她笑眯眯地，说，小冯，你搞错了，右边的这一间，是别人家的。我朝我妈看看，我妈说，本来是他们家的嘛，只是暂借给别人住住罢了。

也许我妈看到我的脸色不好看了，赶紧把我拉开来，直截了当跟我说，他们两个都没找呢，你喜欢哪一个？不等我开口，我妈又急吼吼地说，我看就老大吧。我说，我不要，他有肝炎，肝都腹水了。我妈急了，说，你有意气我，你知道那是假的。我说，我不知道是假的。我妈说，那，就老二。我说，我不要，四眼狗。我有意放开眼睛周转身体尽情地打量他们的院子和房子，说，这房子，从前是用人住的吧。我妈又过来拉扯我，倒是他们的妈比较大方大度，耐心跟我解释说，小冯，这是大宅里的偏厅，不是用人住，是客人住的。

我们说话的时候，他们兄弟两个一直坐在走廊上，一个在看书，另一个在发呆，始终不参与我们的谈话。等到我们要走了，那个小一轮廓的弟弟却忽然跟我说，这本书你要看吗？他把他手里的那本书递到我眼前，我一看，是《基督山伯爵》，没听说过，我不喜欢看书，何况这书名五个字里就有三个字我觉着眼生，我根本就不想要他的书，也不想理睬他们。可我妈手长，一伸手就接过去了，说，我们家冯小妹最喜欢看书了。又把书塞到我的手里。我知道我妈要给他们面子，我也勉强就给了我妈一个面子，接下了这本书。

这个弟弟挺吃亏的，他借给我书，结果我却嫁给了哥哥。

我要嫁给哥哥，他们哥两个就不能再同住一间屋了。只能在小天井里搭建一个简易的房子，让弟弟去住。在搭建的时候，和隔壁那家人吵了起来。其实说吵起来也不太符合实际情况，因为这架其实只有一方在吵，就是那个借宋家房子住的老朱，老朱一家三口齐上阵，不光夫妻俩上蹿下跳，连他们那个小不丁点的儿子，一边哧通哧通地抽着鼻涕，一边嘴里不干不净，骂骂咧咧的。我看不惯他那种小流氓的腔调，骂了一声小杀胚。但他们吵得厉害，没听见我骂。

吵架的这一方是没有多大声息的，两兄弟一声不吭，他们的妈妈则耐心地跟他们解释，说哥哥要结婚了，弟弟没地方住。老朱家不讲理，说，你们结不结婚跟我们没关系，你们搭了这个房子，天井就更小了，我们怎么过日子。当时我也在场，我看不过去，跟他们计较说，你们不要眼皮薄，我们是结婚的大事，如果你们儿子结婚，你们也搭一间好了。他们的小杀胚儿子才八岁，我是呛他们，不料我这一呛，却呛醒了他们。结果他们也在小天井里搭了一间，才算太平了。这是再违章不过的违章建筑。不过那时候谁也没想到，后来这两个违章会让我们占到大便宜。

我结婚前几天，我爸回家了，他给我带来了一只樟木箱，是他自己砍的树，自己打造的，虽然造得粗糙，但毕竟有樟木的香。这个散发着浓浓香味的樟木箱让我知道了体面，我的女友和同事，来我家看我的嫁妆，他们看到樟木箱，都很羡慕我，明明香味四散开来，满屋子都是，他们还凑到箱子跟前去闻它，说，好香啊，好香啊，这就是樟木箱哎。我爸在一边比我还受用，说，在我们林场，每天都能闻到樟木香，还有其他许多树香。

我爸原来在一个叫农林局的地方当一个小官，前几年被打倒了，放到一个林场去劳动改造，后来又没说他有什么问题，就地安置了，当了林场的副场长。那时候林场的活就是砍树，我爸身先士卒，带头砍树，还创造了一种冯氏连轴砍树新法，把砍树的产量提高了一大堆，我爸成了劳动模范。

我爸给我的樟木箱夹在他们家的旧家具中，我看着很养眼，也很舒心，我的樟木箱鹤立鸡群，十分骄傲，相比之下，他们家的旧家具是那么的寒酸，那么的灰头土脸。

我爸也围着樟木箱看了看，他的神态起先也和樟木箱一样骄傲，但后来他的脸色有点变，他小心翼翼地蹲下来，凑到一只很不起眼的小茶几跟前，先是左看右看看了半天，接着就伸出手去抚摸，我起初以为他只是摸一下而已，哪知他那只手搁到茶几上就不肯下来了，摸过来摸过去，横摸过来竖摸过去，从上摸下来，又从下摸上去。看他那急吼吼样子，我也忍不住朝那小几子瞥了一眼，那小茶几简简单单，也没有雕什么花，而且面目很丑，就是四条腿撑一块板这么简单，灰头土脸的，都不如我们家新买的夜壶箱神气。可我爸却像着了魔似的，喃喃呢呢地，又自问自答、又自我怀疑地说，这是鸡屎木？不会吧？难道真的是鸡屎木？

我"扑"地笑了一声，说，爸，你们林场有鸡屎木吗？我爸脸色严峻地说，没有的，我们这地方长不出鸡屎木。我爸咽了口唾沫，扯了扯我的衣袖，神神秘秘地跟我说，小妹，你家里有好东西。他的角色换位真快，已经把这个家叫成"你家"了，喜酒还没有开宴呢，他已经跟我一刀两断了。我妈在外面喊我，我爸赶紧就对我说，你妈喊你，你快出去吧。我感觉出我爸想要支走我，我见爸的神色模样有点古怪，我就没搭理我妈，守在我爸身边看他要干什么。结果看到我爸动作十分迅速，环起胳膊就将那鸡屎茶几一抱。我爸在林场干过活，力气好大，那茶几在他怀里像一团棉花，我爸抱了一会，舍不得放下，但因为我站在一边紧紧盯着他，他有点难为情，就放下了，我爸一放下，我就运足力气上前一试，结果那一身的力气都白运了，没想到那鸡屎茶几竟然轻飘飘的，我不由得泄了气，鄙视说，屁轻，不是什么好东西，烂木头罢了。我爸立刻正色地说，小妹，什么东西并不是越重越好的。我反唇相讥说，那是越轻越好啦。我爸说，反正，鸡屎就是轻的，如果是轻的，就是鸡屎。停了一下，又压低嗓音，鬼鬼祟祟说，小妹，我告诉你，真正的鸡屎就是轻的，就是好东西。

这有点出乎我的意料。我爸怎么变得像我妈那样鬼里鬼气、小肚鸡肠，看他说“好东西”时那馋样子，口水都差点淌下来了，比我妈说“大户人家”的口气还馋，我心里有点瞧不起他了，我抬手对着空中画了一个圈，说，难怪你们要把我嫁入豪门——屁眼大的豪门。

我说粗话，我爸竟一点也没在意，他还点头赞同我说，是豪门，是豪门，屁眼大也是豪门。

二

说了这么多，有一大半都是废话，因为一直在讲一些无关紧要的人和事情，真正的主人公，到现在还没有登场呢。前边他只是露了一露脸，还没有说过一句话呢。

不过，你们别替他着急，他自己都不急，你们急什么。

我可以告诉你们，这个人是一辈子都不会着急的那种性格，这就是我嫁的人。

我一个急性子的人，要跟他过一辈子，现在回想起来都后怕。可谁让我当初急着要嫁人呢。当然，后怕是后怕，以后几十年的日子也会一天一天过下去的，结果只有两种，一是离婚，一是不离。不过现在还没到那时候，时间还早呢，我才二十五岁。

第一天早晨起来他就跟我说，小冯，你晚上睡觉磨牙，是不是有蛔虫啊。婚都结了，还叫我小冯，好像我没有名字似的，不知道是不是因为他妈头一次见面时喊我小冯，他以后也就一直喊我小冯了，不过我也会不客气的，我说，老宋，你睡觉说梦话。他笑了笑，好像知道我是在报复他，没有跟我计较。我刷了牙，把牙刷朝杯里一插，他看了看，就把它倒过来重新插到杯里。我看不明白，说，你干什么？他又慢条斯理地说，小冯，牙刷用过了，要头朝上搁在杯里。我看了看他，又看了看牙刷，说，为什么？他说，牙刷头朝下，就会一直沾着水，容易腐烂，容易生菌。我说，把茶杯里的水倒干了，牙刷就浸不到水了。他说，倒得再干，也总会有一点水积在杯底的。我说，这是你们大户人家的讲究？他说，无论什么人家，都应该这样的。等我洗过脸，挂了毛巾，他又过来了，我赶紧看看我的毛巾，我那是随手挂的，等于是扔上去的，当然是歪歪扯扯，确实值得他一看。他看了后，就动手把毛巾的两条边对齐了，然后退一步看了看，又再对了一下，那真是整整齐齐了。我说，怎么，两边不对齐容易腐烂吗？他说，不是的，两边不对齐，看起来不整洁。

我很来气，我说，老宋，你是嫌我没有家教是不是？他和气地跟我说，我没有嫌你没家教，你怎么会没有家教呢？他说得倒很真诚，可我怎么听也像是在挖苦我，也可能是我自己心虚。虽然我爸我妈都是有点儿知识的人，但我家里却从来没有家教，他们都忙于工作，没有时间做家教。我心虚了一会，看着老宋一动不动的后脑勺，我渐渐地又来了气，看起来他还真以为他家是什么大户人家了，竟如此不知道谦虚。我说，你不看看自己的家，还嫌我不整洁。他说，这也是你的家。他一边说，一边弯腰把我脱在门口的鞋转了个向，朝里，摆正了。见我瞪眼，他又说，这不是腐烂和生菌，主要是习惯，一个家庭养成一种习惯，总是有道理的。我说，摆鞋子还有什么道理？老宋说，鞋头朝里放，人能够安心地待在家里，鞋头朝外放，人就会经常在外面奔波。我“扑”地喷笑出来，说，原来大户人家的规矩就是封建迷信啊！老宋说，这不是封建迷信，这是心理作用，小冯，你年纪轻，你可能还不大知道心理作用的作用。我朝他翻翻白眼，他没有看到，继续说，刚才是说自己家人放鞋，如果来了客人，就应该朝外放——我打断他说，对的，朝里放了，客人就赖着不走了。老宋点点头说，客去主人安。

说到客，客就来了。我没想到，来的竟然是我的客，是我的厂领导。我结婚的时候，很想请我们厂领导参加，想给自己长点脸。但是领导怎么会来喝一个板车小姐的喜酒呢，我说也是白说，请也是白请。可奇怪的是，我的婚假还没有结束，我们领导却集体登门来拜访了，还带了贺礼。进门的时候，他们看了看我家的地板，说，哟，这是老货，我的鞋底有钉，别踩坏了，换拖鞋吧。我希望老宋说，不用了不用了。可老宋偏不说，他们就只得手忙脚乱地换鞋，把脱下来的鞋乱扔，我怕老宋当着他们的面去替他们摆鞋，丢我的脸，我乘他们和老宋寒暄时，赶紧用脚把他们的鞋子都踢成鞋头朝外的摆式。不料老宋还是不满意，因为我踢得不太整齐，有点斜，他过去重新摆齐了，才坐下来说话。

我满脸燥热，不敢看我们领导的脸，不料我们几位领导坐下来就异口同声说，到底是大户人家，到底不一样的。我也没能听出来他们到底是赞扬还是挖苦，我也不知道他们说的“到底”，是到底在哪里，我只是朝老宋瞪眼，心里想，下次你有客人来，我让你有好瞧的。

不知是不是因为鞋子摆放的原因，我们领导稍坐了一会就告辞了，临走时，领导跟我说，小冯啊，我们商量过了，等你婚假结束，给你换一个岗位，一个年轻女同志，拉板车肯定是不对的，你调到资料室怎么样？如果你没有意见，就这么定了。

我简直怀疑我的耳朵或者脑神经出了问题，我呆呆地看着他们的嘴一张一合的，又呆呆地看着他们换好鞋，我和老宋送他们出来，送出旁门，我们还要送，他们坚决不让，跟我们挥过手，他们就走了，沿着又长又窄又暗的备弄，一直走出了这个大宅。

我还没有回过神来，耳朵里嗡嗡的，脑子里也嗡嗡的，我问老宋，刚才他们说什么？老宋说，他们说再见。我说，不是再见，在屋里临出来时说的。老宋想了想，说，临走时？也是说再见，噢，还说了，早生贵子。他脸也不红，还光想着自己的事，真的很惹我生气，我说，你心里只有你，他们明明说了我的工作问题。老宋这才说，是呀，他们是说了你的工作问题，调你到资料室工作。我说，这怎么可能？老宋说，是呀，你读的书太少，资料室工作要博古通今博闻强记博学多才才行。他的思路老是跟我走岔，我急得说，你搞什么搞，我是说他们怎么会调我到资料室去，那可是个清闲轻松人人想去的神仙界。老宋说，小冯，你这个想法不对，说明你不了解资料室的工作性质和作用。他还是往岔里走，但这正是我大喜过望的时候，我不想跟他生气，但还是忍不住说了一句，老宋，你搞清楚，这可不是大学的资料室，是砖瓦厂的资料室，里边有什么，就几本记录怎么生产砖头的本本。老宋说，你还是小看了它，这是很有价值的，你如果不了解，你怎么能够做好你的工作呢。我不再理睬他，我只是研究着自己的快乐而又迷惑的心思，领导怎么会开恩让一个板车小姐到资料室去上班呢？

不久就有老宋的客人来了，我是个记仇的人，上次他不给我面子，这次我也不会给他面子，我蓄谋已久地等着这一天。

我守在进门的地方，就等着他们换鞋，然后我去替他们把鞋头朝外摆好摆正，我还想好了，如果他们表现出奇怪的表情，我就告诉他们，这是老宋的规矩，客人的鞋头要朝外摆，否则客人就会坐在我家不肯走，我还要告诉他们，老宋说了，客去主人安。

可是我的阴谋没有得逞，老宋的客人有条有序地脱下来的鞋，根本不用重新摆放，怎么脱的，它们就怎么整齐划一地鞋头朝外搁着，比老宋放的还规矩。我的妈，原来老宋的客人早就被老宋训练得中规中矩了。

过了不多久，我姐从乡下回来看我。我姐下乡十年，种了几年田，又当了几年代课老师，别的知青都回来了，她就是不回来，我妈催她，她还批评我妈思想落后。可是她来看我时，一见我面她就撇嘴，酸溜溜地说，哟，结了一个婚，就从板车小姐变成资料员了，命好啊。我说，是呀，我也不知道撞了什么好运。我姐又撇嘴说，哎哟，谁不知道你嫁了个好人家。我说，什么好人家，你又不是不长眼睛，你看看这破屋子，再看看屋子里这些破烂货。我姐说，得了吧，谁不知道他家的奶奶宋乔氏。

这是我头一次听说宋乔氏。可我姐不相信，说，冯小妹，你才结婚几天，你都学会装样了。说着说着她就来气了，一来气她就没完没了了，说我妈偏心，明明应该姐姐先找对象先结婚，偏偏把好事先给妹妹，没道理的。我说，姐，是你自己说要扎根农村干一辈子革命的，是你自己说要嫁给贫下中农的，妈不敢破坏你的革命大事。我姐说，呸，我知道我是捡来的，你才是妈亲生的。我说，一个秃子老宋，就这么稀罕？要不，我跟你换，你把你的男朋友给我，我把老宋给你。我姐说，你以为我不敢？

等老宋回来，我问他，你奶奶是谁？老宋说，我奶奶就是我奶奶。我说，那你为什么要瞒着我？老宋奇怪地看看我，说，我瞒你什么？我说，你奶奶。老宋说，我奶奶怎么瞒你了，你难道不知道我有奶奶吗，你不是看见过她吗？老宋的奶奶我确实是见过，她八十多岁了，我们结婚的时候，她特地从上海赶来，拉着我的手，往我手指上套了一个黄铜戒指，还说，长孙结婚，我是一定要来的。这就是宋乔氏？我跟老宋说，我不知道她是宋乔氏。老宋疑惑地说，宋乔氏？这有什么呢，我爷爷姓宋，我奶奶姓乔，她就叫宋乔氏，这只是我奶奶的名字而已。我气得鼻孔里往外冒气，说，而已而已个屁，你奶奶不仅是宋乔氏，她还是一座大园林、一座大宅、一口青铜大钟，还是什么什么什么什么。我说得口吐白沫，手朝着天空画了一个大圈。就像当初我妈带我走进这个小天井时，我也这么画过圈，但两种画法，含义是不一样的。

我唾沫星子横飞地说，老宋默默无闻地听，他不说话，脸上也没有什么表情。我说着说着，就发现不对，无论如何，从前家里有这么多东西，老宋至少应该表现出一点点骄傲吧，但是老宋始终面无表情，我分析了一下，断定这肯定就是他表现骄傲的一种方式。所以我有意气他说，这有什么了不起的，那时候人人都这样，都捐，我外婆把一个马桶都捐给政府了。老宋也不反驳，反而还赞扬我的说法，说，是这样的，那时候就是这样的。我真拿他没办法，这是个兵来将挡水来土掩软硬不吃的家伙，不好弄。

我也懒得去弄他，更懒得去弄明白他，既然天上砸下来砸到我头上的好事，我还有什么好计较的，我乐得轻轻松松上班享福去。

我没想到我的好事竟然还是接二连三的，换了工作不久，就落实政策了，到这时候我才知道，原来赐墨堂也是被宋乔氏捐掉的，她只给自己家留下赐墨堂里最小的这一进三间屋。隔壁的那个老朱，是前几年从乡下进城到街道工作的造反派，在城里没有房子住，硬抢了一间，现在被赶回乡下去了，临走的时候，老朱老婆说，我们好几年没有种田了，现在回去种田，不知道会不会种了。老朱说，现在的事情又反过来，从前你们下乡种田，我们进城造反，现在你们回来了，我们又要回去了。两个人伤心巴拉的，全没了从前那种住人房子还要欺负人的样子，连他们那个小杀胚儿子，也不神气活现了，只是哧通哧通地抽鼻涕。

老宋把他们送到门口，居然说，要是乡下不好过，你们再回来——我在背后狠狠地掐他，他也不怕疼，仍然说，再回来想办法吧。老朱却比他有志气，说，我们不会回来了，我们也没脸回来了。一家人就走了。我说，老宋，你活该，热脸碰个冷屁股。

接下去，又有更多的好事来了，老宋的弟弟宋绍礼做了人家的上门女婿，搬出去了，一下子家里的三开间就成了豪华阵容了，别忘了，天井里还有两处违章呢。其实那老朱很笨，他至少可以把他那间违章的材料拆了带走呀，那可是他自己出钱搭的，不是抢我们老宋家的。老朱大概气伤了心，精明人也变糊涂了。就把这违章白送我们了。

到这时候回想起来，我妈虽然有点俗气，却还是有些眼光的。

天下雨了，我搬了一张藤椅，坐在我家的走廊上，架起二郎腿，看着雨打芭蕉，心里得意，就晃悠晃悠地摇起藤椅来，哪知这藤椅太不经摇，没怎么两下子，"啪"的一声，椅腿断了，我摔在地上，屁股撞得好疼，又觉丢脸，不好意思喊出声，只有嘴里"咝咝"地抽冷气。我婆婆听到声响从屋里出来，看到我狼狈不堪坐在地上，显然她想笑，但她是有礼数的，没好意思笑出来，忍了笑说，小冯，摔疼了吧。这不是废话吗，活生生地从椅子上摔到地上，能不疼吗。我悻悻地爬起来，说，什么破椅子，早该更新换代了。我婆婆笑了一笑，没有接我的话茬，只是把破椅子扶起来，看看它折断了的腿，说，找绳子绑一绑还能用，坐的时候小心一点。真是有其子必有其母。我不服说，你们家宋乔氏把那么多的东西都捐掉了，这些破玩意儿倒舍不得扔了。这回轮到老宋回答我说，该走的走，该留的留。这不等于在放屁吗。

说话间就开饭了，我顾不得再生气，今天有一道笋瓜炒肉丝，是我喜欢的，不客气夹起来又咬又嚼，真是又脆又香，打嘴不放。开始的时候我也没觉着有什么异常，但吃着吃着，我渐渐感觉有什么地方不对头，身上像是长了刺似的不舒服，我一边吃，一边四下看看，没发现什么异样，再看看，仍然没有什么异样，大家都闷头吃饭，能有什么异样呢，但我仍然觉得身上长刺，这刺一直长到了我的喉咙口了，让我咽不下饭去，我只好停下来。这一停顿，才让我恍然醒悟，原来异样不是出在别人身上，是出在我身上，我吃饭和他们吃饭不一样，尤其是咬嚼笋瓜这样的食物，我尽可能咂巴咂巴，才能咬嚼出它的滋味来，才能吃个痛快。而他们吃饭，他们咬嚼，完全是没有声音的，只是抿嘴蠕动，这时候我才想起来，老宋先前也跟我说过几回，说他们小时候，吃饭出声是要被大人骂的，我这才知道原来他是在提醒我，要纠正我。可我偏不信了，稍停顿以后，我又重新开始咀嚼，咂巴得更响更爽。可我咂巴得再响，对他们也没有影响，他们仍然不出声地咀嚼着坚硬蹦脆的食物，我仔细盯着他们的嘴一看，我的妈，这不就是兔子吗，兔子就是这样吃东西的嘛，他们的嘴，像极了兔子嘴，我忍不住就“扑哧”一声喷笑出来，将满嘴的米粒喷了一桌。他们也不吱声，也没笑，我婆婆拿来一块抹布，将桌上的米粒擦干净，继续再吃的时候，我很想示威性地再加大咀嚼的力度和幅度，可是我发现我发出的声音沉闷了，低哑了，怎么也咂巴不出先前那气势来了。我心里的气无处撒，扒完了饭就起身走开，恰好看到墙角那鸡屎小茶几，过去便踢它一脚，说，就你是个该留的。结果踢痛了自己的脚。老宋笑眯眯地看了看我，说，老话说，一怒之下踢石头，踢痛自己的脚指头。

二

就是这个被我踢过的鸡屎小茶几，我爸对它可是垂涎三尺，我早就知道，在我结婚前，我爸头一次来到我的新房，我就看出来了。我结婚以后，我爸每次从林场回城，都要来看我，开始我还自作多情，以为我嫁人了，我爸舍不得我呢。后来才渐渐发现了，他才不是来看我的，他是放不下我家的鸡屎小茶几，但是他没有理由来拿我家的鸡屎鸭屎。

后来我才知道原来他许多年里一直伺机守候着。

后来终于给他找到了一个机会。那时候我女儿妞妞三岁了，到了上幼儿园托班的年纪，我挖空心思找关系，要联络幼儿园园长或老师，结果把枯肠搜索尽了，也没有找到一鳞半爪的关系，我问老宋，老宋想了想，说，没有这层关系。我又找老宋他妈，我婆婆的神态和口气都和老宋一样，想了想，说，没有这层关系。我来气，说，那就让妞妞上个街道幼儿园算了。他们娘俩不作声，我算是将了他们的军了，但其实也是将了我自己的军。正犯愁犯难的时候，我爸从林场回来，没有回他的家，直接到我家门上来了，说，小妹啊，你没有忘了吧，妞妞今年要上幼儿园了。我朝老宋和他妈看了一眼，说，我正准备到街道幼儿园给妞妞报名呢。我爸一急，说，小妹，你这是对孩子不负责任啊。我说，我倒是想负责任，可老宋家没有这层关系，我也怪不着他们，我自己也没有这层关系。我爸满脸通红，兴奋地说，可是我有呀。谁能料到天上又掉下个大馅饼来了，我问我爸那关系跟他是个什么关系，我爸说了半天，我先就泄了气，说，原来是九曲十八弯的关系。我爸说，虽然九曲十八弯，但是我一定会把它拉直，拉近，近到就像你我的关系一样。我爸果然去拉关系了，关系也果然给他拉直拉近了，虽然不可能近到像我和我爸的关系那样，但至少，那幼儿园同意接受妞妞入托了。我大喜过望的时候，不忘寒碜老宋几句，我说，唉，妞妞倒像是我爸的亲孙女儿，不像是他的外孙女儿。他微微笑了一笑，还是不作声，涵养真好。

我爸把关系拉直了，他人却一去不来了，我跑回娘家去催促他，我爸却又扭捏起来，很不爽快，推三托四，一会儿说，不知道那个阿姨的力度到底有多大，幼儿园的园长会不会不买她的账，一会又说怕那阿姨没有跟园长沟通好，万一被人家回绝了，脸往哪里放，什么什么，等等等等。本来鸭子已经煮熟了，结果我爸却绕出这么一大堆废话，分明是在告诉我，鸭子要飞走了。我一气之下，就跑走了。我爸却又紧紧追来了，嘴上说，小妹你跑什么呀，我打算今天就帮妞妞去办入托手续了嘛。一边说话，一边拿眼光在我家到处乱射。我说，那你还推三托四的干什么？我一问，我爸支吾起来了，脸都红了，似乎有什么话要说，却又说不出口，但是他管不住自己的眼睛，我看他心中有鬼的样子，就起了怀疑，我顺着他的目光看了一看，又想了一想，我恍然大悟了，说，爸，你是相中了我家的鸡屎木吧，那就交个换吧，你帮妞妞入托，我把鸡屎小茶几送给你，别说鸡屎小茶几，就算有鸭屎大茶柜，我也给你。我爸有点难为情，说，小妹，我可不是和你做交易，哪有替外孙女办事还要交换条件的，这算什么外公呀。我作弄他说，那你是不要我们家的鸡屎木？他又急了，说，我也没有说不要，你要是放在家里嫌累赘，就放到我那儿去好了。你瞧我爸，也够虚伪的，明明想那鸡屎小茶几，还说是我嫌累赘。不过要说我嫌累赘也没错，我对我家的许多旧东西烂货，都恨不得除之而后快，既然我爸喜欢鸡屎木，给了他也罢。

我爸轻轻一抱就把鸡屎小茶几抱起来了，我不知道我爸为什么这么馋它，不过我也没想去深究，一是因为我天生懒，二是因为我爸这人天生古怪。你看他满脸通红的，似乎觉得有点理亏，又啰里巴唆道，小妹，你可别以为亲生父女还做交易，小妹，就算你不给我茶几，我也要帮妞妞入托的，反过来再说，就算我不帮妞妞入托，你也会把茶几给我的。我说，凭什么我会给你。他居然说，我想它都想出相思病来了，我都瘦了十几斤了，做梦都梦见它。

我爸爸就这样把鸡屎小茶几搬走了。这鸡屎茶几在我家平时也派不上什么用场，就随意地丢在屋角落里，不显眼的。它在不在那位置上，不细心的人是不会关注到它的。但老宋是个细心的人，我担心他回来后向我追问鸡屎茶几的下落呢。可奇怪的是，那天晚上老宋回来，似乎根本就没在意小茶几不在了，或者他明明知道了，就偏偏不问我？当然，他不问，我才不会主动跟他说呢。老宋上了床倒头就睡，我也就释然了，也有理由劝慰自己了，本来嘛，一个小破茶几，我犯得着那么紧张吗？

哪里料到，第二天一早，我一开门，竟然看到我爸抱着那鸡屎木站在门口，像个挨批斗的走资派，丧魂落魄的样子，双手把鸡屎木紧紧搂在怀里，嘴上却说，小妹，鸡屎木还给你。我一急，说，爸，你不能反悔啊。我爸说，小妹，你放心，妞妞的事我已经办好了，但是鸡屎木我不要了。我不知道他犯错了哪根筋，问他，他也不说，放下鸡屎木就走。我追到天井拉住他问，他才说，我昨晚一夜没睡，心里堵得慌，好像要发心脏病。我说，爸，你不是心脏病，你是心病吧。我爸说，我做了个梦，有个人托梦给我，说那鸡屎木不是我的，我不能占有，我一急，就醒了，觉得很不受用，还是物归原主吧。我说，你梦见的是谁，不会是老宋吧？我爸想了半天，恍恍惚惚摇头，说，不记得，没有看清楚，有没有脸都不知道，但反正是有一个人，他跟我说的。

我回头看看，老宋若无其事在水龙头那儿刷牙呢，怪不得鸡屎小茶几不见了他也不着急，他是不是早就知道我爸会乖乖地送回来？

我原来就知道我爸古怪，一个人有点特别的脾气，那也不能算不正常。但我没想到我爸的古怪后来会发展到如此那般。自从他抱走了我家的鸡屎木又主动还回来以后，他就变了一个人，不说别的，单说他的工作吧，从前他是天天砍树，为了砍得快，砍得多，他还发明了冯氏连轴砍树新法，现在他不再砍树了，他开始种树，天天种树，每次见到他，他总是在说种树，看他这阵势，过不多久，他就会从一个砍树模范变成一个种树模范了。我跟他说，爸，你昨天砍下来，今天又种上去，不都白忙了？我爸却说，砍有砍的道理，种有种的道理，不一样的。我说，你是不是要又发明冯氏连轴种树新法加快种树？我爸说，我现在不仅要讲速度，更要讲质量，我正在研究南木北种。我没听懂，也不想弄懂，就懒得追问了。

许多年以后我才知道，我爸自从退还了我家的鸡屎木茶几以后，受到了很大的打击，消沉了一阵以后，他鼓起了战斗意志，决定在林场试种只能生长在南方的鸡屎木，他决心要拥有一件自己亲手栽种亲手打造的鸡屎小茶几。后来我老爸老了，再也种不了树、更砍不动树了，他躺在藤椅上回忆往事的时候跟我说，我那时候真是利令智昏啊，我明明知道金丝楠木只能生长在南方，我还偏偏要叫它在我们林场长出来，我又明明知道金丝楠木的生长期很长，旺盛期要六十年，我即使栽种成功，等它长成了，我已经一百几十岁了，我能活那么长吗——这都是后话了，以后等有机会时再说吧。

我现在还年轻，甚至还不知道鸡屎木是个什么东西，更不知道我爸独自一人在林场发狠发飙跟我家的鸡屎小茶几有关，我现在只关心我的女儿妞妞，最后如愿以偿让妞妞上了那家还说得过去的幼儿园，我也就心满意足了。

但是马上我姐就要来了，我姐来了后，我的日子就要发生一些变化了，我的心满意足的日子也差不多要到头了，这是肯定的，我姐是一根搅屎棍，她不仅搅自己，还喜欢搅别人，连一些与她无关的人和事她都爱搅和，就更别说我是她的亲妹妹了。

不知道是不是因为我嫁了个“好人家”这个事件刺激了我姐，本来准备在农村待一辈子、嫁给农民做老婆的姐姐在我结婚后就迅速回了城，迅速搞定了工作，又迅速嫁了人。那是一个干部子弟，好多年一直在追我姐，可我姐因为闹革命，一心想嫁给农民，一直不理他，后来又突然回头找他。那时候他其实已经绝望，刚刚开始了一段新的恋情，可是架不住我姐的一个眼神，他就乖乖地抛掉了新恋人，投入我姐的旧怀抱了。

我姐叫冯美丽，她一生下来，护士一见到她的小脸，就叫喊起来，哟，好漂亮一个丫头噢。那时候我爸就脱口说，那就叫个美丽吧。躺在产床上的我妈表示赞同，我姐就叫了这么个美丽的名字。等到我出生了，我爸我妈可犯难了，想跟着我姐排名一个美字，可怎么排都不满意，美华，美英，美娟，美什么，美什么，美什么什么也没有美丽好，我爸我妈想得都不耐烦了，说，先叫个小名吧，等想到好的再改过来。我爸我妈真是一对不负责任的爸妈，从此以后他们再也没有为我考虑过我的大名，结果我就一直叫个冯小妹，许多年中我也曾经气愤地想自己给自己改名，但想来想去也想不出个和冯美丽差不多或者至少差不太远的名字，我也是个不负责任的人，就任自己叫个冯小妹了。唉，不说我了，说了我自己都来气。还说是我姐吧。

我姐名字好，气质好，高贵样，从小就是个骄傲的公主，到哪儿屁股后面都有一群人追着讨好拍马屁。我姐嫁了干部子弟后，马上就鸟枪换炮了，她来看我的时候，说，小妹，我家卫生间的地毯你知道怎么样吗？我不知道。我姐又说，那毛有多长你知道吗？我也不知道。我姐就比画了一下，等我看明白了，她又说，光着脚踩上去是什么感觉你知道吗？我哆嗦了一下，说，痒，肯定痒死了。我姐说，是呀，从前一个农妇，想象皇后的幸福生活，说，她肯定在吃柿饼。我说，柿饼我也喜欢吃的。我姐说，冯小妹，我知道，你虽然表现得无所谓，但你心里不服我呢。她倒是看得到我的心灵深处呢，看她那牛哄哄的样子，我心里还真不怎么服，想，哼，别以为你干部人家就怎么了得，老话说，饿死的骆驼比马大，我正这么暗自安慰着自己，我姐就来破灭我的梦想了，说，老话到底是没道理的，到底饿死的骆驼也没马大。

我把姐姐的话转达给老宋听，老宋听了，慢慢吞吞地说，马也会死的。我听了，气了一会，又觉得好笑，老宋的话似乎也是有点道理的，我就笑了一声，但听着自己干巴巴的笑声，我又来了气，说，马当然也是要死的，可是骆驼已经先死了，而且是饿死的，马呢，说不定是胀死的。我这话，傻子也能听出来，那是有意说给老宋听，有意刺激他的，可老宋说，饿死和胀死，还不都是一个死。我说，那你是愿意饿死还是愿意胀死？老宋说，活得好好的，说什么死不死，我才不愿意死。噎得我一口气堵在心里，闷了半天也没有找到渠道泄出来。

马无夜草不肥，人无横财不富，我姐家的横财也不知道是从哪里来的，反正我总觉得太快太神奇，似乎只是一夜之间，我都还没睡醒呢，我姐家就已经应有尽有了。房子小的换大，家具旧的换新，家电一应俱全，有了录像机以后，我姐他们经常呼朋唤友到他家欣赏外国电影，有一次我姐也叫我去。

我到得早，其他客人还都没到呢，我进去的时候，我姐夫正在客厅里，他看也不看我一眼。人家都说姐夫惦记小姨子，可我这个姐夫，心里只有我姐，因为我姐太牛了，我呢，又太怂了。那时候他正在打电话，哇哇啦啦说，没问题，包在我身上，对，都说妥了，六百台，就是六百台，一台也不会少的！我悄悄问我姐，什么东西六百台啊？半导体收音机吗？这么多哇！我姐说，是冰箱。我晃了晃身子，眼睛都模糊了，我姐夫一下子弄六百台冰箱，我怎么不要晕过去，那时候别说我们家，就是我们领导家里，也都没有电冰箱呢。

我被六百台吓晕后又醒过来，脑子也清醒了，我鼓了鼓勇气，跟我姐说，我也想要一台。我姐说，冯小妹，你不知道行情吗，你没听说过冰箱票有多难搞噢？我听说过，所以我立刻就蔫了，低了头不吭声。我姐又大度地安慰我说，不过小妹你放心，姐会给你搞的，你把钱准备好就是了。

我火急火燎跟老宋商量买冰箱的钱，老宋说，买冰箱就买冰箱罢，这么着急干什么。我说，老宋，天大的事，到了你嘴里，就成了一个屁，气死我。老宋笑道，小冯你说话比较夸张，第一，哪来天大的事，第二，嘴里哪里有屁，第三，你还活着嘛，没有气死嘛。我说，你别以为我不知道你心里想的什么。老宋说，我心里想的什么呢？我说，你认为我们天井里有一口井，夏天把西瓜装在篮子里吊下井去，效果也不比冰箱差，还省电。老宋说，这是你说的。我说，我说到你心上去了，小气鬼。我懒得再跟他兜圈子，干脆说，你懂不懂，买的不一定就是冰箱，冰箱里装的也不一定就是西瓜。老宋说，那是什么？我说，是面子。老宋说，面子？面子难道是买来的。我说，那是哪里来的，井里吊上来的？终于问得老宋哑口无言。原来他只知道面子不是买来的，但并不知道面子是从哪里来的。

既然老宋哑巴了，买冰箱的事就由我做主了，何况自从我一进宋家，我们家的财权就落在我手里了，可惜的是，我算来算去也算不出家里多余有一台平价冰箱的钱。我只得去找我姐，哭丧着脸跟她说，冰箱我不买了。我姐笑着朝我姐夫说，你瞧我们家冯小妹，就这穷酸样。我姐夫几乎从来没有直接和我说过什么话，但这一回他却开金口了，不过他仍然没有正面和我对话，只是和我姐说，她可不穷噢，她那叫守着金饭碗讨饭。我没听懂，我姐到底比我聪明，听懂了，说，小妹，你们家那些老货，出掉一样，就够你买几个冰箱的。我还在犯傻，说，我们家哪些老货？我姐说，我听爸说，你家有一个什么木的小茶几。我赶紧说，鸡屎木。我姐和我姐夫一起哈哈大笑起来，我听得出他们是在嘲笑我。用这么大的声音来嘲笑别人，一定是被嘲笑的人太可笑了，但我并不知道我可笑在哪里，我也没有跟他们计较，因为，在他们的大笑声中，我忽然就开了窍，拔腿就走。

我回家后还没来得及视察老宋家的老货，忽然就断电了，妞妞作业还没做完，急得号叫起来，我出去问了一下，才知道是同大院的一户人家新买的一个电水壶给搞的。老院子里的电线是几十年前排的，早就老化了，又超负荷，谁家一用家电，准跳闸。

我姐够意思，把冰箱票给我送来了，可是我说，姐，我命苦啊，就是有了电冰箱，我家也没有电供应给它用。我姐冲我直撇嘴，大有恨铁不成钢的意思。

下部

一

一直到很多年后我才知道，许多年来一直在我嘴里念叨来念叨去的鸡屎木，其实就是金丝楠木，是一种很名贵的木材，我却一直叫它鸡屎木，难怪那时候我姐和我姐夫那样嘲笑我，那也是应该，因为我无知嘛。

我年轻的时候确实很无知，不过这也不能全怪我，我虽然有一张高中文凭，但我的小学高年级以及初中和高中都没念到什么书，没有学到什么知识，我大概只有小学四年级的水平，怎么不无知呢。

现在我已经不年轻了，我女儿都已经是大学生了，可我还是很无知，没办法，基础没打好，用现在流行的话说，是输在起跑线上了。不过我也没什么可懊悔的，当年像我这样输在起跑线上的又不止我一个人，更何况又不是我自己要输的，那个时候，我们连起跑线在哪里都不知道。

现在我是一个大姑娘的妈了，我对自己的事情已经不那么看重，更不那么着急了，现在一切都得为我家的大姑娘着想了。我家大姑娘马上大学毕业，要回来工作了，仍然住在从小长大的这个地方，一个小破天井，三间破瓦房，将来找对象，带回来一看，先就输人家一截。

我又急着上火，不过这一次没等我嘴角上急出燎泡来，也没等我急得嘴里吐出粗话来，我们的老宅子却有了新鲜滋润的气象了，它沉灭了许多年后，忽然间又浮出水面来了，政府开始计划修复古建筑，赐墨堂是重要的名人旧居，那就是翘首可待了。

我们终于可以搬离这个霉湿了几辈子的小院了，在计算面积的时候，我们小天井里的两个违章建筑居然也给划拉进去了，哈，要是当年那老朱家知道有这等好事，不知会悔成啥样呢。得到好消息的这一天，我的这个班上得就不像个班了，一上午尽坐在班上点计算机，算计着以旧换新所差缺的数目。点来点去，我知道我的缺口有多大了。我站起来和同事小周道一声对不起就跑走了。

我回家把那鸡翅木茶几抱起来就走，到了店里，我把鸡翅木往他的柜台上一搁，那老板说，这是什么，这是什么？我学乖一点，说，这是什么你自己看呀。老板似乎有些激动，一时竟说不出来，过了好一会，才喃喃地道，我没戴眼镜，我没戴眼镜。我说，你没有眼镜吗？老板说，有，可是在里屋。我说，那你进去拿罢。老板似乎不放心我，我说，你看我像个小偷吗？我不会偷你店里的东西的。老板说，不是怕你偷东西，怕你走了。我说，我都大老远的来了，为什么要走？莫名其妙。老板说，那可说不定，到我这里来的人，经常是莫名其妙的，一会儿这样一会儿那样。我拍了拍鸡翅小几，说，我抱它来也很辛苦，抱出一身臭汗，我不会再抱它回去的。话一出口，我就知道自己犯傻了，老板的眼睛里划过一道太明显的兴奋的光彩，我这么粗心的一个人，都能捕捉到它，可见这老吃老做的老板也不比我机警到哪里了。所以我又赶紧把话拉回来说，我不把它抱回家，不等于我一定要把它卖给你哦。老板说，所以嘛，所以嘛——他忽然发现了自己的问题，立刻变了一副脸，说，要什么眼镜，不戴眼镜我也知道这什么东西，闭上眼睛我都知道这什么东西。我说，闭上眼睛你怎么知道？他说，我手一摸罢。就真闭了眼睛用手摸起来。我也不笨，知道他想压价，压就压罢，何苦要做出这种出尔反尔的样子。我说，你开价吧。老板似乎被我惊到了，立刻睁开眼，手缩回去，又把皮球踢还给我，说，你说说你的意思。我才不说呢，不是我精明，实在是我不知道这鸡翅木小茶几到底值多少钱，我曾经多少次拐弯抹角地探过老宋的口气，可是老宋屁眼夹得好紧，一丝风声也不透露出来。

我和老板就这么推来推去，我是真不知道怎么开价，老板是真狡猾，但是再狡猾的老板拼到最后也沉不住气了，说，我服了你了，我服了你了，见过这么精明的男人，没见过这么精明的女人。我说，冤枉，我真不知道怎么说。老板说，算了算了，我耗不过你，我说。他那脸上完全是一副准备英勇就义的凛然模样，我心里好笑，想，有这么严重吗？结果老板说出了一个数字，我才知道事情还真的很严重。

不知道是不是这个数字吓到了我，我头上竟然开始冒汗了，为了掩饰自己没见过大世面的小家子气、穷酸气，我赶紧咳了一声，给自己壮胆说，哪有你这样说话的。老板听了我这话，先是用狐疑的眼光看了看我，又用心想了想，似乎没有揣测出我的话外之音，就愣愣地看着我，大概是在等我再说得明白一点。其实我哪有什么话外之音，连我自己都不知道这句话含着什么意思，我看老板那愁眉苦脸绞尽脑汁的样子，比死了亲娘还痛苦，我大觉不忍，说，算了算了，我也不跟你讨价还价了，就按你说的吧。老板惊得瞪大了眼睛看着我，看了一会，脸色大变，赶紧把鸡翅木茶几拉近了点，又是看，又是摸，又是拍，又是敲，最后又弯下身子凑上去，我还以为他要吻它一下呢，后来才知道他是闻它，闻了半天，他起身了，鼻翼还在动呢，但眼睛里已经没有了怀疑，不仅没有了怀疑，还大放光彩，最后他倍儿果断地说了两个字：成交。他把我的鸡翅小茶几搁到店里最显眼的位置，站在那里左看右看，看不够。我走的时候跟他打招呼，他都没顾得上理我。

我揣上鸡翅木变成的现钱，就去上班了。不过这一天的班，上得可不够用心，我坐不住，火烧屁股似的总想往外跑，先是跑到财务科，可并无报销、领钱之类的事，我到财务科去干什么呢，我自己觉得奇怪，那两个女会计也觉得奇怪，用了一会心计后，其中有一个说，老冯，你不是想来财务科上班吧？说话的这一位脸上还硬挤出点笑意，另一个不说话的，已经满脸铁青了，我吓得赶紧逃走了。我在走廊里东探探西看看，又到了宣传科，宣传科长关心地对我说，冯小妹，你今天脸色不对呀，有什么事吗？我摸了摸自己的脸，摸不出对不对，但是我不敢看宣传科长的脸，又逃走了。我转来转去的，最后转到办公室，办公室人多，是个大间，里边吵吵嚷嚷的，但是我一进去，大家就看着我，我又想逃了，大家赶紧喊住我，说，冯小妹，你今天怎么啦？我确实不知道我今天怎么啦。我问他们，我今天怎么啦？他们奇怪道，咦，你怎么啦你自己知道，怎么反来问我们？我说，那你们说说我今天和平常有什么不一样。大家面面相觑，停顿了半天，最后终于有个人，说，丢了魂吧。

我讪讪一笑，觉得自己像个残兵败将一样，灰溜溜地败下阵去了。走出办公室的时候，我听到一个人在背后说，看她那兴奋的样子，肯定又交好运了。另一个说，那是当然，老宅子要整修，她家要分新房子了。又有一个人的声音横起来，好像要吵架，说，不是！不是分新房子！她家要落实政策了。立刻有人着急说，她家不是已经落实过政策了吗？那个了解政策的人说，现在许多大户人家，都向政府讨回从前没收掉的房子，有个姓陆的状元后代，还真讨回去了，好大一个老宅啊，三落七进，你们想想，有多少间？立刻有好几个人叽里呱啦起来，因为嘴杂，听不分明，最后才有一个人代表大家把意思说清楚了，他说，冯小妹家的老宅不是被没收的，是捐的，捐是自愿的，捐了就不能讨还的！大家听了这话，沉默了一阵，但最后还是有一个怀疑的声音又起来了，说，谁知道呢。另有一个声音颤颤抖抖说，要是真的还给他们那个老宅，那个什么堂，那可真不得了了！

我满脸通红地回到资料室，我的同事小周说，老冯，你到哪里去了，你们家老宋刚才打电话来找你。我说，他有没有说什么事？小周说，哟，你们家老宋的嘴有多紧，怎么会跟我说什么。我说，那他没找到我就什么话也没说？小周说，说啦，说谢谢。我把电话打到老宋单位里，老宋却又没在，他的同事说，他刚刚走出去，不知道到哪里去了。我的心仍然在怦怦地跳着，不会是政府找他去归还赐墨堂了吧，我就守在电话机旁，等他的电话，但一直等到下班，他也没有再来电话，我彻底泄气了，心也不怦怦地跳了，我还劝了劝自己，别做梦了，就揣上鸡翅木茶几那点钱，等着拿个几室一厅吧。

好不容易到了下班时间，我带着没有魂的身体出了单位，回家的路上，因为没有灵魂的指导，我果然走错了路，七拐八拐，鬼打墙了，最后才发现，我竟然拐到早上来过的古董街。可是收我鸡翅小茶几的那家店，却已经关了门，我觉得奇怪，没道理呀，隔壁的好几家店，都开着呢，他为什么这么早关门呢？我凑在门缝上朝里探了探，里边黑乎乎的，什么也看不清。隔壁店里的一个伙计看到了，说，喂，你干什么？要出货吗？我指了指这边紧闭着的门，说，我的货早上已经出给他了。那伙计说，你出的什么货？我说，没什么，就一个小茶几。那伙计一听，立刻像杀猪似的尖声大喊，老板，老板，快点，她来了！他的老板从里间应声出来，看着我说，那个鸡翅木茶几是你的？我说，是呀。这老板急得伸出手来，说，你蠢呀，你蠢呀，你怎么能出给他呢，他可是我们这条街上出名的刘一刀哇。我起先不知道什么叫刘一刀，想了一想，明白了，他说的肯定是刘老板会砍价。我赶紧说，他没有砍我的价。这老板一听，更是跺脚捶胸，说，你说多少他就给多少？我说，怎么呢，不砍价不是很好吗？这老板说，不好不好，很不好啊，原来你如此无知啊，你知不知道他坑了你多少？我如实地说，不是我出的价，是他给的价，我觉得可以，就成了。这老板更是急得没办法了，说，那可更不得了，那可更不得了。拿手捂着心口，要倒下来的样子，嘴里说，不行，不行，我要发心脏病了。那伙计去搀扶他，被他猛推了一个趔趄。我怕老板用力过猛真的发了心脏病，又怕他会赖到我身上，赶紧说，老板，我下次有货就到你店里去啊。赶紧走了。

老宋和我前后脚到家，我的慌乱的情绪都没来得及平复，又担心老宋发现鸡翅茶几的秘密，赶紧主动打岔，让老宋分心，我说，老宋，你今天打电话找我了？什么事？不等老宋回答，我又抢出一个新话题说，老宋，是不是政府要归还我们的赐墨堂了？老宋说，你哪里听来的，赐墨堂是当年奶奶和父母亲一起捐给国家的。我说，我听说捐的也能要回来。老宋说，当时都有国家发的认捐书。我说，在哪里，我怎么没见过，你拿出来我看看。老宋说，许多年了，也找不着了。我说，找不着就等于没有，等于不存在，不是吗。老宋说，找不着怎么等于没有呢，虽然你找不着，看不见，但它还是存在的，比如一件家具，找不着了，不在这个家里了，但它肯定还是在的，即使它被毁了，也是物质的转换，物质不灭定律，你中学时学过吧。我心里一虚，以为他在说鸡翅木茶几呢，赶紧观察了一下他的脸色，发现他脸色平静，根本不知道鸡翅木茶几已经不在了，找不着了。我定了定神，气势又上来了，说，老宋，果然不出我所料，你果然是胳膊肘子往外拐，你说的话，跟外人说的话是一模一样啊。老宋温和地说，那也是巧了。真是个割肉不出血的家伙。

我把话题引到老宅上去，果然把老宋的注意力转移了，老宋始终没有察觉鸡翅木茶几的事情。钻进被窝的时候，我偷偷地闷笑了一会，就带着笑意进入了梦乡。哪里想到我的笑意等我睡着了，竟然变成了一个可怕的梦魇，我做了一个和我爸从前做过的一模一样的梦，在一个很昏暗的地方，有个人对我说，那茶几不是你的，你不能占有。我又惊又急，也顾不得我爸了，赶紧出卖他说，不对不对，这不是我的梦，这是我爸的梦，你们找错人了，你们找他去吧。但是那个人不理睬我的叫喊，又说，不是你的，你不能占有。我说，你到底是谁？我怎么看不见你的脸？听那人一声冷笑，我就被吓醒了。我拉开灯，赶紧去看老宋，我知道我说梦话了，怕老宋听到，幸好老宋正睡得香，没有听到我的梦话，我放了点心，拍了拍心口，灭了灯，让自己安心睡觉，我才不像我爸那样迷信，那样胆小怕事，我才不相信梦能够说明什么呢。我很快又睡着了，可奇怪的是，我一睡着，那个梦又连着前边的梦的情节继续做下去，那个看不见脸面的人，仍然在那里对我说，你不能占有。我这回不跟他客气了，说，你连脸都没有，有什么资格跟我说话。那人说，我有脸没脸有什么关系，你难道不知道我是谁？

早晨起来，我发烧了，浑身烫得要命，我没敢吱声。老宋看了看我，说，小冯，你脸色不大好，是不是生病了。要来摸我的额头，我赶紧躲开，说，我好好的，没生病。自己摸了摸额头，烫手，但我故作镇定说，喏，一点也不烫。老宋又狐疑地说，那你的脸怎么这么红？我说，秋天干燥，有点升火而已。老宋说，去买点梨子吃吃。我说，好的。老宋去上班了。我赶紧到医院去吊了两瓶盐水，先把体温压下去。从医院出来，日头白晃晃的，可我觉得我还是在梦里，迷迷糊糊往前走，迷迷糊糊地又走到那个小店。

店门仍然关着，但情况和昨天下晚不一样了，因为它是朝东的，早晨的太阳正好照耀着它，我从门缝朝里张望的时候，看得清店里的一切了。这一看，我的心顿时一沉，那鸡翅木茶几已经不在昨天的位置上了。

我心慌意乱地拍打起他的店门来，敲门的声音又把隔壁的伙计给引出来了，他眼睛凶，一看到我，立刻就认出来了，说，你又来了，是不是刘老板没付钱给你？我慌慌张张地指着门缝说，不是的，不是的，我的小茶几不在了。那伙计老三老四说，不在了才是正常的嘛，要是还在那就不正常了嘛。我不知道他什么意思，愣愣地看着他。他撇了撇嘴，一脸瞧不起我的样子，说，这还不明白，肯定早就出手了。我说，怎么会这么快，就一天时间？那伙计说，不跟你说了，你什么都不知道，你不配有那个东西的。就往自己店里去了，我追在后面说，请问，请问——没来得及追上他，我就看到收我鸡翅木茶几的刘老板出现了，他从天而降似的站到了我面前，看到我，他先是一愣，随后就笑了起来，说，我就知道你会再来的。但是我觉得他的笑比哭还难看。我说，你怎么知道我会再来？刘老板不再苦笑了，也不再说话，默默地打开了店门，我紧紧跟在后面说，你已经把我的鸡翅木茶几卖掉了？你已经把我的鸡翅木茶几卖掉了？刘老板听了我这话，忽然间竟勃然大怒，训斥我说，什么话？你说的什么话？你会不会说话？什么你的鸡翅木，你已经卖给我了，是我的鸡翅木！说话间他人已经到了长长的柜台后面，我们俩，一个在柜台外面，一个在柜台里边，脸对着脸，他的脸板板的，很凶，我的脸上，尽是讨好，尽是阿谀迎奉，我也不知道自己怎么会这么贱，干吗要对他这么摇尾乞怜，我说，刘老板，我没有别的意思，我只是想再看一眼我的鸡翅小茶几，不知道你把它卖给谁了？刘老板听了我这话，顿了半天，忽然一弯腰，从柜台里边的地上，猛地捧出一件东西，“砰”的一声，蹾在了柜台上。我定睛一看，竟然就是我的鸡翅木茶几！我一伸手就搂住了它，刘老板上来扒我的手，说，你搂它干什么？我说，不干什么，就像自己的孩子，送了人，重新又见到了，总要抱一抱吧，毕竟是自己的孩子呀。刘老板凶道，孩子？是你的孩子你还送人？我说，人都有迫不得已的时候嘛。刘老板没好气说，你既然把孩子送了人，又来干什么？我说，隔壁那伙计说，你肯定早就出手了，可是，可是，你怎么没出手？刘老板起先一直气冲冲的，这会儿他的脸色不那么凶了，又叹气，又摇头的。我问说，没人买吗？刘老板说，反正我就没敢把它摆出来。我想了想，似乎想到道理了，赶紧说，难道是你自己想要留下？刘老板说，没有的事，我们干这一行的，为的是挣钱，只要别人出价，自己再喜欢的东西也要走，否则就不是生意人，而是收藏人了。收藏的人呢，正好相反，什么东西都往里扒，有钱要扒，没钱也要扒。我说，没钱怎么扒？刘老板说，那你去问他们吧，反正他们总是在往里扒，扒到手了，哪怕是一堆狗屎也会当宝贝一样搂在怀里。我忍不住“啊哈”了一声，不是因为他说的话，而是因为他说话时的那种急吼吼的腔调。他朝我看了半天，长叹了口气，说，算了算了，我服了你了，你拿回去吧，我不要了。我惊奇得不得了，说，咦，我又没有向你讨回茶几。刘老板双手握拳，朝我拱了一拱，说，饶了我吧，我昨天一晚上没好好睡，尽做噩梦，早晨起来竟发烧了。一边说一边拿手摸摸自己的额头，又道，刚去医院吊了两瓶盐水，这温度还没有完全下去呢。我又忍不住“啊哈”了一声，说，你做了什么梦？他生气说，我做什么梦干吗要告诉你。我说，是不是有个没脸没面的人跟你说话，说茶几不是你的。刘老板更气了，指着我说，你什么人，捣什么鬼？我说，我没有捣鬼，我只是奇怪，你为什么收了我的鸡翅木茶几又不摆出来卖，像你自己说的，哪有生意人不想做生意的。刘老板说，我也想摆出来，可是我摆不出来啊。我说，有小偷吗？刘老板说，小偷倒是进不来的。又朝我拱拱手，说，你弄回去吧。昨天他给我的钱还原封不动地搁在我的口袋里，我将它们拿了出来，交还给刘老板，抱起了我的鸡翅木茶几，就觉得特别亲切，像妞妞小时候我抱着她那种感觉，我一激动，就忍不住亲了它一口，嘴里呢呢喃喃道，我的鸡屎木，我的鸡屎木。我紧紧搂住失而复得的鸡翅小茶几，想起当年我爸搂着它的样子，也是这样的，由于抱得紧，凑得近，它就在我的鼻尖下，我闻到了它的一股清香，很淡，不像香樟木那么浓。

这是我嫁到宋家多年以后，头一次闻到的清香。

我把鸡翅木茶几放回到原来的地方，老宋回来也没有在意小茶几失而又复得了，只是说，小冯，原来你已经听说了。我一头雾水，说，听说什么了？老宋说，赐墨堂暂时不修了。我大急，赶紧问道，为什么？为什么？老宋说，可能因为投入太大，暂时还没有这个实力。我说，你怎么不告诉我？老宋说，我昨天给你打电话，你没在。我不能依他，气道，可我昨天晚上回来你也没说。老宋说，昨天晚上我觉得你心神很不定，想等你定神的时候再告诉你。我直觉得一颗心在往下沉，往下沉，沉到了自己都捞不着的地方去了。自己的心都捞不着了，我能不哭吗，可结果我却笑嘻嘻地说，是呀，我早就知道了。

我要不是知道，我怎么会把鸡翅木茶几又赎回来了呢。

二

我们仍然居住在老院子的破屋里，花园洋房在我们眼前晃了一下，又离我们远去了。虽然我家的大姑娘眼看着就要回来了，但是我已经心如死灰了。

我心如死灰了，我姐却又来了。我早就说过，我姐是根搅屎棍，她一来，我的日子就要发生一些变化了。

我姐命真好，许多年一直就在享清福，她可会保养了，从前吃胎盘人参、现在是虫草燕窝，还三天两头做美容，结果却是有心栽花花不发，反而见老，我姐夫呢，许多年忙来忙去忙挣钱，吃辛吃苦，却一点也不见老，他们俩走出去，人家都要多看我姐夫几眼，还以为是一个富婆包养的小白脸呢。都说男人有钱就变坏这是铁的规律，但是铁的规律到我姐夫这儿就不成规律，我姐夫其他方面坏不坏我不知道，但他对我姐的态度一点也没变，仍然是忠心耿耿的一条狗，仍然是我姐说东他决不向西。

我姐夫到底赚了多少钱，我反正是不知道的，以前我也曾斗胆问过我姐，我姐牛，说，冯小妹，我不说也罢，说出来不要吓死你。我不希望被吓死，就不再问了，见着我姐的面我就躲着点，怕她一不小心说了出来，害死我一条命。

有一天我姐从国外回来，给我带了些made in China。她来看我，穿着高跟鞋嘚咯嘚咯地走到我家门口，正好一阵风吹来，吹下一块瓦砖，差点砸了她的头。我姐受了惊吓，批评我说，冯小妹，你也好意思，什么时代了，你就打算一辈子住这样的房子？就算你不嫌寒碜，也要注意安全呀。我可怜巴巴地说，姐，我也想住花园洋房，更想住豪华别墅哎。

我姐回去跟我姐夫一说，姐夫就跑我家来了，前前后后，左左右右地看起了赐墨堂，足足地看了一个多小时，最后，我姐夫对我姐说，我知道我该干什么了。我姐点点头。他们真是心有灵犀的一对，我姐夫说半句话，我姐就能听懂，也许他不说话，我姐也能听懂，可我和老宋呢，我怎么说话，他都听不懂，或者是假装听不懂。

我以为我姐夫的“我该干什么”不会和我有什么关系的，哪知第二天，我姐夫又来了，朝我点点头，总算是几十年来眼里也有个我了，他直接找老宋说话，我在旁边努力地听了半天，到底让我给听懂了，知道我姐夫又要开创一个新的事业了，就是古建筑修复工作。他从前又不是搞古董的，又不是搞建筑的，现在要把这两样东西加起来一起搞，真有异想天开的水平。他这许多年，做了无数的生意，倒腾冰箱以后，又倒腾塑料粒子，又倒腾钢材煤炭，后来又开饭店，又开夜总会，再后来是做空手道——我也不知道什么叫空手道。后来时间长了，我才稍稍知道了一点。我说，怎么天上掉馅饼的好事，老是轮到你们头上呢？我姐听我这么说，毫不客气地批评我说，冯小妹，你很无知，你以为天上真会有馅饼掉下来，你知道这样做的风险有多大？我说，有多大？我姐说，不说也罢，说出来不要吓死你。我赶紧说，姐，你就别说了，我不想被吓死。

我姐夫开始倒腾古建筑，他倒是想一下子就把赐墨堂给修成原模原样，可是他赚来的那许多亮崭崭的骄傲的金钱，现在在这个支离破碎摇摇欲坠的赐墨堂面前，忽然就低下了它们高贵的头颅，简直就算不上是个什么东西了，按我姐的口气说，还不够倒腾赐墨堂里一个纱帽厅呢。

不过我姐夫并不着急，他很踏实，大的做不起，就先从小的做起，他出资买下了另一座什么堂，比我们的赐墨堂小多了，十分之一都不到，二十分之一大概也不到，连后花园也没有，我去看过，只看了一眼就瞧不上它，只有前后两进，中间一个天井，也是个屎眼样，但它是一个完整的老宅，也是什么名人的旧居，毕竟也叫什么堂呢，和我们赐墨堂也有一个堂字是一样的。我姐夫搬迁了里边的住户，给他们提供了新房子，又出了整修费，等一切完工，已经是三年以后的事情了，这时候，我姐夫已经是一个彻彻底底的穷光蛋了。这可不是我咒他，也不是因为我一直以来妒忌我姐，这话可是我姐亲口跟我说的。

我一直指望着我姐夫能在倒腾老宅时再发一次大财，那样他就可以来收拾我们的赐墨堂了，结果我姐夫不仅成了穷光蛋，而且在这个过程中他迷失了方向，他丢了西瓜抱芝麻，不再折腾古建筑，却迷上了旧家具。

倒腾旧家具让我姐夫彻底变了一个人，他一头扎进去以后，就再也出不来了。最后他把修复完工的那个什么堂都抵押了，收回来一车又一车的旧家具，几年过去后，我姐夫就只剩下一大堆破烂家具和一屁股的货款在名下，谁也不知道他到底是资不抵债还是债不如资。

但我姐夫毕竟收藏旧家具收出点名声来了，许多人知道他手里有货，辗转过来想要他的东西，我姐夫哪里舍得，可舍不得吧，资金又周转不回来，铁面无私的银行和交情不浅的朋友都追在屁股后面问他要债，把我姐夫追得屁滚尿流。有几次还跑到我们家老宅子里来避风头。我说，姐夫，你怎么躲到我家来了？我姐夫说，他们肯定以为我躲在什么大宾馆里呢，找去吧。我看到我姐夫这样子，忽然就想起很多年前，那个古董店的刘一刀，他说过那话，收藏的人，只知道往里扒，哪怕扒到是一堆狗屎，也会当宝贝一样搂住不放，哪怕穷到讨饭，穷到卖裤子，也不肯撒手的，会把自己弄得狼狈不堪，但生意人不会的，生意人只认一个利字，只要有了利，就不会让自己狼狈不堪。我姐夫明明不是个收藏人，他是个正儿八经的生意人，他怎么会把自己搞得这么狼狈呢？

我姐夫确实够狼狈的，他躲了起来，手机也不敢接，后来又换了手机号码，但即便如此，我姐夫还不忘拍我姐的马屁，他会忽然从什么地方冒出来，买一屉小笼包子，偷偷地溜回家，供给我姐吃。我姐吃得满嘴流油，满足地舔着嘴唇跟我姐夫说，小笼包子吃好几次了，腻了，下次带烧卖吧。我姐夫说，好的好的，烧卖。

我再见到我姐夫时，他两眼发直，头发都白了，眼睛里也有我了，说，小妹，听说姐姐找了个对象是银行的，能不能帮忙贷点款。我一听，拔腿就逃走了。

我姐夫把几十年来辛辛苦苦赚的钱都搭进去了，害得我姐的生活不如从前优雅了，也害得我姐不能隔三岔五给我送点美国的中国货，或是中国的美国货。有一次我跟同事吹牛说我姐那儿有美国肉毒素，涂在脸上，五十岁会变成二十五岁，至少打个对折，那年轻的同事急了，非让我给她带一点试试效果。我说，那用下来你就只剩十几岁了噢。我跟我姐说了，我姐却不高兴，说，用完了。我说，你不会再去买吗？我姐说，这是在美国买的。她心情不好，我就没敢再往下说，其实在美国买有什么了不起呢，从前我姐夫牛的时候，我姐想到要买什么，就飞一趟香港，又想买什么了，就飞一趟美国，就像我们上一趟超市一样便当。

我没有把美国肉毒素带给我的年轻的同事让她变成十几岁，我同事心胸狭窄，说生气就生气，整整一个星期摆脸给我看。我平白无故地受了一包气，把气撒到我姐夫头上，在背后就忍不住说，让他牛，让他牛，现在看他还有什么好牛的。老宋听了，慢悠悠地对我说，我看他也不比从前差。我又把气撒到老宋头上，说，怎么我说一句你总要顶一句？你看看我姐夫是怎么对待我姐的，你想想你是怎么对待我的？老宋装痴卖呆说，有什么区别吗？我说，我姐夫对我姐是百依百顺，我姐说一句他听一句，你对我是百战百胜，我说一句你顶一句。老宋笑道，没你这么夸张吧，一百次里有九十次也不错啦。

我姐夫要办旧家具博物馆，总觉得还缺了点什么，将他的宝贝盘来盘去，最后才醒悟过来，原来就差我家的鸡翅木茶几。他来找老宋，老宋说，你拿走就是。我姐夫上前就去抱那茶几，可刚一抱到手，立刻又放下了，呆呆地站在茶几面前犯糊涂，犯了半天糊涂，才醒过来，面色惨白说，那怎么可以。老宋说，咦，你不就是来拿的吗？我姐夫说，我是想来拿的，但我不是白拿，你卖给我吧，开个价，什么价我都能接受。老宋还是说，你拿走就是了。我姐夫还是不拿，转了转脑筋，说，你不愿意卖？那，那你是要以物换物？你，你想、想要什么东西，我们好、好商量。奇怪了，我姐夫说到钱的时候，又大方又爽快，利索得吓人，可说物的时候精神就差远了，甚至还结巴起来了。老宋还是说，咦，你拿走就是了。老宋都说到这分上了，说了几遍你拿走吧，说得明明白白，可我姐夫还听不明白，偏不拿走，还反其道而说，你是不是嫌少啊，你肯定是嫌少吧。我姐夫随手又加了一叠子钱。我看到那钱，心惊肉跳，那可是我姐夫借高利贷借来的，那不是钱，是刀子啊。后来我忍不住出卖了我姐夫，把他借高利贷的事情告诉了我姐，我是想让我姐劝劝我姐夫，这世界上也只有我姐能够阻止我姐夫犯糊涂。可我姐居然对我说，嘿，他那高利贷，就是我帮他借来的嘛。真是浑浑噩噩的一对绝配。

这期间我姐夫不断做着搭积木的游戏，那一叠子钱越叠越高，老宋真是有眼无珠，这么多钱他竟然看不见。最后陪我姐夫来的那个专家说，算了算了，我看出来了，他不肯，无论你给多给少，都没有用。我姐夫急了，说，他怎么不肯，他肯的，他明明让我拿走的。那专家说，那你拿走试试。我姐夫就再也说不出话来了。

那专家看起来不过三十出头，四十不到，一表人才，我姐夫对他简直就是言听计从，我正惊异这个人年纪轻轻怎么会有这么高的水平，他忽然朝我笑了起来，说，阿姨。我吓了一跳，说，你认得我？他说，我是小朱呀。我不知道小朱是谁。他也不计较我的无知，又说，我是老朱的儿子小朱呀，我小时候，你高兴的时候，就喊我鼻涕大王，不高兴的时候喊我小杀胚。原来他竟是那个小鼻涕虫。可他这一说，闹了我个大红脸，我毕竟大他一辈，但他却好像是我长辈似的知书达理，大人大量。我忍不住朝他的鼻子看了看，小时候他的鼻子又红又烂，现在这鼻子可是今非昔比了，简直几乎就不能叫鼻子了，长得太漂亮，挺拔，光亮，干净，简直就像是外国人的鼻子。我说，哎哟，巧啦，你怎么在这里呀？我姐夫见小朱喊我阿姨，对我的态度也好了一点，大概怕我对他不恭，赶紧向我介绍说，他是朱大师噢。小朱说，也不是什么大师，只是喜欢而已。说得真谦虚，像真正的大师。小朱和我拉起了当年的家常，说，阿姨，你还记得吧，当年我们家从你们家搬走的时候，我爸带走了你们家的两扇紫檀木屏风。我一急，脱口说，是偷的吧？小朱说，不是偷的，是你家奶奶送的。我又犯糊涂，我家奶奶，我家哪个奶奶？小朱说，是宋家的奶奶。我这才明白过来，原来是宋乔氏。心里犯嘀咕，宋乔氏，宋乔氏，你可真敢送东西，你出手可真大方。心里正恼着，又听那小朱说，我小时候家里少一张床，就把那两扇屏风铺起来当一张床，我就睡在屏风上，好硬。后来我们回乡下，家里反而有床了，那个屏风就竖在家里，我爸有事没事就围着它看，越看越看不懂，越看越看不懂。我说，一个屏风，有什么看不懂的。小朱说，我爸说，这屏风上的人，怎么雕得这么活，像活人一样，他天天看，看得都认得他们、都可以跟他们说话了。我说，嘻，那你爸还是那老朱吗？小朱没回答我他爸还是不是老朱，而是继续说着他的“喜欢”。我姐夫又抓住了拍马屁的机会，说，朱大师原来是学物理的，天才呀，一转入我们这行，虽然半路出家，却是后来居上，三下两下就是大师了。我对小朱说，你爸高兴吧？小朱神色有点黯然，说，我爸不在了。我叹息了一声，说，可惜了，可惜他看不见你当大师了。小朱却认真地说，他看得见，他看得清清楚楚。我一听他这话，忽然就没来由地打了个喷嚏，身上起了一层鸡皮疙瘩，好像老朱在什么地方看着我呢，我嘴浅胆子小，就不敢吱声了。

我姐夫得不到我家的鸡翅木茶几，怏怏而病，害得我姐现在也不待见我，这么多年我姐可没少扶持我，我想劝劝老宋，人家那是旧家具成堆的地方，把我们的小茶几放那里，狐假虎威，能成气候，可以让大家看，增长知识，显摆水平，放在我们家墙角里，没什么必要，搁个电话机都嫌寒碜。可这么多话到我嘴边却说不出来，因为我说不着老宋，更劝不着老宋，自从我姐夫相上了我家的小茶几，老宋就只跟他说过一句话，你拿走就是了。是我姐夫自己不拿，怎么说他也不拿，所以我姐不待见我是没道理的。

时间过得真快，一转眼，妞妞就要结婚了，她正在布置新房，打个电话告诉我，她把鸡翅木茶几抱走了。我一急说，你那家里，全套西式新家具，放个破茶几，不伦不类，算什么名堂？妞妞说，现在流行的，古典元素。我赶紧说，你拿走茶几你爸说什么了？妞妞说，老爸不在家。我说，你就抱走了？妞妞说，是呀，我就抱走了。

我回家果然不见了茶几，心里顿时忐忑起来，在屋里瞎转了几个圈子，又到小天井里东看看西看看，也不知道看的啥，也不知道要看啥，一直熬到老宋回来，我注意着老宋的脸色，老宋却没有脸色，他还是不在意墙角落里的茶几，就像从前那茶几曾经走失的那几次一样，老宋好像根本就不知道家里有这样一件宝贝。反而害得我心里空空荡荡，无处着落，好像那茶几不是我女儿拿走的，是被小偷偷走了。

我忍不住去了妞妞家，看见那破烂茶几夹在一套奶白色的欧式家具里，奇里古怪，我“唏”了一声，说，妞妞，你觉得这样放好看吗？妞妞说，妈，这不叫好看，这叫品位。我品了半天，也没品出个味儿来，只好硬着头皮又说，妞妞，其实这个茶几是你爸的传家宝。妞妞说，是呀，我爸的传家宝，就是我的传家宝嘛，我又没有兄弟姐妹，要是有一个，这茶几就要一劈为二，要是有两个三个四个，这茶几就要粉身碎骨了。我硬挤了点笑容笑了笑，拐着弯子说，妞妞，其实你爸爸是个小气鬼。妞妞听了我这话，哈哈大笑说，妈，你怎么猪八戒倒打一耙？我听不懂了，说，妞妞，你什么意思？妞妞说，咦，谁不知道我老妈是个小气鬼，从前我外公要这破茶几，你不乐意，吓得外公只好还给你，后来我姨夫要，你又不乐意，害我姨夫得相思病，现在你又追到你女儿这里来，是急着想抢回去噢。我说，你才猪八戒倒打一耙呢，这茶几又不是我们冯家传下来的，我急什么。妞妞说，那是呀，我爸都不急，你急什么？我想了想，也是奇怪，老宋好像从来没有为这茶几着过急，几十年来，他甚至从来没有提起过它，它走了，自然会乖乖地回来，又走了，又会乖乖地回来，根本用不着老宋着急，倒是我在其中费了许多心机，绞了无数脑汁。我忍不住跟妞妞说，妞妞，你可能还不知道这个茶几的价值噢，它是鸡翅木，鸡翅木你知道吗？它还是明朝的呢，明朝你知道吗？妞妞笑道，不就是明朝那些事吗？瞧她那小嘴里，说什么都是轻飘飘的。我说，妞妞，说实在的，明朝的鸡翅木家具，到现在可不多见了，搁你这儿，妈可不大放心啊。妞妞笑得弯腰跺脚，前俯后仰，说，哎哟我的妈，哎哟我的妈。我不知道这有什么可笑的。妞妞说，我老妈哎，遇上我老爸，你可真背运的。我说，怎么啦，你老爸怎么啦？妞妞说，我老爸一张嘴，简直就不是嘴。我没听明白，闷头闷脑问，那是什么？妞妞还是笑，说，那是一块铁砣。我还是没听懂，妞妞见我如此无知，不满意地撇了撇嘴问道，这么多年了，关于这个鸡翅木茶几，我老爸真的什么都没有告诉你？我这才听出点名堂来了，赶紧问，告诉我什么，这茶几有什么，到底是怎么回事？妞妞说，这是赝品，早就被人调包了。

你们替我想想，有这么个老宋，我气是不气？我当然气，气得骂起人来，我说，骗子，他是个骗子。妞妞说，我爸可没骗你，你又没有问过我爸这东西是真是假。这时候我的怀疑已经盖住了我的愤怒，我来不及生气了，因为流逝的时光已经一一浮现出来了，我的思绪一泻千里，尽是环绕着鸡翅木茶几在奔流。我先是怀疑我爸调的包，又怀疑那个刘一刀，或者是我姐夫，或者是小鼻涕虫，我甚至怀疑上我的女儿和女婿，最后我连我自己都怀疑上了。妞妞说，老妈，麻烦你别胡乱瞎猜了，这个茶几在我爸生下来之前，就是假的了。我气道，妞妞，既然连你都知道得这么清楚，干吗你和你爸都瞒着我？妞妞轻飘飘说，老妈，既然它是个假货，那它就是个屁，一个屁的事情，干吗非要打扰你呢。我老爸为什么不告诉你呢，我猜猜啊，他也许是怕你伤心吧，因为大家都知道我老妈对鸡屎有感情噢，要是有人告诉她鸡屎不是鸡屎，是鸭屎，我老妈会气疯的。

我生气归生气，却没有疯，因为我心地善良，先想到我姐夫病怏怏那样子，心不忍，从妞妞那儿出来，我顾不得回家找老宋算账，先跑到我姐夫那儿，急着把假鸡翅木茶几的事情告诉他，我以为姐夫会对我感激涕零，哪知他听了我这话，气得脸都白了，精神气儿全泄走了，有气无力地批评我说，冯小妹，你姐说得没错，你很无知，只是想不到如今你都这把年纪了，还这么无知。我虽然一直很崇拜我姐夫，可这会儿他狗咬吕洞宾，我也有点恼了，我说，我怎么无知啦，我到底没让你出洋相，拿假货去给人显摆。我嘴快，也就这么顺着一说，也没想得很多。可我这话一出来，我姐夫却愣死在那里，眼睛都发定了，愣了好半天，我姐夫的脸色越来越难看，最后只见他浑身一哆嗦，转身就跑了。

从他狂奔乱跑的背影看上去，我姐夫到底是老了。

后来听我姐说，我姐夫从假鸡翅木茶几联想到他收藏的那许许多多旧家具，万一是假的，他还能活吗？他到东到西请专家看，专家一来他就出汗，后来就养成了出汗的习惯，像女人到了更年期，动不动就是一头大汗。我说，啊？难道姐夫收的家具都是假的？我姐呸我说，你想得美。我赶紧没落无趣地退走了，听到我姐在背后说，姐夫说，那可是高仿，看纹理就知道是从前仿的，不像现在的东西，花里胡哨。我听了后，发了一阵子呆，我既不明白我姐在说什么，更不明白我姐怎么也管我姐夫叫姐夫呢，我回头看了我姐一眼，就慌慌张张地走了。

从妞妞那儿吃了惊，又在姐夫那儿受了气，又在我姐那儿奇了怪，回家我对老宋说，我终于知道什么是茶几了，老宋说，什么是茶几？我说，就是摆满了杯具的那东西。幸好它不是餐桌，要是餐桌的话，那就放满餐具了。老宋笑了笑，说，小冯，几十年了，你终于变得文绉绉一点了，管杯子叫杯具了。我说，是呀，嫁入你家豪门这么多年，连个杯具都不会说，不是白嫁了吗。

邀请函

马尚在集团总办工作，主任助理，听起来还不错，好像除了主任就数他大了。其实主任有好几个助理，他只是其中之一。何况还有正正式式的副主任若干，副主任们对“助理”的心态各不相同，但有一点却是一致的，就是觉得，助理虽然和他们一样级别，甚至也都有正式批文，但毕竟有点名不正言不顺，好像那都是随便喊喊的，不够硬气。

不过对马尚来说，这也无所谓，只要能够做好自己的本职工作，拿到那份比较可观的年薪就好。

马尚所在的企业是国企。国企了不得，又在体制内，又能拿高薪，既体面，又实惠，两头都沾上。在好长的一段时间内，大家都是削尖了脑袋往国企钻。现在稍微有点弱，其实也不是实力降低，主要是老百姓和舆论看着他们好处两头沾心里不爽，抨击得比较厉害。好在抨击归抨击，国企仍然是国企，该干吗干吗，不受影响。

集团规模挺大，分工也就比较细，马尚给主任当助理，主要的工作任务就是安排各种会议和参加各种会议。

你也许不相信。一个年轻力壮、年富力强还是高学历的人，难道光是为开会而生？

要不然呢？

不开会你想干啥呢？

老大的要求就是这样。老大一贯的想法就是这样。开会是企业发展最重要的最不可或缺的工作内容，多开会，多请人，就是造势，只要造了势，就会有效果，就会有影响，生意就会好起来。

你能说他说得不对吗？

就算他真说得不对，你能怎么样？你想告诉他你错了？

你想多了。

他哪怕说，天下的事，就是靠开会开出来的，你也只能认了。难不成你还能怼他？说不是。

老大真是天生的会议思维，不仅自己的集团要开会，对于合作单位、兄弟单位，甚至来往较少的单位，甚至八竿子打不到一块的单位邀请的会议，也同样重视，再三强调，只要有人邀请，必须有人参加。

集团上下，对于老大的指示，向来贯彻落实到位，所以马尚平时所做的事情，基本上就是为自家的各种会议做准备以及参加别人家的各种会议。

先说自家会议的准备工作吧，虽然千头万绪，但是如果经常开会，天天开会，也就习以为常，对于马尚这样久经会场、经验丰富的人来说，不敢说小菜一碟，也敢说手到擒来。

其实刚开始的时候，马尚也犯过很多错误，被几任主任都骂过，严重的时候，甚至被老大骂过，那属于老大越级骂人了，那是真急了。

最后他终于在错误中成长，适应了。

其实你们难道没有发现，这里边也是有问题的。老大又不会永远是老大，有的老大，很快就升到更高一点的地方当老二去了。这很正常。有个段子说老婆见老公老是纠结，就总结出一套，对老公说，你们男人就是这样，刚当了老二，就急吼吼要当老大，好不容易当上了老大吧，才过不久，又急吼吼想当老二了。呵呵。

也有的老大，一直干到退休，那也是正常，而且是坚挺强硬的正常。

当然，还有少数出事的老大。他们已经出事了，就不说他们了。人还是厚道一点的好。

虽然老大走马灯似的经常换，但是在马尚看来，他们虽然经历、脾气、背景各异，但绝大多数都是会议思维，他在总办负责开会已经伺候了五任老大，差不多一个比一个更重视开会，简直了。

你瞧，这不，现任的老大，才来不久，就召开领导班子会议，在领导班子会议上，一下子确定了近期的八个会议。

其中首当其冲的就是：

集团成立十五周年庆祝大会。

十五，又不是个整数，一般十年二十年才是大庆，十五搞什么名堂嘛。但是老大不这么想，老大才来，急着要造声势，要出形象呀。集团是全省国企中数一数二的大户，所以但凡集团的大型活动，就有希望能够请到上级领导，所以必须要办，一定要办。

只是，有点遗憾，按照现行的规定，庆典要低调，喜事要从简，活动名称也很讲究，不能太张扬，又不能不张扬，换个说法就是，又要夺眼球，又不能太刺眼。

这个有点难度，于是，有人出来贡献智慧，他在集团号称“金点子”，在前老大那儿就是鞍前马后，金句迭出的，现在他又为新老大出金点子了，他说，把庆典和年会合起来搞，就不会太刺眼。

年会是年年搞的，十五庆典是现老大特有的，所以现老大对这个两结合并不是十分满意，但是考虑再三，觉得还是安全第一，所以同意了两结合的建议。

然后仍然是大家出主意，最后由老大认可，给庆典取了个名称叫“吉祥之夜”。

有点暧昧，有点诗意，也突出了重点，恰到好处。

第一天晚上的庆典加第二天上午的年会，完美。

现在这张“吉祥之夜”的白纸已经到了马尚手里，需要马尚在白纸上画出最赞的图画来。这是老大新上任后的第一个会议，马尚自然是全力以赴，视会如归。

决定召开会议的会议，马尚是没有资格参加的，但是有主任列席，主任列席回来，自然会向他细细传达会议的各种要求，时间地点，规模名单，住宿伙食标准，会议议程，等等之类一切。

就这样马尚开始了他的新一轮会议准备工作，首先就是发邀请函。

发邀请函是一项既简单又复杂的工作，当然对于马尚来说，早已经是小菜一碟。先将名单分为三类，第一类，不用太讲究，平时来往比较多的，使用微信的，只要通过微信把邀请函发过去就完事了。第二类，没有互加微信的，属于一般的工作关系，见面机会不多，不太亲密，但是由于长期合作，肯定是有联系方式的，比如邮箱，对这类人，马尚一般是通过邮箱发邀请函，这和微信一样的方便。这一类和二类人物，他们的联系方式都存在马尚的手机和邮箱通讯录里，其实他甚至可以选择出被邀请的人，打个钩，群发。

但是马尚不会这样做，因为受邀请的大多是尊贵的客人，你不能连称呼都不给他，就请他来开会吧。所以马尚在每一封邀请函发出之前，会修改称呼，需要的话还会修改个别词语，然后一对一地发送，尽可能做到万无一失。

最后就是第三类人物了。这类人物，是不用马尚经手的，马尚不能直接用微信或邮箱通知他们，必须把正式的邀请函打印出来，用红色的封面套住，由主任甚至得由老大亲自送上门去。

至于邀请函的设计，也很简单，把去年的活动邀请函拿来作个参考。所谓的参考，也就是把名称时间地点改一改而已。会议连着会议，谁会在意其中一张邀请函的设计呢，何况去年还是前老大，今年已是新气象，万机待理，工作中心怎么也到不了一张小小的邀请函上面。

所以现在，发邀请函这工作，在马尚这里基本上是可以做到万无一失的。

“吉祥之夜”在千呼万唤中终于到来了。

会议下午报到，庆典晚上开始，但是集团自己的人马，肯定要提前到位，马尚尤其了。

马尚到达会场的时候，接到主任的电话，说老大已经在来的路上，要他小心着点。

马尚心里一喜，他没有什么可小心的了，已经面面俱到了，已经完美无缺了。

他心里正酝酿着小确幸，忽然就没来由地打了个冷战。其实要说完全没来由也不对，那是因为他听到了一个熟悉的声音。

这个声音正在什么地方嚷嚷：你们什么意思，你们想干什么，人没走，茶就凉啊？啊？

马尚心里顿时“咯噔”一下，我的天，这是前老大的声音？

马尚真是有点惊魂了。

前老大刚退二线不久，一线的会议是不会邀请他来参加的，他怎么会出现在这里呢——马尚脑筋正紧张转动，前老大那个速度，简直了，已经出现在他前面了，仍然是当老大时的口气，马尚，你给我过来！

只差没说个“滚”字。

马尚赶紧滚过来说，钱总，钱总，您，您来了！

前老大面孔涨得通红，青筋直暴，骂人说，马尚，没想到你也是个忘恩负义的东西，你这算是通知我参加会议吗？你是存心不想让我参加吧？你那邀请函，昨天晚上才发给我，一点提前量也没有，你让我一点准备也没有，怎么，你以为我到二线就偃旗息鼓啦？

马尚简直一头雾水，邀请函？他根本没有给前老大发邀请函，也根本不可能给他发呀。他来了，老大咋办？

可是既然已经来了，都面对面了，虎去威还在，马尚现在可不敢实话实说，他只有点头哈腰，连连检讨，尽量含糊地说，抱歉抱歉，对不起，对不起——

抱什么歉——前老大一声断喝，我告诉你，你这邀请函，问题大了！

马尚赶紧说，您说，您批——

我批什么批，你们傅总，是怎么领会现在的精神的，吉祥之夜，这是个什么东西？

前老大说现老大什么东西，这话就有点粗糙了，但这是前老大的一贯风格，前老大一向以粗见长，以大老粗自居，可以随便骂人，如果有群众反映，上级觉得他过了，说说他，他就会说，哎哟，我是个大老粗，有口无心。

你还能怎样他？

真是以粗卖粗。

好不容易挨到霹雳虎离去，哪料今又杀回，大发虎威，逮住个小小的助理，马尚是被骂惯了的，早已经习惯成自然，爱骂骂罢，一个耳朵进一个耳朵出便是，他心里慌张的不是挨前老大的骂，而是现老大来了怎么办。

他嘴上讨饶，其实任凭前老大怎么装蒜，他心里也不再把他当根葱，却不知道前老大还真当回事了，要来会议手册一看，这下委屈真大了。

会议手册上，竟然没有他的名字，到总台拿钥匙，居然没有他的房间，这下子马尚担当不起了，如果是他邀请的，却没有名字也没有房间，那是想要对前老大干什么呢？马尚都能想出一身冷汗来。

恰好这时候，主任电话又到了，你在哪儿呢，老大到了。

马尚双腿一软，两眼发黑，目光昏暗，就依稀看到主任陪着老大过来了。

老大在半途那边站定了，朝这边张望，好像有些疑惑要不要过来，马尚感觉老大是在问主任，那个人，是前老大吗？

怎么不是。

老大的反应够快，轻重缓急更是分得清，他立马就调整了情绪，堆起满脸的笑容，急步过来和前老大打招呼。

前老大本来就觉得，这么大的委屈，简直是天大的侮辱了，逮住一个马尚，有什么意思，正好老大送上前来，来得正好。

前老大上前就说，傅总啊，年会年年搞，今年你搞大了。

老大完全不动声色，笑眯眯道，哪有哪有，尽量而为。

笑虽笑着，说话却滴水不漏，连虚假地应付一句都不肯，比如说，你完全可以随口对前老大说一句，这是建立在您的基础上、没有您的打拼哪有我的今天之类，明明是假的，但你说了人家也会高兴一点。但是老大偏不，我的就是我的，与别人无关。

前老大见老大连客气话都不肯说一句，挺不住了，直接挑战说，傅总，我得问问你了，你们工作是怎么做的，邀请我来参会，怎么没有我的名字，也没有我的房间？这是在打谁的脸呢？

老大是个笑面虎，人家都挑明了，他仍然含糊地笑着，说，喔哟，怎么会这样，是谁，哪个工作人员，粗心大意了吧——

前老大一时气急，大概忘了自己已经被退出战场，雷霆霹雳又起来了，啊？啊？这是粗心大意就可以解释的事情吗？我看这是狗眼看人低哦，工作如此不到位不细致，以前的良好作风这一下下就没啦，什么什么什么。

老大本来就有很好的涵养，现在看到前老大嘴上狗来狗去，明明自己像只疯狗，狗急跳墙了，于是老大的好涵养就愈发充分地体现出来，他自然是占着绝对的无比的优势，优越感爆棚，稳坐钓鱼台，笑看风云，好爽好过瘾。

马尚现在知道轻重了，不能站在一边事不关己了，他赶紧站队说，我没有给钱总发邀请函，我是根据主任给我的名单一对一发的，又不是群发的，不可能搞错呀。

前老大暴跳说，没有发？没有发我怎么会收到？我若是没有收到，我怎么会到会上来的？马助理，你这个助理怎么当的，明明邀请了我，却不给我安排，你这是搞我呢，还是搞傅总啊？不知道内情的，还以为是傅总让你这么干的呢。

老东西厉害，都已经二线了，还如此较真，对部下还如此歹毒，这是逼他二选一吗？马尚也不是什么高尚的人，他只是个一般的人，如果真让他二选一，他必定要选现老大的。

只是现在还没有到山穷水尽的地步，他还得再挣扎一下，他赶紧拿出手机，并拍了拍一直随身背着的笔记本电脑，说，钱总，您可以查看我的手机和邮箱——

马尚下意识地看了主任一眼，这是求救的意思，这才发现主任脸上藏着诡异的笑，马尚一时判断不出主任是什么心思，他可是前老大的主任，现老大来了，仍然用他，够意思的了，他不会是身在曹营心在汉吧，这么想着，马尚不由心里一紧。还好，主任虽然鬼笑，但在关键时刻还是替马尚说了句话，说马尚工作还是很细致的，很少出差错。

他们真是昏了头，他们难道这么快就忘了前老大是什么样的人，有什么样的水平，即便惯常以粗卖粗，但如果不是铁证如山，他不会如此嚣张，霸气外露，往往自称粗人的，无不粗中有细哦。

怎么不是，你瞧，前老大一听马尚和主任否认，立刻掏出了自己的手机，塞到他们面前，看吧看吧，有没有邀请函？

真有。

是一个微信名“也许”的人发的邀请函。

那张粉红色的邀请函赫然躺在前老大的手机里。

马尚顿时傻眼。

老大才不傻眼，立刻上前搂过前老大，哟，钱总钱总，老领导老前辈，您来，就是对我的工作最大的支持，我还怕请不动您呢——一边回头吩咐主任，赶紧的，赶紧的，安排好，会议手册，这些，销毁，重做，房间，搞个套间，晚上有时间，我亲自陪老领导，搞两局。

两人竟然像哥们似的，勾肩搭背走了。

马尚彻底傻眼了。

他的微信和邮箱都没有“发送”，那前老大微信里的邀请函是从哪里过去的呢？那个“也许”到底是谁呢？

难道，是同事搞的鬼，有人要整他，或者，是想整老大或者前老大，或者想两个一起整，偷偷拿了他的手机，改了网名，给前老大发了邀请函，然后再删除发送内容？

马尚冷汗都冒出来了。

至于吗？

谁呀，跟他有什么仇什么恨呀？

马尚的同事小李，在一边吭哧吭哧，马尚说，你吭哧什么？

小李说，我说的，我一直就说的，你还一直不信，听说我们集团，可复杂了，在同事办公室装窃听器的都有。

马尚不想听小李鬼鬼叨叨，窃听器摄像头什么的，爱装就装罢，无非就是想听听谁谁谁说了老大什么坏话。可是，说老大坏话，这就是单位的日常的重要工作内容之一呀，哪天真没人说了，那不用问，只有一个原因：老大不在了。

“吉祥之夜”已经隆重开场了。一般说来，只要邀请的人员一一顺利到位，活动开始，后面就没马尚什么事了。但是今天不一样，今天的“吉祥之夜”成了马尚的“不祥之夜”，邀请函的谜没解开。虽然老大搂着前老大去开会了，但是会后老大杀回来的样子，他脸上的那种奇怪的笑容，已经足够让幻想中的马尚打几个寒战了。

马尚必须在老大腾出手来之前，把那封奇怪的邀请函追查出来。

马尚不愿往小李说的那方面去想，那实在太恶心。可是如果排除人毒，那也只能甩锅给病毒了，因为前面也遇到过类似的一些情况，比如有一次，他的邮箱收到别人发来的一份邀请函，打开附件，却是一份看不清的名单，他赶紧删除了，但是病毒比他更快更聪明，就在他打开附件的一刹那，它已经钻进来了。它钻进来后并不立刻发作，还休息了一天，到第二天，这封已经被删除的邀请函就在他的邮箱里自动恢复了，并且往他邮箱通讯录里所有的联系邮箱自动发送。凡是收到病毒邀请函的人，纷纷来打听询问，马尚怎么给他们发了个看不见的邀请函，啥意思？

马尚十分狼狈，一一解释，最后感觉差不多闹完了，马尚刚刚定下心来，却不料这个病毒甚是狡猾，完全不按常理出牌，有的速度正常，发出即到，有的却故意在路上多走一会，以至于到了十天半月以后，甚至一两个月、半年以后，还在捣乱。真是一次中毒，终身受累。

虽然现在马尚无法确定发给前老大的邀请函，是人毒还是病毒，但是他至少已经知道了它的名字，就是那个“也许”。

如果“也许”是个真人，他能够把集团的邀请函发到前老大那里，那应该是马尚身边的人，至少是在集团工作的人，这样的人必定是和马尚有微信关系的。马尚无法检查前老大的手机，就先把自己的手机检查一番，通讯录里的人实在太多了，先跳到最后一看，吓了一跳，竟有近两千个。其中有一大半不太熟悉的，也不经常冒泡，马尚完全不记得。有的人还经常自说自话地换名字，隔三岔五就会冒出几个陌生的新名字，搞到最后，虽然大家都在微信朋友圈里，但其实谁都不知道谁是谁了。或者有个仇人，有个恶人，取了“美丽心灵”或“风轻云淡”这样的名字，再配上美味鸡汤，秀秀美图，真会让你觉得，世界真的很美好，人间自有真情在。呵呵。

马尚得把自己所有的微信朋友以及他们的昵称一一查过来，查得头晕目眩，也没有找到“也许”，眼看着吉祥之夜已经在歌舞声中结束了，马尚还是一头雾水。

马尚躲在自己的房间找也许，主任的电话追过来了，让他立刻去套间待命，到那儿一看，原来前老大已经回到房间，正三缺一等人呢。

估计老大是食言了。本来么，说说客气话，哪能玩真的呢。那气氛该多诡异呀。见面搂搂抱抱，说几句不嫌肉麻的话，还行，真要几个小时甚至通宵达旦地坐在一起面对面促膝打牌，那可实在是熬不下去，装不下去，挺不住的。

主任是随老大的，老大不在，他也必定不在。但是有副主任呀，还有那个一天到晚胆战心惊的小李，他们看到马尚进来，都阴阴地盯着他，好像一切的不情愿，都是马尚惹出来的。马尚只能忍气吞声低眉顺眼。在事实真相出来之前，他是背锅侠。

好在牌这东西是个调和剂，一抓到了牌，心情立刻阴雨转晴。本来老大食言而撤，前老大是不高兴的，他虽然不会幼稚到相信老大会陪他打牌，但老大是当着下属的面说出来的，不兑现，就是不给他面子了。

还好，这一点点小气恼，打对手一个双下就消掉了。

前老大打着打着高兴起来，调侃马尚说，小马哎，我今天到会，你明天要吃牌头啰。

马尚赶紧说，钱总，那个邀请函确实不是我发的呀，我没有您的微信。

前老大抓到一副天炸，高兴地说，小马，我当然知道不是你发的。

马尚赶紧说，是呀是呀，我的微信名就是马尚，不是也许。

前老大笑道，你当然不是也许。

马尚的心一下子收紧了，直觉暗藏的线索就要露出来了，他赶紧说，钱总，您知道也许是谁？

前老大哈哈笑说，也许就是也许呢。

这话怎么听怎么都听不出真正的意思，大家就哈哈一笑，当他说笑话了。

不一会前老大的手机响了，他正在紧张地抓牌，手气好着呢，都不能让别人代抓，按了免提，他老伴急吼吼的声音就传出来了，你在哪里？你快回来吧。

前老大一边抓牌一边将头勾下去一点，嘴靠手机近一点，说，干吗？我今天不回，住会上，明天还有年会呢。

老伴急得说，哎哟哎哟，你快回来吧，别在那边丢人了，人家没有邀请你，哎呀，跟你实说了吧，是你孙子拿你的手机跟你搞的鬼——

前老大呵呵说，你才鬼呢，明明也许给我发的邀请函。

老伴那边急得几乎在叫喊了，哎呀，哎呀，也许就是我呀——

前老大仍然呵呵，说，也许是你？你搞什么搞，你不是喇叭花吗？

老伴急道，你孙子，小猢狲捣乱，给我改了名，我都不知道，刚才还是群里的老姐妹提醒的我。

前老大反应够快的，片刻之间就恢复正常，或者，他根本就没有出现片刻的不正常，仍然一边抓牌一边笑呵呵地说，哟，多大个事，不就改个名嘛。

前老大面不改色心不跳，甩出一对小王，说，一对小鬼！又勾着头对着电话说，喔哟，多大个事嘛，我丢什么人嘛？他们不邀请我，是他们丢人嘛，我虽然不在一线岗位上了，但毕竟那个什么嘛，我还是在职的嘛——他“嘛”了又“嘛”，把个老伴“嘛”得无话可说了，他才哈哈一笑，对几个牌友说，其实我早就知道是小赤佬跟我弄白相，你看，刚才我说也许就是也许，你们不相信，呵呵，现在相信了吧。

也许是应该相信了，可总还是觉得哪里不对呀，尤其是马尚，感觉哪里哪里都有陷阱在等着他踏进去，心慌得不行，酝酿了好半天，才小心翼翼地问了一句，钱总，您孙子哪来的邀请函呢？

前老大又抓了一手好牌，随随便便就出一张大鬼了，满脸得意，嘴上说着，大鬼——小马，你说呢？

见马尚说不上来，他又开心地呵呵了，说，今天手气简直了，全是抓的鬼，小马啊，看在你今天输得惨的分上，我告诉你吧，你也别伤脑筋啦，你们傅总不会找你麻烦的，呵呵，你又不是我孙子。

又说，小马，你什么时候变得这么喜欢听故事了？你爱听故事，那我就给你编啦，故事其实很简单，我先是听说你们要搞吉祥之夜，没有收到邀请，这也正常嘛，毕竟退二线了嘛，干吗手脚还要伸那么长呢，伸得再长也总有一天要缩回去的嘛，不该伸的乱伸，最后被人斩断，这点境界和修养我还是有的嘛。可是后来我又收到了邀请函，有邀请那当然是要来的啦，不能给脸不要脸嘛。但是我来了，你们又说你们没有邀请我，我就到厕所里去看了一下，才发现这是去年一个活动的邀请函，一直在微信群里没有删除，小猢狲整出来又发给我了，呵呵，小猢狲才六岁，是个人才。我呢，虽然是知道了真相，但是呢，我来也来了，再走，岂不是更丢了尊严，小马，你说呢？

马尚简直了，目瞪口呆。

不管马尚怎么惊愕，事情总算是过去了，他的嫌疑解除了，心里轻松了，接下来的牌局，发生了根本性的逆转，气得前老大连连说，失误失误，就不该告诉你真相。

马尚以为没事了，不料过一天上班，主任就让他到老大办公室去，进去的时候马尚是很坦然的，反正事实已经有了真相，怎么也栽不到他的头上。

进了老大办公室，老大冲他笑了笑，还亲自给他泡了一杯茶，然后老大说，小马啊，别有思想负担啊，钱总邀请函这个事情跟你无关——那个邀请函，是我发给钱总的——哦，事情是这样的，这次我们请到的张部委，和钱总关系好，请他的时候，他就问到钱总了，所以我考虑，虽然钱总二线了，而且你们大家也都不愿意看到他再来，但我的位置不一样啊，我还是得请他来一下哦，可又担心他会端架子，所以我让你们主任想个办法，你们主任，是个人才，想出个"也许"，用这个名字给他发了邀请函。我原来呢，只是想请他到一到晚会现场，和部领导见个面而已，没想到他又要名单又要住宿，嘿嘿，但是不管怎么说，这次活动还是十分顺利的，小马，也有你的功劳啊。

马尚听着老大叨叨叨叨，感觉有点晕，这也许还真是个也许，也许还有许多也许呢。走出老大办公室，听到口袋里手机叮咚一声，根据不同的铃声，他知道，这回是手机邮箱来邮件了，打开一看，是一封会议邀请函，是集团的一家合作单位，要搞一个未来之夜。

马尚前去异地参加未来之夜，到了酒店大堂，掏出手机，展示邀请函，会务人员就给他发了房卡。马尚坐电梯上楼，进了房间，看看离晚饭时间还早，就在大床上躺下，刚要迷糊一会，就听到房门“嘀”的一声，门开了，有人进来，朝里一望，看到他躺在床上，这人吓了一跳，说，咦，你是谁，你怎么进来的？

马尚举着房卡给他看。

这人顿时生气了，说，难道现在都安排两人一间了吗？这不是倒退吗？想了想又说，不对呀，这钱都是我们自已掏的，订的就是单间，凭什么——他说着说着，居然气得笑起来了，说，呵呵，还是个大床房，两个大男人合睡一床呵。

马尚说，你是来参加未来之夜的吗？

这人说，是呀，这里的活动不就是未来之夜吗——但他毕竟也有点疑惑，于是掏出了手机，马尚也凑上去看一眼，顿时傻眼了，发出邀请函的，居然也是一个叫“也许”的人。

马尚顿时头皮发麻，立刻问道，也许是谁？

这人听岔了，点头说，是呀，也许是谁搞错了，你、你也姓马吗？

马尚说是，这人又气得说，这会务组工作也太粗糙了，以为姓马就是同一个人——他气呼呼甩门出去找会务组去了。

留下马尚一个人在房间，他心里已然清楚，这个姓马的人，是没有安排房间的，可能类似吉祥之夜他前老大的遭遇。而且马尚知道，也许已经升级了，并且大大地拓展了业务，总之，也许已经是一款升级版的新毒了。

旧事一大堆

老太有个邻居老王，从河南来的。老王的朋友在苏州开古玩店，干得风生水起，苏州民间喜欢收藏的人多，所以古玩店多，生意也好做，他的朋友做了几年，生意很好，后来觉得古玩店不够他玩的了，要转行到房地产上去，就把古玩店转手，问老王愿不愿意来苏州接手。

老王愿意，他就从河南来到苏州，接手了朋友的古玩店。

老王经济上有点实力，可以租住酒店公寓，也可去购买新房，但是既然开的是古玩店，住老宅肯定气息是对的。老王在苏州观察了一通房子的情况，最后就走到老太这里来了。

这是一幢民国时期的老洋房，虽然已经破旧，但是稍作打理，外表看起来还蛮硬朗的。老王喜欢这种既陈旧又硬朗的气息，他一咬牙，买下了这个院子里二楼上三间房。

说是买房，其实也不算是真正的买房，因为他买的是房卡房。说到底，他买的是卡，而不是房，他可以一直住在这个房里，房却不属于他，他还要交一点租金。但是和一般租房不同的是，他多出了一大笔钱，买个心安，除非政府需要，其他没有人可以随时赶他走。

老王就安心地在苏州的老宅里住下了。

苏州和河南都是有宝贝的地方，不同的是，老王老家的宝贝，大多藏在地底下，说河南的农民，随随便便耕一下地，就耕出了秦砖汉瓦，苏州呢，地底下有没有东西、有多少东西，尚不知全，但是地面上的东西已经不少，苏州人随便在街上走走，就走到唐伯虎住的地方，就走到了范仲淹办学的地方，随便踩一踩，可能就是康熙皇帝踩过的鹅卵石，随便一抬头，就看到了乾隆皇帝题的匾，哈哈，真赞。

所以老王到苏州接盘古玩店，感觉捡了大漏，不是朋友给的大漏，是苏州大街小巷里都有大漏。于是暗自觉得朋友太过浮躁，转投房地产，呵呵。

老王住的老宅二楼，因为年代久了，中间虽然也大修过，但毕竟陈旧了，哪里哪里都不像新房子那样，地板是重新修整重新油漆过的，颜色挺好，也没有通常老宅地板的那种嘎吱嘎吱的声响，可是老王踩上去时，总觉得空空的，不太着地，不过还好，住了一段时间，也就适应了。

老宅子有蟑螂和老鼠，这也不难，现在灭蟑螂灭老鼠的办法多得是，都没经老王怎么对付，蟑螂老鼠都不见了踪迹，这些东西都是有灵性的，见了外地人，走路说话都和苏州人不一样，身上有股陌生气息，吃不透，不敢恋战，转移战场去了。

但偏偏有一只老老鼠，年纪大了，和老太一样，恋着旧家，不肯离去，夜里出来作老王。那时候老王家属还没有过来，一只老老鼠，也就随它去了，可是后来不久，老王家属迁来了，女人通常都恨老鼠，她就要跟老老鼠过不去了。

白天老王去店里上班，老王家属就在家里对付老老鼠，老王家属捉来一只猫，结果猫被老老鼠吓跑了。这也没什么稀奇，现在有什么东西不是和从前倒着来的呢。

老王家属去买了老鼠药和老鼠夹子，但是老老鼠经验丰富，它才不上当，它和老王家属斗法斗得来了劲，有时候白天也大摇大摆地出来，老王家属就去追它，追到窗角落那里，一脚踩空，一块板翘了起来，地板下面出现了一个大窟窿。

其实不是什么大窟窿，就是地板下有个暗道，望进去黑乎乎的，老王家属心里有些不妥，浑身没来由地打了冷战，好像那只老老鼠会变成一个妖精从暗道里出来，吓得赶紧给老王打电话，把老王叫了回来。

老王一回来，看到老宅里有个暗道，顿时又惊又喜，他先是用手机电筒朝暗道里照了照，看不清，又找来一个大号的电筒，这下看清楚了，老老鼠当然不会在那里等他们，却有一个包袱在里边，好像是用旧床单包的，包袱挺大，他估计自己一个人拖不出来，叫家属和他一起拖，他家属不敢，老王想到下楼去喊邻居老刘，可是刚刚下了两级楼梯，他又返回来了，他觉得这事情不要让更多的外人知道。

可是外人已经来了，住在一楼的老刘，听到楼上有声响，动静还挺大，就上楼来看看，老王想瞒也瞒不住了，就喊老刘来帮助，老刘一边过来，一边不以为然地说，能有什么东西，能有什么东西。

果然不是什么金银财宝，包袱里是一些旧书，还有几本笔记本，老王翻开来看看，是钢笔字，老王心里凉了小半截，又仔细看了看有没有署名，会不会是什么名人的手迹，但是笔记本上除了写的文章内容，没有任何人的名字，老王又再仔细看看文章当中有没有提到什么人，当然是有的，但是没有看到什么有名的人，都是些普通的名字，也不知道是真人，还是虚构出来的人。

老王心里又凉了小半截。

老刘说，我说的吧，没有花头的，你以为捡个大宝贝，呵呵，这房子，进进出出住了多少户人家，轮得到你？

老王有些失落，但他的心还没有凉透，后来他留心观察了一下周边的人，本宅院的和巷子附近的，他琢磨了一下，觉得可以去向老太打听。

老太这么老了，她一定见多识广。

可是他没想到，老太是个怪。

一个人老了，很老了，老了又老，却一直不死，这不是怪吗。

现在这个院子里，只有老太是原住民了，她从貌美如花的新娘子，渐渐成为阿姨，后来是大家叫她好婆，再后来就叫老太。因为很老了，邻居也都换了好多茬了，大家也不再关心她姓啥叫啥，只管叫老太。

她已经住这个宅子里住了许多年，到底有多少年，如果你问老太，老太就说，一百年。

大家知道老太是瞎说的。

或者有人瞎操心，问老太几岁了，老太说，一百岁。

老太又瞎说。

随她吧，反正她已经这么老了，说几岁都无所谓。

或者还有人不识相，又要问了，说，老太，你姓啥？老太说，我姓王。就有人指出，老太瞎说。

老太说，你说瞎说就瞎说。

她还是瞎说。

邻居都是后来、再后来搬进来的，不认得老太，所以刚搬进来的时候，都会问一问老太，也算是人之常情。不过很快他们就闭嘴了，不再问老太的事情了。

老太都这么老了，还会有什么事情呢。

开始的时候，隔三岔五，会有人拎一点营养品或者时令食物来望望老太，邻居就猜一猜，然后问老太，这是你儿子吗，这是你女儿吗，这是你孙子吗，等等之类。

老太说，你说是谁就是谁。

到后来，看望老太的人渐渐地少了，再到后来，越来越少。

老太有话不肯好好说，也不知道她是说不好，还是不想好好说，总之她的每一句，都能把人一下子顶到南墙上。

所以当老王抱着那些本子来问老太的时候，老太就说，我写的。

老王没有信以为真，因为他听得出老太方言中夹着不诚恳的意思，外加老刘还在一边窃笑，老王诚恳地对老太说，老太太，我想这个肯定是从前宅子的主人写的吧，我只是想问问，这个宅子，从前是谁住的。

老太说，我住的。

老王说，您住了多少年？

老太说，一百年。

老王觉得哪里不对，他不知道这个宅子有没有一百年了，他犹豫着又问，老太，那您、您多少岁了？

老太说，一百岁。

老刘又笑了，说，老太，花样经也不晓得翻翻新，老是这一套。

老王因为刚来不久，没有吃过老太这一套，还不知道老太的妖怪，他还蛮顶真的，仔细想了想，算了一下年头，才说，那就是说，您是出生在这个宅子里的？哦，就是房子造好的那一年，你们家搬进来，你出生了。

老刘说，你说书呢。

老太说，一百年。

老王终于领教了老太的一套，打消了从老太这里打探消息的想法，他把这些东西带到自己店里，打算空下来再研究研究。

老王店里有个伙计小金，学历史的大学生，看到老王带了旧书和笔记本堆在桌上，没事的时候就拿来随便翻翻，结果竟然读进去了，他觉得写得很好，差一点拍案叫绝了。

老王说，怎么，这些本子写得有这么好？

小金说，文章很独特，文风都比较随意，没有套路，好像想怎么写就怎么写，有点天马行空的意思。

老王虽然懂一点古玩，但对文章是外行，想不出天马行空的文章是什么意思，就问小金写的什么。

小金告诉老王，写的是从前一家人家有三姐妹，三个姐妹个个才貌出众，而且她们的婚姻也个个门当户对珠联璧合。

老王一激动，脱口说，不会是宋家吧，宋美龄什么的。当然他也知道不可能，自己就笑了起来，知道自己心里的贪念。

小金说，反正，总之，肯定是人物。

小金这样说了，老王心里又起了一点希望和盼头，正好前任店主老许来了，他现在搞房地产了，心里却还是惦记古玩这一块的，这天有空闲过来看看老王和从前属于他的店，老王赶紧把这些本子请他过目。

老许才翻看的时候，老王就性急地说，老许，这些文章很好的，天马行空的，肯定是什么大人物写的，至少也是名人。

老许稍微翻了翻就放开了，说，文章是不错，但是这不稀奇，这种东西，苏州城里打翻的，遍地都是。他见老王似有不服，又说，你想想，苏州城里这样的读书人多得是，写的文章一个比一个赞，要不然怎么会出那么多状元。

老王真是个沉不住气的人，一听老许这话，心里又凉下来。就这样反反复复，凉了热，热了凉。

老王后来渐渐地冷静下来，觉得从文章入手解决不了问题，还是得从宅子入手，虽然老太作怪，不肯好好说话，但好在来日方长，慢慢打听便是了。

可惜好景不长，老王家属不肯住这宅子了，闹着要搬家，她白天一个人在家，老是觉得有人在走地板，吓人倒怪，可是等老王下班回家，晚上却一点也听不到声音。真是出奇。

老王只好考虑换房了，他要出售刚刚买来不久的房卡房，找到一家连锁的中介公司，这个中介公司做了好多年，越做越大，声誉也很好，老王委托给他们，放心的。

接待和联系老王的是中介小张，小张对这一带的房子，烂熟于心，听到景德巷，脑海里就呈现出条巷子形状，那里有好些民国时期的建筑，仍旧属于公房，所以不等老王具体说明，他就估计老王卖的是房卡房。

小张先是详细跟老王介绍房卡房买卖的情况，然后他问老王，是景德巷几号。

老王说，17号。

小张听到17号，心里似乎有些恍惚，他还追问了一句，是17号吗？

这种多余的废话，不像是小张这样的中介大神问出来的，倒像是个菜鸟。但是小张确实就是重复问了一遍，以便确认这个17号。

老王以为小张不了解17号的情况，赶紧介绍说，里边有个老太，住了很多年了。

小张十分敏锐，立刻追问，什么老太？姓什么？

老王说，不知道姓什么，她一直就是住在17号的，好多年了，她自己说是一百年。

小张愣了愣，说，一百年？她看起来很老了吗？

老王说，老、老，真的很老。

小张说，那她是姓沈吗？

老王从小张的口气中听出点异样，是压抑着的紧张，是期盼中的兴奋，他也跟着紧张和兴奋起来，赶紧问小张，如果是姓沈，怎么样呢？

小张说，如果姓沈，这个17号，就是沈家的啦。

老王心里"别别"一跳，沈家是谁家？

小张说，沈家是谁家，嘻嘻，沈家就是沈家，哦，你不是苏州人，苏州沈家你不晓得的，沈家有三个女儿，厉害的。

老王心里又是"别别"乱跳一阵，说，三个女儿，都会写文章的吧，都是才貌出众的吧，她们的婚姻，也都是珠联璧合的吧？那，那后来她们呢？

小张说，都是很从前的事，我也不太清楚，据说有一本书，叫《沈家旧事》，就是写他们家三个女儿的，说后来全家迁去了上海——小张见老王把兴趣放在人的身上，觉得他有点走歪，赶紧扭过来说，我的意思，如果17号是沈宅，那你这个房价就那个什么了呵呵。

这其实是老王能够预料到的，可惜的是那个老太太古怪，总是七扯八扯，不正经讲话，无法知道她到底姓不姓沈。

小张不觉为怪，说，老太大概不想让人家晓得呗，沈家，向来是低调的。

后来他们就一起到了老王的家，小张拍了照片和视频，准备挂到网上，这是卖房的规定动作，必要的程序。

从二楼下来的时候，他们在一楼的小天井里碰到了老太，老王对小张说，喏，我说的就是她，老太。一边跟小张介绍，一边就抢上前去问老太，老太，你是姓沈吧，沈老太？

老太说，你说姓啥就姓啥。

老王有点不乐，不过他还是忍耐的，跟一个古怪的老太，生什么气啥，所以他好声好气地说，老太，人总是有姓的，你说对不对？

老太说，赵钱孙李，周吴郑什么——

老王终于不够耐心了，他打断老太，也有点不讲礼貌了，你不要扯那么远，你有那么多姓吗？

老太说，你说有就有。

虽然老王有点沮丧，小张却一点也不，他对老王说，没事，今天我们先不议价，你只管继续打听老太，我也做点功课。

小张回去，先是想办法找到了那本《沈家旧事》，这本书虽然不是什么畅销书，但也有几个版本，小张搞到的是一个旧版本，心想这种东西，旧的比新的可靠，就兴致勃勃地读了起来。

旧事写的是沈家三个女儿的事情，关于她们的父亲沈白生从安徽迁到苏州，购买了景德巷一幢民国建筑，只有一笔带过，没有写是景德巷几号。

其实不写几号也没事，沈家三女的故事，老苏州几乎没有人不知道，大家都津津乐道，好像自己和沈家沾亲带故的。这是苏州人的特点。为家乡骄傲，为家乡人自豪。而不像有些地方的人，家乡的人，家乡的好，都成为他们嫉妒恨的对象。

只不过那是从前的故事。从前的人知道，现在的人就不一定知道了，比如小张，也是因为他做房屋中介，和这个老城区地段有关，才会知晓一点点，否则的话，以他的年纪，以他的来路，以他的知识结构，他也不会知道沈家旧事的。

所以现在他捧着《沈家旧事》读来读去，想从字里行间探究出沈宅到底是景德巷几号，那个老王来委托的17号，到底是不是沈宅。

结果是无果。

大概从前的人，对于几号几号十分地不在意吧。

或者，那时候，景德巷里就只有他们这一户人家？

小张联络了一个朋友小周，小周是搞婚纱摄影的，现在有很多年轻人喜欢到老街上去拍结婚照。旧物成为新时尚，算是历史的循环反复吧。

所以小张想问问小周了不了解景德巷这条老街巷，进而再问问17号的事情。可是小周说，呀，景德巷我还真不清楚，我们的点没有拓展到那儿。小张说，那你还号称老街路路通呢。小周说，呀，我关注的多是知名老街。

小张听小周这样一说，心里有些凉，但他不会这么快就死心的，又跟小周说，以你的口气，好像你没关注到的，都是不知名的啦。

小周蛮谦虚，说，那倒不一定，苏州的老街小巷实在太多，知名的也很多，我哪可能都关注得到。他停顿了一下，又说，我电视台有个朋友小李，一直在做苏州老宅旧宅的记录，你可以去问问他。

小周推了小李的微信给小张，小张就和电视台小李联系上了。

小张本来是想通过小李了解一下景德巷17号的前世今生，看看在小李的寻访中有没有接触到这个宅子。不料小李一听小张说出“景德巷17号、沈宅”这几个字，二话没说，带了同事，扛了机器就来了。

小李到景德巷来，并没有告诉小张，这跟小张没关系。但是小李手贱，喜欢晒朋友圈，啥事都要冒个泡。他在去往景德巷的路上，就已经发出来了，无非就是显摆自己寻访名人故居。

小张在朋友圈里看到了，赶紧跟小李私聊，有一点责问的口气。小李回复说，咦，我是拍电视的，你是卖房的，两不相干，难道以后我的工作都要经过你批准？

小张没有回复他，直接就追到景德巷来了。

小张在来的路上，通知了他的同事，让同事把景德巷17号的资料准备好，写上沈宅的内容，等他信息一到，就挂上网。

小李来的时候，老王在店里做生意，老王家属在家，她从二楼探头，看到有人扛着摄像机来了，不知是什么事，有点紧张起来，一边下楼，一边打电话给老王让他赶紧回来。

后来她看到小张来了，认出他是那个中介，才定了点心，说，怎么，上次手机拍的视频不行吗？

小李没有搭理老王家属，他的注意力都集中在老太那儿，因为他一直在做老东西，所以虽然年纪轻轻，却是看到老人家就兴奋，他举着话筒上前就问，老太，您是姓沈吧？

老太说，你说姓沈就姓沈。

小李又说，老太您是沈家的几女儿呢？

老太说，你说几女就几女。

小张已经看出小李的马虎和牵强，心想到关键时刻还是得我上，小张可是做足了功课的，他说，沈家的小女儿是1914年出生的，活着的话，有一百〇五岁了，你看老太像吗？

老太也说，你看老太像吗？

小李可不会在一个中介面前服输，他今天虽然来得及，没有做功课，可是他的功课做在平时，肚子里还是有货的，他说，沈家除了三个女儿，还有好几个儿子，他们家最小的儿子，比三女儿小十五岁，沈家最小的儿媳妇，姓黄，叫黄淑君。

小张心想，这个年纪倒还对得上，于是赶紧问老太，老太，你是姓黄吧？

老太说，你说姓黄就姓黄。

邻居老刘说，哟，原来不是女儿，难怪她屋里挂的年轻时的照片，丑死了，一点气质也没有，原来不是沈家的女儿。

这时候老王回来了，他听到了他们的推理和判断，心里已然明白，赶紧上前跟老太说，老太原来你真的不姓沈，不过你到底还是沈家的人哎。

老王到底是做旧这行的，嗅觉灵敏，他的脑海里，已经呈现出一幅蓝图了，将沈宅重新整合打造，名人故居，如今可是香饽饽哦。

想到这儿，老王毫不犹豫地和小张摊牌说，合同不签了，房子不卖了。

小张心想，明明是我的敏锐和执着，让一个普通的旧宅，成了名人故居，老王却过河拆桥，不地道，所以小张也不客气，说，可是我们已经挂到网上了，如果有人来询问，我们是要守信用、要如实介绍的。

老王说，咦，你不是说暂时不定价，不定价怎么上网呀？

小张说，所以我们写的是价格面议。

但小张还是有经验的，行事也比较稳妥，尽量不要刺激老王，所以他又把话说回来，当然，房卡是你的，就算挂出去了，你还是可以自己做主的。这样让老王的情绪先稳定下来。

当天的晚间新闻，播出了小李做的节目，介绍了寻找沈宅的故事，又再一次讲述了沈家三姐妹的经典往事，观众百看不厌，十分欢迎。

电视播出，立刻有了反响，虽然沈宅的归属还没有最后确定，但是性急的人已经赶来看沈宅了，有一位老先生，老眼色迷迷的，说自己是沈氏三姐妹的忠粉。他们就让他去看老太，老先生凑过去看了，说，哎哟哟，到底给我寻着了，我一世人生，就是想看一眼三姐妹的样子，到底给我看着了。

老刘跟他打甏，说，三个你最欢喜哪一个？

老先生说，三个都好的，三个我都喜欢的。

邻居骂了几声老十三，他也没有听见，心满意足地走了。

小周动作也很快，他迅速开辟了新的婚纱拍摄点，还不惜成本，把老宅的外表整理装扮了一番，不仅许多新婚夫妇纷纷前来拍照留念，沾一点沈家姐妹的才气和福气，还吸引了不少文青，到这里来东张西望，说三道四。

小李受到自己的鼓舞，一鼓作气，又连续寻找和拍摄了好几座被时光淹没的名人故居，工作成绩显著，每天都收到许多观众的来信来电，告知哪里哪里有名人故居。

有关部门也来关心了，做了认真的调查核实，史料也都查到了，沈家的小儿子叫沈祖荃，其实也很了不起，只是因为三个姐姐名气太大，他被遮蔽了。

沈祖荃做过苏州平益女师的校长，这所学校曾经走出许多优秀的女性。

不多久后，在17号的门口就竖起了名人故居的牌子，牌子上详细介绍了沈氏家族的情况，最后写道，现在还居住在17号的黄淑君老人，是沈祖荃校长的夫人。

老王一直在做老太、老刘和一楼另外两家邻居的工作，想让他们把这个院子里的房卡房都转让给他。不过有一点老王很清楚，即便说服了他们，这种私下里转让房卡的事情，麻烦甚多，还是要由中介出面，因为他们专业。专业才能搞定。

所以现在老王和小张是齐心协力的。

原来在这个地段工作的一个老警察，退休好多年了，也不再到从前的辖区转悠了。有一天看电视，看到电视在播景德巷，那是他曾经工作过的地方，十分留恋和怀念，就继续看下去，才发现介绍的是17号，老太叫黄淑君。

老警察就奇怪了，说，咦，老太明明姓胡嘛。

老警察的小辈向来嫌他多事，十分不屑地说，姓胡还是姓啥，关你啥事呢？

老警察答非所问、固执地说，老太也不是个东西，就任凭他们胡说？又自己和自己来气地说，那个地段的居民，就没有我不知道的。

隔一天，老警察看天气好，就去了他工作过的那个地段，虽然有时间没来了，但仍然感觉到亲切，甚至比从前更亲切了，有些居民，他依稀还记得他们，他想和他们打打招呼，可惜他们都不记得他了。

老警察到了17号，看到老太，老警察说，胡老太，你明明姓胡嘛。

老太说，你说姓胡就姓胡。

老警察立在门口看牌子上的内容，越看越糊涂，挠着头皮说，沈祖荃是谁？

老太说，你说是谁就是谁。

老警察说，那上面说是你的男人——可是你男人我记得的，我查过你们的户口，他明明叫沈维新，咦咦，不对呀，他不是祖字辈，是维字辈，比祖字辈小一辈——老警察说着说着，渐渐清醒过来了，一清醒过来，他就忍不住笑了起来，他越笑越过分，笑得控制不住了。

老刘和一楼的几个邻居也跟着他笑。

老王家属在二楼听到楼下的声音，她探头朝下面看看，也不知道他们笑的什么。

老太不笑，她只是麻木不仁地看着他们笑。她不觉得有什么好笑的。

老警察笑得捂住了肚子，唉哟唉哟地说，唉哟，我知道了，唉哟，胡老太，笑死人了，这牌子上写的，你嫁给了你男人家的叔叔呗，哦哈哈哈哈——

老太说，你说叔叔就叔叔。

老警察继续笑说，不是我说的，是牌子上说的，哦，对了，我只记得你姓胡，叫个胡什么来着。

老太说，你说叫什么就叫什么。

旁边老刘插嘴说，我知道，她叫胡梨婧。

狐狸精？在二楼探头的老王家属一脱口也笑出了声。

院子里的说话声和笑声，惊动了路过这里的一个社区干部。她是后来才来这个地段工作的，不认得老警察，但她认得这院子里的居民，她已经在门口站了一会，见大家一直在纠缠老太，她就走进来了，说，你们又在逗老太玩？她有点打抱不平的意思，对老刘说，老刘，老太早就得老年痴呆了，别人不知道，你还不知道，你也跟着瞎起哄。

老刘说，孙主任，你冤枉我了，我没有逗她，是他们这些人，老是要问她姓什么，多少岁，到底是谁，怎么怎么，烦不烦呀，这么老了，姓什么有意思吗？

老王家属忍不住在二楼上插话说，怎么没有意思，意思大了！

社区干部没有听懂老王家属的意思，也没有怎么在意，倒是老警察看到社区干部，特别高兴，上前攀亲说，小同志，你是景德社区的吧，我从前是这边派出所的，只不过啊，你这么年轻，我退休的时候，你恐怕还没有生出来呢吧。

社区干部说，哦哟，前辈前辈，有眼不识泰山。

老警察说，我记得老太是姓胡，没记错吧？

社区干部说，前辈是不是年纪大了，记性不行了？老太不姓胡，而且，你说她丈夫叫沈维新，也不对呀，老太没有结过婚，她一直是一个人——

老王家属着急了。她本来是急着要搬出去的，因为听说了名人老宅，她不想搬了。奇怪的是，她不再说听见有人走地板了，也许是仍然听见，只是她不说而已。

她一直在观察他们这些人，他们一直在翻来倒去，轻轻飘飘，随随便便，到现在连老太到底姓什么都说不准，而且他们中间好像也根本没有谁想要把事情说准了，都只是没心没肺地说说笑笑而已，这怎么能够确定老太到底是什么人呢。所以老王家属就在楼上勾着头往下说，你们怎么乱来的，老太姓什么，是随便说说的吗？

老太说，随便的。

大家哄笑起来。

老刘对社区干部说，你看哦，不是我们逗她，是她在逗我们哦。

老警察有些不服，说，老太不姓胡？难道我真的记错了，那她到底姓什么呢？

社区干部说，好像是姓沈吧。

老太也说，好像是姓沈吧。

老刘说，咦，怎么又转回来了？不对不对，沈家的女儿，个个都嫁了好人家，可是你刚才又说她没结过婚，是一个孤老。

稍稍一想，又说，还是不对呀，如果她姓沈，你们竖的那个牌子上写的什么呢，岂不是姐姐嫁给了弟弟？

什么什么什么。

老王家属听出了问题，急了，赶紧给老王打电话，结果老王电话是暂时无法接通。

此时此刻，老王正和一些人一起往南边的大山里去，因为有风声传来，说在山里发现了整套的明代黄花梨家具，到了那儿一看，整套的家具已经出土，老王瞄了一眼就转身了，有人跟着他问，是不是看出什么问题了，老王说，不是看出什么问题，是没有什么问题，它的腐化处理真的很棒，十分逼真，可惜是逼真，不是真。

人家问老王怎么瞄一下就知道是埋地雷，为什么他们不能一眼看穿，老王说，你看过多少件真海黄，有五百件吗？等你看过五百件以上的真海黄，你就知道了。

他们都崇拜地看着老王，感觉老王有一肚子的真海黄。其实老王也没有看到过多少件真海黄，他甚至都不能保证，他以前看到过的几件真海黄到底是不是真的。

所以老王与其说是来看真海黄的，还不如说是来看假海黄的，真的看不到，就多看些假的，也是一种学习。

他们一路返回，虽然没有如愿以偿地买到真海黄，但至少没有上当受骗，所以兴致还是很高的，他们一起探讨了现在收藏界的许多是是非非，老王很有经验地说，任何物件，无论大小，都能造假，不像宅子那样的东西，做不了假，它一直就真真实实地站在那里，如果有人推倒了重建，是不可能瞒天过海的，对吧？

这时候同行里有个人说，宅子也不一定哦，我有个朋友老许，从前也是同行，后来去做房地产，他说他有个朋友姓王，跟老王你同姓哦，住了个民国老宅，就非说是沈氏旧宅，想拿下来打造，不知后来有没有做成，要是真拿了，那也许真就呵呵了。

这时候老王的手机响了，一看是家属打来的，但是山里信号不好，只听到家属喂喂喂，家属那边也只听得见老王喂喂喂，其他什么也听不见。

到代

多年前，叶白生的事业刚刚起步的时候，简直焦头烂额，心烦意乱。有一次有个大项目要推进，可是困难重重，关键是心中无数，进退两难，有一天听信了别人的建议，就到庙里去求签。

去的路上，还一路焦虑发脾气，可是一进到庙里，顿时感觉不一样了。

这是个小庙，人也不多，叶白生踏进庙门，闻到了香的气味，纷乱的心情和思绪一下子清爽了，心想，这个事情，不是明摆着的吗，还用得着求签吗？

他也不求签了，掉头回去了。

回去以后他吩咐常灵去置办点香的东西，办公室有了庙里的味道，心思就安定清爽了。

常灵应声而去。

常灵是他的秘书，名字虽然叫常灵，人却常常不灵，整天白着个脸，麻木不仁的样子。只是因为当年叶白生起步的时候，常灵的叔叔拉过他一把，后来就把侄女安排过来，换了几个岗位，都不成气候，还招人议论反感，最后索性放到自己身边做个秘书，打打杂，反正总办秘书有好几个，多她一个少她一个也无所谓。关键是老婆看着放心，与其多事去招别的女秘书，不如就常灵吧。

常灵在生活中也是马马虎虎的，也不想着打扮打扮，人家女孩子三天两头跑美容院，她却连个薰香的事情都没关心过，好在她还蛮虚心，请教了几个同事，然后去小商品市场转了一圈，有盘香卖，却没有看到香炉，人家指点她说，你买香炉，到文庙的古玩市场去看看吧。她就到了古玩市场。古玩市场里有店，也有地摊，满地都是，她踏进去第一步，有个地摊上乱七八糟地堆放着几个小香炉，看看大小适中，她从里边随手拿一个，问了价钱，能接受，就买回来了。小香炉有点脏，常灵用抹布擦擦干净，就在叶白生的办公室点上了香，细细的白烟就从炉盖的小孔中袅袅升起。

说来也怪，叶白生不仅那一个项目获了成功，后来他的事业简直是蒸蒸日上，连他自己也觉得不可思议。

只是常灵替他置办的点香的那个东东，地摊上搞来的，实在是太low了，到叶白生办公室的人，要么是不在乎点香的事情，但凡在乎一点的，都会对叶白生的香炉提出意见，说这个香炉简直了，旧陋，昏暗，毫无艺术之光泽，等等，之类，总之缺点是要多少有多少。

其实要说艺术，叶白生本来也没有什么艺术的养分。何况他在乎的也不是香炉，而是气味。但是说的人多了，他也会朝那只香炉看上一眼，可即便是多看几眼，他也仍然对香炉没有感觉，只要闻到檀香的味道，一切就ok。

只是在别人议论这个香炉的时候，他会应对一下，数落几句，检讨几句，好歹也算是礼数，其实是嘴不应心的，他的心思不在那上面。

可是别人就会当真了，说，改天，我送你一只。

说，哪天我给你看一只宣德。

等等。

叶白生才不会放在心上。但是常灵在一边听多了，渐渐从麻木中苏醒，有了感觉，她就一心要给叶白生换香炉。现在她也知道做功课了，上网查，虚心请教内行，然后下手买，总之是在短时候里经她的手，换过好几个香炉，但别人来叶白生办公室，话题若是扯到香炉，总还是觉得香炉和叶白生不配。

常灵很快又对自己失望了，不再去换香炉了，她现在把希望寄托在那些说过要送香炉的人身上，过了不多久，果然有人送来了香炉。

这是一只景泰蓝小香炉，十分精致，十分养眼，怎么看着都舒服。来叶白生办公室的人，注意到这个景泰蓝小香炉，听说是一个懂行的朋友送的，都十分赞赏，说什么的都有。

说着说着，叶白生就被打动了，忍不住去看一眼，再看一眼，这样一眼两眼的，渐渐地居然成了习惯，每天到办公室，第一件事情就是看看景泰蓝小香炉，工作的间隙，也要看它一眼，累了的时候，也要看它一眼，高兴的时候，生气的时候，都要看它一眼。

他忍不住打电话给老霍，问他，你送我的小香炉——那老霍是个成功的商人，正忙着谈生意，就简洁地打断他说，哦，小东西，玩玩的。

叶白生知道他忙，但还是多说了一句，为什么这个香炉这么讨喜。老霍更简洁了，只说了三个字：到代的。

现在回想起来，叶白生都觉得脸红，那时候他连什么是“到代”都听不懂，他赶紧问，到代，什么到代，哪两个字？到是到了的到，代是——这才发现老霍那边已经挂断了电话。他能理解，生意人嘛，跟生意无关的话不多说，他也是这样的。

叶白生脑子里就留下了“到代”这个词，常灵也知道他脑子里有这个词，她虽不怎么灵，但是查查知识还是可以的。她查到了“到代”的意思，就抽空告诉了叶白生。

叶白生听了，仍然有些迷惑，不是迷惑“到代”这个词的意思，而是迷惑老霍说的那个“到代”。既然“到代”的意思是这东西够年份，那具体是什么年份呢。那老霍说到代，是到哪个代呢？

因为后来常灵又学会了举一反三，查了“到代”以后，又去查了宣德炉和景泰蓝这两个概念，并报告了叶白生。

这时候叶白生才略知一点，原来最有名的香炉是明朝宣德年间的宣德炉，而景泰蓝的香炉，最早出现在宣德往后的两代即明朝景泰年间，那么朋友所说的“到代”，到的是明朝景泰年代的“代”吗？

近六百年前的东西，而且是宫廷监制，用于皇家，怎么会出现在这里，又不是穿越的故事。如是确凿，这个礼也实在太重了。

朋友原本是一般的朋友，礼却不是一般的礼了。

又打老霍电话问，关机了，后来才听说，出国了。

常灵现在开始有点显灵了，她知道老板一直惦记着小香炉的来龙去脉，又没有时间去长知识。

你不涨我涨。她这么想着，就继续学习了。

很快就又有新的知识到了叶白生这里，所谓的这个“到代”的“代”，也并不是非是指明朝的那个代，后来在清朝也有许多仿宣德炉的，有人认为那应该称为仿，也有人认为那不能说是仿，就应该算是宣德炉，只是不出产于宣德年间而已。

叶白生是听懂了的，但他还是愣了一愣。常灵这时候已经能够领悟，能够融会贯通了，她举例说，比如说吧，有个意大利包包牌子叫1888，是1888年创的品牌，现在仍在生产包包，仍叫1888。

这个比喻其实是有问题的，常灵才学一点知识，就有点自以为是，自说自话。还是老话说得好，半瓶子醋，乱晃荡。但是那会儿叶白生听不出来，他跟着常灵的思维走下去，说，你是说，像个品牌贴标签那样？常灵说，有点像，不过这里面没有知识产权问题。

叶白生笑了一笑，说，知道了，反正，总之，是到“代”，难怪怎么看怎么有感觉，原来是时间和历史在提醒我们。停顿一下又说，只是具体到哪个“代”，不知道，是这样理解吧。

常灵说，如果叶总想了解，我再去了解。叶白生朝她摆摆手，看起来是不用了的意思，但常灵的理解是：你去吧。

后来常灵就向叶白生提出，现在电视台有一档鉴宝节目叫“宝贝大家看”，不如上那个节目，请专家掌眼。叶白生心想，你个常灵，倒真的灵了起来，还学了些行话呢。嘴上说，为什么要上电视，为什么不能直接找人介绍专家看看？常灵说，叶总，听说这行水很深的哦，谁知道专家到底有没有真水平，还有，专家到底是不是真专家，谁知道哟。叶白生说，你倒相信电视台？常灵说，他们变戏法，是当着许多人的面变，有点难的。

咦，叶白生感叹地想，一个白痴丫头，靠着一只小香炉，还拽起来了。就任由常灵出面去搞定了。

他本来是一直要躲在幕后的，但是到了录播的那一天，心里痒痒，就想办法混到现场观众堆里，坐在那里观看“变戏法”。

一次鉴宝节目安排六件宝贝，第一个持宝人拿来的是一只盆不像盆碗不像碗的瓷器，下面有大清同治年制的款，持宝人称是祖传的，爷爷说的，是爷爷的爷爷传下来的。

大家心里一算，呀，爷爷的爷爷，那是多久了，更何况了，也没有听见爷爷的爷爷说什么，会不会是爷爷的爷爷的爷爷传下来的呢，那肯定不只是同治了吧，那是在哪里呢。

可是结果被专家三言两语就打发了，专家说得干脆利落，一太重，二贼亮，三颜色深，四款太细，五有眼有珠，六纹饰不对，七等等等等。所以是现代仿品，只有不多几年的时间。

这个持宝人十分难为情，因为先前说了爷爷的爷爷，这会儿感觉是天差地别了，赶紧下台去吧，有点夹着尾巴逃跑的感觉。

其实真是大可不必，本来嘛，鉴宝是以鉴为主，不是以宝为主，鉴出真宝固然开心，鉴出假的伪的仿的，也一样大有好处，一样是教人长记性，长知识。

第二个持宝人上来，没有多说话，但是从表情上看得出来，他对自己的宝是有着足够信心的。

可惜的是，专家鉴的不是他的信心，更不是他的表情，最后专家给出结论：现代仿品。

这第二个持宝人有点脾气，脸色顿时不好看了，十分不服专家的鉴定，争辩说，你们想想，我父亲八十年代就花了上万元买的，怎么可能——

两专家对视一笑，十分委婉，其中一个说，那只能说你父亲买亏了。

主持人顺便加了一句，这是打眼了。

女主持人也给大家普及说，也就是走眼吧。

持宝人更加不服了，犟着头颈说，我敢肯定，这就是南宋玳瑁釉盏，真正的专家，是一眼就能看出来的——这似乎是在讽刺台上专家不专业了，不过他完全没有感觉此话有所不妥，继续说，对于古玩，各人有各人的看法，你们有你们的看法，我有我的看法——

有人不屑地笑了，当然比较文明礼貌，只是暗笑而已，坐在叶白生边上的一个观众，忍不住嘀咕说，那你来上节目，请专家鉴宝岂不是多此一举，你只管抱着自己的看法就行了。

叶白生朝他看了一眼，他朝叶白生“嘻”了一嘴。

接下来轮到常灵上场了。常灵穿了一件绿黄紫混色紧身连衣裙，陪衬着她微胖的身材和暗黑的皮肤，真是要多别扭有多别扭，连一向厚道的主持人都忍不住调侃说，大姐，你一上来，吓我一跳，以为来了一只粉彩笔筒。

观众小声哄笑，常灵大概以为这是在夸赞她，所以她还做了一个婀娜多姿的动作，笑称，主持人好，我这是精心挑选的哦，我是你的偶像哎，哦不，错了，你是我的偶像哎，上你的节目，不能马马虎虎的。

主持人知道自己刚才脱口那句话说得不妥，迅速调整好了心态，如果持宝人生气不爽，他已经准备好了圆场的应对，却不料持宝人竟还乐在其中，主持人悄悄地松了一口气，赶紧拉回正题说，好，请持宝人说一说宝贝的故事。

常灵说，故事——呵呵，这个宝贝不是我的，是我老——忽然想到叶白生不愿意露出身份的，赶紧打住。

主持人又乐了，说，是你老？老什么？老公？老爸？老妈？老兄？老弟？老师？老板？老友？老（姥）爷？一连串的追问，把大家都逼乐了，常灵更是乐不可支，笑得花枝乱颤。

但是她笑归笑，还没有笑到脑残，她脑袋里有根红线，保护叶白生的红线，所以到底没有说出是“老板”委托她来的。由于交代不出委托人，她被逼到墙角，只好奋起反抗，反问说，难道一定要出卖了人，才能上节目？

主持人被她将了军，赶紧说，没有没有，节目没有这个规定，你注重个人隐私，不愿意说，完全可以保密，因为我们的节目要鉴的是宝贝，不是人。

既然没有故事，那就直接请专家掌眼。专家是一老一少，老的已经老眼昏花，少的看起来还很嫩，但人家是专家，没几把刷子，是坐不到那个位子上去的。

老专家和小专家，互相从来不拆台，做的都是补漏补缺补豁边，即便其中一位的发言明显有误，另一位也能把它补圆了。真是什么都补，就是从来不补刀。

这才完美合作，天长地久。

对着景泰蓝小香炉，他们也仍然交换着互相鼓励的目光，仍然高度一致展示几个常规动作：扶眼镜，举放大镜，微微皱眉，然后，轻轻点头，然后，其中的一位，举手示意，由他发言。

这次是小专家说话，小专家说了一大堆令人心服口服的术语行话，一二三四五六七，虽然年纪不大，却是一肚子的才学，满眼的实践经验，最后给出的结论是：景泰蓝小香炉，年代是乾隆。

不知是不是因为前两个宝贝都没有成为宝贝，这会儿鉴出个乾隆来了，现场的气氛顿时活跃了，观众席中有了窃窃私语，主持人也有点兴奋，一搭一档插科打诨。

这一个说，看看，看看，我刚才说什么来着？

那一个说，你那是蒙的。

这一个说，希望你下次也蒙一蒙。

那一个说，希望你每次都能蒙对。

真是一对厉嘴。

其实大家知道，观众也好，主持人也好，都是持宝人的点缀，现在最着急的是要看持宝人的反应，可是常灵的脑筋常不灵，向来要比常人慢半拍，等她慢慢回过神来，问出的一句话，就让人大跌眼镜，她居然说，凭什么说它到了乾隆的代？

这算是问题吗？这个问题，也就是刚才专家详细解释和介绍的嘛，一二三四五六七，难道她刚才根本没在听，没听见，或者，听不懂？

专家是胸有成竹的，他们见过的宝和非宝，他们见过的人和怪人，多了去，真正可以做到兵来将挡，水来土掩，但是为了郑重起见，还是由老专家接过话题来回答，老专家说，这个，刚才小李老师都介绍了，我再简要地说一遍，大致有几个方面的判断，一二三四五六七，等等。

这回常灵好像听明白，当即说，既然大家都知道这些道理，造假的人也一定知道，他就按照你们说的这个一二三四五六七造假不就行了。

一老一小专家同时笑了起来，小专家朝常灵站着的方向伸了一下手，说，呵呵，这位持宝人，你是与众不同啊，一般持宝人都是满怀着希望来的，你却好像，嗯，好像不希望什么。

常灵说，呵呵，我地摊上买来的，200块钱，我不抱什么希望。

叶白生心里顿时“咯噔”了一下，常灵怎么会说是她在地摊上买的？难道她想捉弄专家？可是，她真以为专家是那么好捉弄的？

当然不仅叶白生奇怪，连主持人也觉意外，其实在这个专家掌眼的时刻，主持人是应该闭嘴的，但是现在他又忍不住了，说，哟，大姐，看起来你捡了大漏啦。

那个不以为然的女主持人则立刻打击男主持人说，你以为呢，天底下到处都是漏，天都漏了。

常灵说，人人都说中大奖是做梦，但是每次开奖不是都有梦想成真的幸运者吗？

主持人又插科打诨了，这位持宝大姐，看起来是位行家哦。

常灵说，我不是行家，我是行货。也不知道她脑子里哪里冒出个“行货”这个词来了，怎么不说是蠢货呢。

主持人立刻配合说，谦虚，谦虚，人都长得这么美了，还谦虚，你让别人怎么活呀。

专家和大家都笑了，女主持人又补了一刀，说，行货就是批量生产。

常灵说，是呀，像我这样的人，就是批量生的呀，你们身边周围，我这样的人不多吗？

主持人倒是慢慢适应了常灵这款，觉得她的拿捏做作，都是浅层次的，不费神，好打理，所以主持人又来凑热闹了，说，哦，大姐不仅是行家，还是哲学家。

女主持人在一旁敲打他说，打住打住，回归主题吧。

这才回归到鉴宝，小专家似乎意犹未尽，又重新表扬了小香炉一番，最后，老专家也补了几句，大致意思就是，品相好，不多见之类的行话术语，也说到了“到代”这个词。

现在叶白生已经知道了，这个“代”，是清代的“代”。

现场大屏上出现了“乾隆景泰蓝小香炉”的字样，接着，专家给出了惊心动魄的市场参考价：15万元。

15万，这个数字让现场的观众有点骚动，而等到常灵的心理价位1万元出来后，又引起了再次的轰动。

第二天到公司上班，叶白生进办公室第一眼，就发现那个“到代”的小香炉不在了，想问问常灵，却不见人，叶白生打电话，接了，说在上卫生间，马上过来。

没心没肺，说谎不打草稿，叶白生也懒得和她计较，放下香炉专心忙事业了，看材料，听汇报，审核方案，还开了一个中层会议，忙了半天，歇下来，目光回到香炉应该在却又不在的那个地方，才想起，常灵一直没有从“卫生间”出来。

心里正在奇怪，常灵的电话到了，听起来声音已经有点遥远了，说她现在在南山呢。神神秘秘的，好像还特意压低了嗓音说，叶总，叶总，我正要给你打电话，你来南山吧，你一定到南山来哦。

叶白生说，南山？你到南山干什么？难道被绑架了做人质？

常灵鬼鬼祟祟说，嘘，不是我，是香炉。

叶白生说，啊？有人绑架了香炉？

常灵“嘻”了一声说，咦，叶总，你不是喜欢香炉吗，南山这里，有好多好多香炉。

好多香炉？叶白生没好气地说，我要好多香炉干什么？我一个香炉足够了。

常灵赶紧解释说，不是这个意思，不是这个意思，叶总，你想想，这么个小东西，值15万呢，说不定，嘿嘿，还不止这个数呢。

叶白生愣了一愣，说，是你在地摊上买的？

常灵笑了起来，当然不是，怎么可能，在电视台我是瞎说说的，看看专家到底真不真，看起来是真的哦，他们不受地摊货的影响，真的就是真的，不管出生和来路——哎哎，叶总，先不说它的来路了吧，先着急它的去路吧，现在我在南山呀，南山这边，香炉好多呀。

叶白生没好气说，南山的假货，全世界都有名了，你是不是建议我多进一点假货，我们公司，干脆改做香炉买卖——

听到常灵在电话里“咯咯咯”地笑，叶白生忽然怀疑起来，自己是不是一直被常灵在牵着鼻子走？他一生气，说，你赶紧回来上班。

叶白生简单粗暴了，常灵也不能再发嗲了，只得说，叶总，叶总，我再请半天假，南山我还没有玩过呢，我先上山转一下，再到湖边坐一下快艇，再到对面的无人小岛去看看，然后还要到农家乐吃饭，这边的湖鲜可赞了。

叶白生就随她去了。不过他隐隐觉得常灵会出什么故障的。

后来常灵回来了，果然出了事故，她把小香炉弄丢了，让她回忆在哪里丢的，怎么也想不起来。常灵一边哭一边说，叶总，你肯定不会相信我，你肯定怀疑我卖掉了，我真的没有卖掉，我真的是玩昏了头，不知道丢在哪里了。

又说，我知道，哭也没有用，我赔，我一下子拿不出这么多钱，我分期还行不行，要不你从我工资里扣，每个月扣一点，不要全扣光呀——

她见叶白生始终不吭声，吭哧了一会，又说，叶总，我知道你不会相信我，我坦白，我坦白，其实，我带着香炉到南山去，是想请他们仿一只假的。

叶白生说，哧，你有意思。

常灵说，说实在的，这么贵的东西，放在这里点香，我舍不得，再说了，万一哪天霍总要讨回去——她小心地看了看叶白生的脸，又说，我是说，万一哪天你们翻了脸——

叶白生打断她说，我们翻脸，我们翻什么脸？

常灵说，咦，生意人之间，不是翻脸比翻书还快吗？万一哪天他向你借钱，你不肯，不就翻脸了？一旦翻脸，他就会想到小香炉，他要讨回去——

叶白生抢白她说，那就把假货还给他？

常灵笑道，这就看叶总您的意思了——不管怎么说，我要到南山去仿一个，可惜了，不仅假的没仿成，真的也丢了。

叶白生说，为什么没仿成？

常灵道，仿的话，原件要在那边放三天，我怕您怀疑，就没答应——叶总，您要是不相信我——

叶白生哭笑不得，说，我就是不相信你，你怎么办？

常灵两手一摊，道，我也没办法。

对话再也无法进行下去，叶白生自然心存疙瘩，完全不知道常灵说的话哪句是真哪句是假，他倒是对鉴宝节目的鉴定结果有些想法，一直在回想节目当天的那些内容，记忆已经有些模糊了，他知道电视台有些节目定期会上网，到网上一查，果然有，于是重新看了一遍那一期的节目，看过以后，他仍然摸不着头绪，茫然中，他的手指忍不住点了一下鼠标，他又看了以前的一期节目，接着，又看了一期，再看一期，看着看着，叶白生渐渐产生了兴趣，后来他记住了每周这个节目的首播时间，到了时间，就推掉当晚的活动和应酬，守在电视机前。

这天他又看到了“宝贝大家看”的新一期节目，在节目中看到一个农民模样的中年男人，他带来的一只小香炉，从桌子底下缓缓升上来，给了个特写的镜头，叶白生心里不由触动了一下，一股暖流跟着缓缓升起。

这就是常灵搞丢的那只小香炉。

持宝人自我介绍，他是在南山开农家乐饭店的，这个小香炉，是吃饭的客人忘在店里的，等了几天，也不见失主回来寻找，他很想主动去找失主，可是吃饭的客人都是流动的，吃过饭，人走了，就彻底走了，完全没有线索，不知道从何找起。

主持人说，哦，我知道了，你今天来请专家看看，这个香炉值不值钱。

农家乐店主说，是呀是呀，我请专家鉴定一下，值钱的话，还是要想办法找到失主的，不值钱的话就算了。我们农家乐旅游旺季的时候，生意好得很，每天有很多人来来去去，到哪里去找？

现场的专家，仍然是那两位，动作和眼神也仍然和每一期节目一样，两位专家看过香炉，交换过眼神，果断提出了自己的判断：民国。

这是民国时期的景泰蓝小香炉。最后给出的市场估价是三千元。

这个数字让店主有点犯愁，他当场就嘀咕起来，三千元？三千元，这算是多少呢，是多还是少呢？我要不要去找失主呢？可是我到哪里去找失主呢？我怎么知道是谁丢失的呢？

叶白生赶紧打了常灵电话，告诉她看到小香炉了，让她赶紧去联系农家乐店主。

那位店主确实够诚意，他虽然没有认出常灵，但听她说了香炉的细节，又说了在农家乐吃过的几个菜，也就认了，爽快地还给她了。

小香炉失而复得，可常灵没顾得上点香，她先是盯着香炉看了一会，然后对叶白生说，叶总，您是不是觉得不像？

叶白生说，我说我觉得不像了吗？

常灵说，你要是真觉得不像，我有办法叫它露出真相。

常灵还真有办法，再上鉴宝节目。

她果然又去了。

主持人先看到香炉，笑道，咦，我发现一个现象，最近香炉来得特别多。然后看了常灵一眼，认出她来了，说，呵呵，大姐，又是你，又是香炉，你不会是专门收藏香炉的吧？

常灵说，我专门收藏同一只香炉。

主持人说，哟，大姐水平见风长，这话我听出点意思来了。

女主持人调侃说，你对大姐真是有一眼哦。

结果，这一次鉴定出来，这只小香炉是当代仿品，工艺还不错，值200元。

常灵一看估价200元，当场“啊哈”了一声，说，不涨不跌，老少无欺。

也是到代的，到了当代。

电视机前的叶白生，忍不住给老霍打电话，电话接通了，叶白生是想问问老霍，他曾经说过的“到代”，到底到的是什么代，可是话到了嘴边，还没有来得及问出来，就听到老霍在电话那头急吼吼地说，叶总叶总，我正要找你呢，我出了点事，资金链断了，你能不能——

叶白生赶紧挂断了电话，无论能不能，无论有没有，朋友之间，万万不可有借贷的往来。这是铁的规律。

第二天到公司上班，有客人来叶白生的办公室谈事情，他是这里的常客，过去也曾议论过叶白生的香炉，他朝搁放香炉的位置看了一眼，奇怪地说，咦，叶总，你好久不上香了，但是香味一直都有哦。

他见叶白生没有回答，又说，从前听人说，有心香这个说法，也许真有。

叶白生心里正在想着“到代”，只是他始终没有想明白，到底什么是“到代”。

现在几点了

老人是自己走进来的。看起来有八十多岁甚至更老一点了，没有人搀扶，说明他的腿脚还行。

月亮湾医院是一座有规模的社区医院，像模像样，不是病人走进来就直接坐到医生面前的那种，进门那里有挂号处，大厅里有分诊的护士，有好些个科室，还有化验室，胸片室等，甚至还专门配有一名临时的护理人员。如果是病情比较严重的或者年纪比较大的病人，没有家属陪同的，这个临时护理人员就会上前替他们做一些事，帮他们挂号，然后护送到对应的诊室，或者帮助病人搞定化验之类的事情，等等。这在正规的医院里倒是没有的。

其实真的别以为社区医院的工作比正规医院更轻松，它也有它的难处。就拿病人来说，来这里看病的老年病人较多，有许多老人自己是说不清自己的，需要医生在第一时间检查和判断出他们的情况，所以对医生护士人员的要求也是高的。

许多人认为，社区医院的医生，工作没什么难度的，无非就是量量血压，看看喉咙，基本上都是病人告诉医生，我有什么什么病，然后病人指点医生，我要什么什么药，就行。

这也是事实。

甚至也有的人，附近的居民，可能也不是病人，没生病，也会来这里坐坐，说说自己心里的不爽，吐个槽，也算是心理门诊了。

当然，情况是复杂的，复杂的病情在社区医院也是经常出现的。

梅新是新来的医生，今天是她到这个地方上班的头一天。

她刚刚在陌生的桌椅这儿坐下来，老人就走进来了。

这是梅新到月亮湾医院工作后的第一个病人。

老人坐了下来，手臂搁在桌子上，她以为他要开始诉说自己的病情，等了一会，老人说了一句，现在几点了？

八点半。

她回答的时候，看了老人一眼，她是有经验的，所以已经有了一点预感。

果然，老人又说，现在几点了。

这回梅新基本判断出来了，老人其实并不是在提问，或者说，他并不知道自己在问什么。

阿尔茨海默症。

这是大医院神经内科里的常见病，但梅新原先不是神经内科的，她在心内科，按病人的统称，就是治心脏病的。

老人又说话了。

现在几点了。

她试着转移他的思路，拿起听诊器说，我听听你的心肺。

老人配合地撩起自己的外衣。

话题果然转移了。

老人指着自己的胸口，明天我这里有点闷。

她面无表情地移动着听诊器。

明天我这里有点闷。

肺部有点杂音，梅新重新听了一遍，她试图跟他沟通，问道，你哪里不舒服？

前天会不会下雨？

时间概念已经完全混淆或者丢失了，这至少是到了中期的病症了。

听诊器触到了老人衬衣口袋里的一个硬物。

梅新探看了一眼，那是一块旧式的怀表，梅新从来没见过这样的表。

老人的情绪焦虑起来，他嚷嚷着说，我的表不见了，我的表不见了。

梅新皱了皱眉头，老人嚷得她心烦意乱，但是梅新阻止不了他，她无奈地从老人口袋里取出怀表，递到老人面前。

但是老人视而不见，焦躁地说，我的表不见了。

她把表塞到老人手里，你的表在这里呢。

老人把表塞进衣袋，说，我的表不见了，我看不见时间了。

这就是从今以后她每天要面对的病人。之一。

当然还有其他各种各样的。

老人站了起来，我没有时间跟你说话了，我要回家找我的时间。

梅新扶着老人走出诊室，坐在门诊大厅负责分诊的护士小金看到梅医生陪着老人出来，就冲着外面的不知什么地方喊了起来，小英，小英子，走啦——

远处，不知什么地方，有人应声：哎，来啦——

老人十分焦虑，不停地说，我要回家了，我要回家了，我的时间不见了，我没有时间了。

小金跟梅新解释，她喊的是老人家的小保姆，每天一来就到那边去打牌。小金一边说，一边小心翼翼地注意着梅新的神态。

还好有个保姆。这样的老人，如果没有人陪护，很容易走丢的，不认得回家，是他们的常态。

那个叫小英的保姆一头冲了进来，说，现在几点了？今天怎么这么快？

老人皱着眉，十分焦虑地说，我来不及了，我来不及了，我没有时间了。

小保姆笑道，来不及我们就赶紧走。她又朝梅新笑笑说，你是新来的医生。

一老一小走了出去，小金仍然小心着说，梅医生，基本上，以后每天你都能看见他，他很准时的，每天都来。

梅新想试探一下，她说，这位老人家，你知道他是什么情况？

小金说，喔，除了老年痴呆症，忘性大，其他没什么病，身体好好的。

原来大家都知道都了解，梅新放了点心。

小金又介绍说，他们家子女还是不错的，条件也蛮好，专门为他请了一个陪护的小保姆，走到哪里跟到哪里——不过梅医生，他这情况，已经相当严重了吧，平时他家子女不让他随便出来，但就是不能不让他到医院来，那样他会闹的，他还会打人呢，一开始是骂人，可是后来他骂不出来了，他好像已经不知道什么是骂人了。

她们正说着话，小金的手机响了，小金一看来电，还没接电话就叫嚷起来，哎哎呀，我差点忘了——哎呀呀，现在几点了？明明手机上有时间，但她又看了一眼墙上的挂钟，更加着急了，又说，哎呀，时间有点紧了，可能来不及了，都怪我，都怪我，今天病人好多——她一边捂紧电话，一边对梅新说，说好要去看一条柯基，约好九点的，现在已经，哎哟，现在已经——唉，我这个人，太没有时间观念了，人家都批评我的，这个我承认的。

挂号窗口里的小许探着头说，喔哟，狗就在对面，你急什么急？

小金说，可我这个人确实是没有时间观念的，人家曾经跟我说过，你对什么不上心，什么就会来报复你。

小许仍然在窗口里冲着小金笑，说，可是我听人家说，你对什么太上心，什么就会来报复你——你急什么急，就是一条狗呀，就是看看呀，急什么急。

小金说，不是一条狗的问题，我这个人，我答应人家事情，总是不能准时的——哎，小许，再有人来，你帮我分一下诊哦。一边说一边跑了出去，梅新看着她往马路对面跑，背影也是很着急的样子。

梅新回到自己的诊室，里边的长椅上已经坐了三个病人，依次排着，虽然都坐着，但是梅新能够感觉到他们身上散发着的都是着急的气息。

排在第一个的是一个面带怒气的中年男人，他正在嚷嚷，医生也不看看现在几点了，跑到外面瞎聊天，浪费我们时——忽然看到梅新进来了，他顿时尴尬了，话说到一半，嘴张着，脸涨红了。

梅新没有计较他在背后说这些，她虽然心情不好，但是面对病人，还是尽量心平气和地坐下来。

这个说坏话的人应该坐到她面前来，但他似乎有点不好意思，稍稍有点迟疑，排在第二的那位妇女本来就只在长椅上坐了半个屁股，好像随时要抬起来，况且她一直就是一脸焦急的样子，现在见这个男人有点犹豫，她赶紧说，让我先看吧，我马上要去什么什么什么哇啦哇啦哇啦——我时间来不及了——

脾气不好的男人又不高兴了，说，你时间来不及？就你忙？现在谁不忙？再忙也有个先来后到，不要不讲规矩。这么说着，他先前的对梅新的那一点点羞愧之情已经完全消失了，他一屁股坐到梅新面前的凳子上，仍然气呼呼的。

那个妇女抢先没抢成，还被数落了几句，当然也不高兴了，她回嘴说，我是要赶时间呀，如果不是时间紧，我才不和你抢呢，再说了，我就是量一量血压，一分钟就够了。

排在最后的那个老先生看起来是个老烟枪，一直在咳嗽，而且满脸不耐烦，抱怨说，喂，咳咳咳，你们为什么要到八点半才开门呢，我四点钟就起来了，要来看个病，要等四五个钟头。

小金已经看过狗回来了，够速度的，她又送了一位老太太病人进来，听到老先生这么说，小金也不高兴了，说，咦，你可以去大医院挂急诊呀，急诊是二十四小时都开着的。

老先生生气说，我干啥要挂急诊，我又没得急病，我又不是马上要死了，咳咳，我不用急诊，我看普通门诊就可以，但是你们开门就是晚，人家大医院，七点半就开始了。

梅新想，这下小金肯定会说，那你去大医院呀。

果然不出所料，小金就是这么说的，口气呛呛的，态度很不好，梅新觉得老先生可能会发火，可是结果老先生不仅没发火，反而笑了起来，对小金说，小死丫头，你这种腔调，我告诉你爷娘，假使我在大医院碰到你这样的，我要投诉你的。

小金却没有跟他笑，朝他翻个白眼，板着脸退了出去。

那个要量血压的妇女已经性急地站了起来，站在桌子边上，说，我就量一量血压，快的，我本来没有高血压，可是前两天体检，说我高血压了，高得还蛮厉害的，上压一百六，下压一百一，量了三次，一次比一次高，吓人的，奇怪了，我怎么会高血压呢，奇怪了，我怎么可能高血压呢，我家里也没有人高血压，没有遗传的，我是吃素的，我天天走路，每天走——

排在第一的男人把凳子往前拉了一下，准备开始向梅新诉说病情，又嫌那个妇女站得离他太近，他回头对她说，外面桌子上有电子血压器，你自己去量一下罢。

那妇女说，我不要量电子的，电子的不准，我体检的时候，就是电子的，量出来会这样高，我不要。

不要拉倒。不过你别靠得这么近，别人一点隐私也没有。这个男人嘀嘀咕咕，他能够说出病人隐私之类，说明也不是没有知识的，只是因为脾气不好，人就显得粗糙起来。

那妇女说，喔哟，刘老师，我尊你是老师，才不跟你计较，你不要得寸进尺，你批评学生批评惯了，我又不是你的学生。

原来他们认得。梅新想。这也正常，社区医院嘛，大多是周围的居民，低头不见抬头见。

虽然觉得被侵犯了隐私，但那个脾气不好的老师还是向梅新说出了自己的情况，我睡不着觉。

失眠？多长时间了？梅新看了看这个老师的脸色，感觉他不太像通常的失眠病人，脸色不仅不是灰暗的，反而十分红润，精神也显得旺盛。

多长时间？老师又委屈又窝火地说，我不记得多长时间了，反正我只记得，我一直在失眠，一直睡不着觉。

那个要量血压的妇女“扑哧”一声笑了，说，那就是很长时间啰，一年，三年——

老师立刻说，不止三年，绝对不止三年。

这可是最让医生头疼的问题，长期失眠，久治不愈。

老师又生起气来，不过他好像不知道该对谁生气了，他只能对失眠生气，他说，唉，什么名堂，什么东西，害得我的时间全浪费在等待上了。

等待什么？

等待睡眠他老人家。

几个病人都笑了。

那老师说，你们还笑得出来，我都要自杀了。

那妇女说，你不是心疼时间吗，你要是死了，时间就全没了——她忽然叫喊了起来，啊呀，现在几点了？啊呀呀，我不量血压了，我来不及了！

她连奔带跑地走了。

梅新从窗口朝外看，和刚才小金去看狗时一样，她的背影也是急急忙忙的。

梅新有些奇怪，不过她没有说出口，倒是那个老师，他好像知道梅医生的想法，跟她说，医生，你别相信她，她不需要量血压，她就是来混混的，她想看看周医生还来不来，从前周医生在的时候，她天天来吃回头草。

咳嗽的老人和后来进来的老太太，都“呵呵”了几声。

那老师更来劲了，说，年轻的时候，周医生追她，她自己错过了时间，到了后来，她懊悔了，反过来泡周医生，做梦了，周医生怎么会给她泡了去——不过，可惜了，周医生后来也蛮惨的，他是个认真的人，有一次他看了一个病人，脚上裂了一个小口子，很痛，周医生看看一个小口子也没有什么大不了，让他回去擦擦药膏，结果人家那个口子越来越大，烂了一个大洞，骨头都露出来了，最后连脚指头都锯掉了，周医生很懊恼，一直说，怪我，怪我，那天我约了要去看房，时间太急了，我没有仔细看，我那天时间来不及了，我要是时间来得及，不会这样粗心的。

其实真不算什么大事，人家也没有计较他，因为开始确实就是一道小裂口，大仙也不知道后来会怎么样的，可是周医生自己看得太重，想不开，后来就得了抑郁症，后来更严重了，不能上班了。他指了指梅新的位子。这原来就是周医生的了。

那个咳嗽的老人又咳了起来，边咳边说，你不要瞎说，周医生是外科，这个位置不是周医生的，是顾医生的。

那老师没有理睬咳嗽老人，他还在喋喋不休，说，早知道这样，还不如给她泡了，说不定反而不会得抑郁症了。

梅新说，那个，她急着量血压，要去赶车？

赶个魂车，赶火葬场的车吧——她要买彩票。

咳嗽的老人一边咳嗽一边还忍不住插嘴说，买彩票急什么急呀，到晚上也可以买的。

那老师说，医生，你不知道她的，她强迫症，她买彩票，必须在自己规定的时间里买，十点十分，才会有好运气。

那她中过吗？

魂——十点十分，买彩票热昏。

咳嗽老人又咳了，边咳边抗议，你们是看病还是嚼蛆呀？其实刚才他自己也参与了嚼蛆。

老师说，喔哟，张阿爹你急得来，急着去上班啊？

张阿爹虽然咳得厉害，嘴巴仍然蛮凶，说，难道不上班的人，就不要时间了吗？

老师说，好了好了，不和你说时间了，人都这么老了，还时间时间的——医生，医生你姓梅，梅医生，你给我开舒乐安定吧。

梅新点了点头，说，你除了吃安定，再试试其他办法。

老师说，我知道的，数羊，数数，想开心事，喝牛奶，喝豆浆，莲子粥，香蕉，龙眼，蜂蜜枸杞，开窗通风，梳头，棉花塞耳朵，针灸，推拿，泡脚，醋洗脚，生姜擦脚，香薰精油薰鼻子，用什么什么什么，统统都不起作用——医生，你多开点吧，我隔三岔五就要来看医生，时间都浪费在这上面了。

梅新说，开安眠药是有规定的，不能多开，你是老病人了，这个你肯定知道的。

老师说，我知道，是怕我吃安眠药自杀，是不是，是不是，医生？

梅新不会回答他的。

其实，要自杀也不一定非要吃安眠药自杀，办法多得是，河上没有盖子，楼顶没有栏杆，上吊的绳子我也买得起，农药现在虽然难买一点，但也不是买不到，割腕就算了，血淋嗒滴，卖相太难看。

咳嗽老人想说话，但是一阵剧烈的咳嗽让他说不出话来，差一点闭过气去。

那个后来才进来的一声不吭的老太太撇了撇嘴说，割腕血淋嗒滴卖相不好？你楼上跳下来好看？你河里淹死喝一肚子水四脚朝天你卖相好？你上吊，喏，这样喏——老太太吐出舌头。

老师笑着说，还是吃安眠药卖相好，其实就是睡着了，像天使一样的——药不够呢，可以慢慢攒，积少成多，只要不是急着死，总有攒够的一天，攒够的那一天，时间也就停止了。

梅新不听他废话，她始终面无表情，把药方交给老师，老师拿着药方出去配药了，咳嗽的老人就挨着坐过来，说，医生，我要蛇胆川贝枇杷膏，我要蒲地兰口服液，我要——他一边咳一边笑了起来，说，唉，久病成医，我也不要你看病，做你这样的医生太省力了。

老太太在旁边嘀咕说，你这样的，不用来麻烦医生，自己到药店拿医保卡就可以了，来医院还耽误别人的时间。

咳嗽老人说，老太，你不懂的，这是处方药，药店只肯卖一种。

咳嗽老人走后，那老太太并不走过来，她仍然坐在长椅上，手指着自己的耳朵说，医生，我这个耳朵，烂了——

梅新说，喔，你应该去五官科。

老太太说，我不看五官科，我才不看五官科，我已经看了十几个医院的五官科，治了一年多时间了，一点用也没有，我只好改内科了。

梅新哭笑不得，她想问问小金怎么回事，她朝外面看看，可是老太太说，医生，你不用问她，她什么也不懂，白痴。

一个年轻的妇女抱着个孩子进来了，梅新说，儿科在对面那个房间。

那女子笑了笑，说，不是小孩看病，是我自己看病。

老太太说，本来我耳朵是聋了，可是后来耳朵烂了，反而不聋了，听得清清楚楚，稀奇。

那女子多嘴说，老太你厉害。

老太太说，不光能听到你们说话，我还能听到那边的声音呢。

梅新心里忽然“怦”地一跳，那边？哪边？

老太太嘻开嘴笑了笑，说，医生，你不要瞎想，不是阴间那边，是时间那边。

时间那边？梅新不能理解这个意思，时间那边是哪边？

老太太指了指自己的耳朵说，我听得见，时间就是一根线，我们在这边，有人在那边。

那个带孩子进来的女子说，这有什么稀奇，就是电线罢，电话线就是这样的，现在都不用线了，都是无线，信号，网络什么的。

老太太说，你不懂的，你耳朵又没有烂，你怎么会听得到。

那女子说，老太，你要是没什么大事，就别在这里说话了，现在都几点了？我动作要快一点，我看过病，要上班。

老太太对梅新说，你不要听她的，她瞎咋呼，她上什么班，她又不在单位做，自己的小铺子，早一点晚一点无所谓的，着什么急呀。

那女子不高兴了，说，怎么无所谓，怎么无所谓，你一个老太太，还知道要医生快点帮你看，我怎么就不能着急一点，你别管我上什么班，我上什么班，也不要把时间浪费在医院里。

她们都觉得自己的时间很紧，却又啰啰唆唆说了半天，最后都又急急忙忙地走了。

梅新对那老太太的情况，有些吃不准，她出来跟小金说，那个烂耳的老太太，我让她去五官科查一下，她不愿意。

小金说，她是个聋子。

梅新说，她不聋，我说的话，她都能听见，她自己也说，她的耳聋好了。

小金说，梅医生，你上当了，她就是个聋子，百分之百的聋子。

梅新奇怪地说，那她怎么能跟我对话呢，我问的话，她都能答出来，而且，刚才有其他病人说话，她都能插嘴的。

小金说，哎哟，梅医生，你不知道啦，这里的病人，一个比一个奇葩，这个老太太，老妖怪，她看看你的神态，再看看你的嘴巴，就能猜到你们在说什么呢，厉害吧？

梅新愣了片刻，有些无语，她回自己的诊室，听到外面那个带孩子的妇女配了药，叽叽咕咕说来不及了什么的，好像赶紧要走了，却又停下来问小金，金护士，这个新来的医生，面孔板板的，干什么，很了不起吗？

小金说，大医院下来的，当然了不起。

可是，她不会笑吗？

小金口气呛呛地说，她干吗要笑？有什么好笑的？

那女子“哦”了一声，说，我知道了，肯定是出医疗事故了，搞下来了，难怪不笑。

嘘——小金责怪女病人说，去去去，没有医疗事故，你不是很忙吗，有时间在这里废话。

确实没有医疗事故。那一天梅新和科室主任丁医生一起值夜班，晚上八点十分，她给丈夫打个电话，问他接到人没有，丈夫的手机里却传过来电视机里的声音，丈夫“咦”了一声，随口说，现在几点了？

那时候是八点十分，她跟丈夫说定的，让他八点二十到地铁出口接她的妹妹，妹妹从外地来，下火车坐地铁，她估算了一下，大约八点二十左右到达地铁出口。

时间已经八点十分了，丈夫居然还没有出门，她立刻就生气了，你怎么回事，居然还没有出门？

丈夫“呵呵”说，你不是说八点二十吗？我看着时间呢，不会错过的。

她气得说，我是说八点二十左右，万一早一点到了呢，更何况，你从家里开车过去，不用时间吗？

丈夫又“呵呵”说，不会早到的，现在一般都只会迟——

她顿时火冒三丈，气急败坏地说，算了算了，不用你去了！

挂断电话，和丁主任打个招呼，就火急火燎跑出去，开车到地铁口，结果妹妹果然比她估算的迟了二十分钟才到。她接了妹妹，把妹妹送到开会的宾馆，再返回医院。

就在这短短的时间内，丁主任主治的一个病人病危、抢救、死亡，等她回到医院，家属已经在号啕大哭了。

抢救无效，没有医疗事故，和梅新更没有什么直接的关系，但是偏偏当时她脱离了岗位，医院不能容忍这样的事情。恰好需要轮派医生去社区医院支持工作，但像她这样的骨干派下去，也就是不处分的处分了。

只是事后想想，真有那么急吗？

只是接个人而已，妹妹又不是小孩子，何况妹妹从小脾气温和，就算在地铁出口处等一下下，也不会生气的。

她也知道自己对于时间的想法太过顶真，太过计较，而丈夫偏偏是个典型的拖延症，磨合了二十年，也无法走得稍近一点，一个依然是时间为上，一个依然是拖延不止。

无论怎样，一切都已经发生了。

中午休息的时候，梅新趴在桌子上睡了一会，就听到有人喊她，梅医生，梅医生，上班了。

抬头一看，上午来过的那个患阿尔茨海默症的老人，又由小保姆陪着来了，直接走进诊室，小金在后面追进来说，咦，咦，你们干什么，看病不挂号不排队啊？

小保姆说，金护士，我们不看病，爷爷说表不见了。一边说一边又赶紧解释，不是我要带他来的噢，是他家里人叫我带他来的。

小金来火了，说，什么呀，什么呀，他什么情况他们不知道吗？他的话你们也信？

小保姆说，可是他闹死了，不来不行呀。

那老人说，我的表坏了。

小金说，你看看，你看看，一会儿说不见了，一会儿说坏了，有准头吗？

老人说，表坏了就没有时间了，没有时间我就不知道时间了。医生，现在几点了？

小金说，你要知道时间干吗？

小保姆说，嘻嘻，他总是问几点了几点了，好像忙得不得了。

小金也无奈了，对梅新说，梅医生，你有水平的，我们都知道，你劝劝他吧，他老是要时间干什么呢。

老人重新坐到了梅新的桌子前面，跟梅新说，医生，现在几点了？我的表坏了，时间找不到了，你能不能帮我修修表。

小金说，喂，梅医生是医生，不是修表的。

老人并不知道小金在说什么，他只是对着梅新说，你帮我修修表吧，否则我看不到时间，时间就没有了。

梅新不知如何应对了，老人从口袋里取出一张纸，塞到梅新手里，说，时间在这里。

梅新低头一看，是一张发了黄的纸单，没来得及细看，小金就不耐烦地赶人了，哎哟哎哟，下午的门诊马上就开始了，外面好多病人都已经在排队挂号了，小英子，你带他走吧。

老人死死盯着梅新捏在手里的纸单，梅新不知道他要她干什么，想了一想，将它塞到自己的上衣口袋里，老人这才松了一口气，脸色也缓和多了，由小保姆搀扶着，走了出去。

梅新正想把那个奇怪的纸单掏出来看看到底是什么，就听到有人咳嗽了一声，把她惊醒了。

原来是个梦。

正如梦中的情形，下午的门诊确实马上就要开始了。诊室的长椅上已经坐了两个病人，正无声而又焦急地看着她。

社区医院的工作，就这样在梅新的时间里展开了。

一个休息日，梅新在家里整理衣物，无意中触摸到一件很久未穿的旧衣服的口袋里好像有一张纸，取出来一看，顿时有些惊呆。

她想起了那天中午的那个梦，这明明是梦里的一张纸单，怎么会真的出现在口袋里？

难道那天中午没有睡觉，不是做梦？梅新赶紧给小金打电话，问她记不记得那天下午那个老人和小保姆有没有再来。

小金有些糊涂，她记不清时间，哪天？梅医生，你说的那天，是哪天呢？

梅新说，就是我上班的第一天，他上午来过，下午有没有再来？

小金说，梅医生，你上班的第一天，那是哪天呀，我有点记不清了，你别怪我，我这个人，没有时间概念的。不过，那个老人的情况我知道，一般说来，如果上午来过，下午不会再来的，他是有规律的，除非有特殊情况——

梅新赶紧问，什么算是特殊情况？

小金还是回答不出，只是哼哼哈哈地应付，说，哎哟，反正，他那个病，除非人走丢了，其他也不会有什么特殊情况的，对吧，梅医生。

梅新挂了电话，把那张纸单小心地展开来一看，这是一张修理钟表的取货单，上面有钟表店的店名和地址：梅林钟表行梅长镇梅里街十一号。

梅长镇。

怎么会是梅长镇？梅长镇那是梅新的老家，她小时候在那里住过几年，后来全家搬到城里来了，前几年母亲去世以后，年老的父亲一个人回老家生活了。

梅新决定回一趟梅长镇，看看父亲。

她问父亲，记不记得梅里街上有个梅林钟表店。

父亲说，有呀，从前我们都是在那里修钟表的，镇上也只有这一家钟表店，还记得那个修表的老师傅姓林，带的徒弟，就是他自己的儿子，可是他的儿子一直不安心，不想待在小镇上修钟表，想出去，后来不知道出去没有。

梅新把取货单给父亲看，她有些疑惑，取货单留在家里，是不是当时修了钟表，忘记取回来了？

父亲没看取货单，也没有说取没取回来，他只是告诉梅新，这是家里祖传的一块怀表，时间老是走不准，修了好几次，还是有误差，那个林师傅，虽然开个钟表店，却好像不怎么会修钟表，父亲说，最后一次送去修的时候，我的身体已经不好了。

下晚，梅新离开梅长镇时，特意绕到了梅里街，正如她所猜测，梅里街已经不是原先的梅里街了，虽然门牌号还都在，但是十一号不再是钟表店，而是梅里街居委会。

梅新问了居委会一位办事员，办事员太年轻了，不知道从前的事情，她说，我只知道现在居委会的房子，是老房子拆了重建的，以前的老房子，是不是钟表店，那个我不知道呀。

梅新想，时间过去这么久了，不知道从前，那是正常的。

梅新正要离去，忽然听到里边有人说，咦，你好像是那个谁？

梅新朝里一看，是一位五十多岁的大叔，胸前挂着工作卡片，姓林，也是居委会的干部。大叔高兴地说，果然的，果然的，我认出你来了，你是梅老师的女儿，大女儿，我记得你叫梅新，对吧，你还有个妹妹，叫梅芸，对吧？

梅新点了点头。

那大叔说，好久没见你回来了，好像你父亲去世以后，你就没有回来过？

梅新心里一惊。

那大叔又说，梅老师是我的小学老师，他教我们数学的，梅长小学，就数梅老师有水平。

梅新觉得哪里不太对劲，按这个人的年纪，他上小学的时候，父亲还没有回到老家呢。

梅新犹豫着说，你是不是记错了，你说我爸是你的小学老师，时间上好像对不起来。

大叔却安慰她说，没关系的，没关系的，时间没关系的——从前我爸爸给人家修钟表，老是修不好，顾客不高兴，总是抱怨说修不好钟表，时间就吃不准，我爸爸就说，没关系的没关系的，就算没有钟表，时间也总归是在的——呵呵，他大概在给自己修不好找理由呢。

梅新不由问道，后来呢？

大叔笑了起来，说，后来，后来他就老了，再后来，他就老去了，但是时间果然还在呀。

梅新忽然意识到，这大概又是一个梦，梦是荒诞的，她应该从梦中醒来。

可是她一直没有醒来，或者，这不是在梦里。

一直到她开车从梅里镇回到家，她也没有醒来。

第二天上班，那个患阿尔茨海默症的老人又准时来了。

他坐下来，手臂搁在梅新的桌子上。

梅新以为他又要问几点了，不过这回他换了个思路，问：

你是梅医生吗？

梅新说，是的。

老人又问，你是梅医生吗？

梅新说，是的。

你是梅医生吗？

是的。

梅新实在忍不住，笑了起来。她主动伸手到老人衣袋里，拿出那块怀表，交到老人手里。

老人也开心地笑了，我的表修好了，我有时间了，你是梅医生吗？

我是。

你是梅医生吗？

我是。

梅医生，现在几点了？

变脸

我和我老婆，老夫老妻。

有好多夫妻，有了第三代，互相间就不再以名字相称，而是按着孙辈的叫法来称呼对方，我可以喊她奶奶，或者外婆，她则喊我爷爷，外公。好多人家都这样。

可惜我们还没有那么老，虽然老夫老妻，但是第三代还没有到来，总不能抢先就喊对方爷爷奶奶吧。

既老又不太老，是个尴尬的年代，还像年轻时那样喊名字，甚至是爱称、昵称之类，感觉有点异怪了。回想那时候，总会让人起一身鸡皮疙瘩，明明人家名字有三个字，却只舍得喊出其中的一个，更有甚者连名字中的一个字也舍不得喊，只喊一个“心”，或者“小心”，或者“肝”，呵呵，这个真的有。

现在年轻人好像有个什么“么么哒”，也不知道啥意思，反正上了年纪的，都不这么喊，别说心呀肝的，连原先好好的名字，喊起来都觉得怪不自然了，干脆就扯着嗓子连名带姓一起喊。但是如果真这么喊，人家又会觉得你们家生分了，像外人了，也不够文明礼貌呀。

所以我们的婚姻生活中有那么一段时间，互相间的称呼有些奇怪，经常没来由地就变了，一会儿喊小名，一会儿是大名，又或者是连名带姓，一会儿又是“喂”“哎”，总之怎么喊都觉得不顺，拗口。

还好，这样的尴尬时间并不长。

我老婆姓曾，在小区门口的超市做收银员，大家都认得她，喊她曾阿姨，我听到了，觉得曾阿姨这个称呼还不错，就跟着喊，时间一长，她就是曾阿姨，再也不是我当初穷追到手的曾优美了。

自从喊上曾阿姨以后，真是顺口多了，一点也不觉得别扭了。

差不多与此同时，曾阿姨也找到了我的新称呼，她喊我艾老师。

我不是做老师的，但是我比较好为人师，喜欢指点江山，什么事情我都能说上一二，还能掰扯得头头是道。

大家都觉得我比较老油条，就喊我艾老师。

曾阿姨立刻跟上大家的口径，喊我艾老师，和我喊她曾阿姨一样，她觉得艾老师这个称呼非常顺口。

于是，在往后的日子里，我们一口一个曾阿姨，一口一个艾老师，和周围所有亲戚朋友同事邻居喊的一样，连我们的子女，也觉得这样好，不再喊爸爸妈妈，改口喊曾阿姨艾老师。

艾老师，水开了。

曾阿姨，青菜咸了。

真是一个潇洒自在的时代。

后来我们也要与时俱进了，我们要旧房换新房、旧貌变新颜了。

问题是买新房卖旧房的这段时间，我正好要闭门造车，不能到买卖现场去验明正身，可是买卖房子必须夫妻双方都到场，如果一方到不了，就得委托另一方，要有公证处公证过的委托书。

所以我和曾阿姨就到公证处去了。

现在办事都很规范，首先是核对本人和本人身份证。曾阿姨把身份证交过去，由那个核对的机器对着她的身份证照片和她现在的脸一对照，咦，不对呀，只有百分之四十八的匹配度。

工作人员问曾阿姨，是你吗?

曾阿姨说，当然是我。

工作人员用肉眼看看照片，再看看曾阿姨的脸，感觉还是蛮像的，把曾阿姨的头稍作调整，再试一次，好了，曾阿姨可以了，她的匹配度达到了百分之五十三，涉险过关。

我嘲笑曾阿姨，我说，你是不是瞒着我们整过容了，把自己整剩下百分之五十三了。

曾阿姨不服，说，你别笑话我，你先看看你自己吧——

真是乌鸦嘴。

我的匹配度是多少，你们猜得着吗？说出来你别笑哦。

百分之十三。

曾阿姨笑了，笑得肚子疼，说，喔哟哟，喔哟哟，你没有整容，你是毁容了，毁得只剩下十三了，十三点啊。

我一向自认长得还可以，而且并不见老，我对工作人员说，你们这东西，是山寨货。

工作人员说，不可能，我们是正规渠道进的货，不可能山寨。

我反驳说，那你们的意思，你不山寨，我山寨啰。

工作人员并不和我多嘴，他们见多识广，每天要面对许许多多匹配度不够的人，他们已经懒得解释，只是说，你确定身份证上的照片是你本人？

我油嘴滑舌，说，不是我，难道是曾阿姨的前夫？可惜她没有前夫，我们是原配。

工作人员说，再试。

于是再试，这回提高了一点，达到了百分之二十一。只是离百分之五十那个数，还差得很远呢。

再试。

还是不行。

工作人员好像也对机器失去信心，开始用肉眼观察了，他看看我，又看我的身份证照片，说，确实不像。你看看你的头发，照片上是小包头，现在倒有了刘海，你也是奇怪的，人家都是年轻时留刘海，老了才梳得精光——

当然，我知道他不是对我的刘海感兴趣，他是为了工作，所以最后他说，你这样，你把头发按照这照片上的搞一下，再试试。

我憋住笑，把挂在眼前的头发推上去，用手按住，我说，现在包头了，可以了吗？

还是不行。

曾阿姨在一边笑得花枝乱颤。虽已明日黄花，笑功却是大增。

工作人员再又看我的脸，再拿身份证照片比对，研究了半天，又出招了，说，身份证照片你的姿势是这样的，你现在做个这样的姿势再试试。

我做了个骄傲的小公鸡的姿势，挺胸，昂头，下巴往上抬，把曾阿姨笑得眼泪鼻涕都挂下来了。

我一边做姿势，一边问，匹了吧，匹了吧。

还是不匹。

工作人员拿我没办法了，他又不能赶我出去，他们的工作态度，真是好到没话说，我老是不匹配，我都觉得对不住他们。

这个工作人员本来以为他自己能搞定，现在搞不定，他又去叫来另一个工作人员，他们互相使了个眼色，就对曾阿姨说，阿姨，能不能请你先回避一下。

曾阿姨早已经笑得没有了原则，好的好的哦哈哈哈哈。她一边笑一边走到工作人员指定的另一间屋子里去回避了。

这边两个工作人员围着我，态度依然很和蔼，但是我分明感觉出他们要搞我了，我似乎有点心虚。

我心虚什么呢。

难道我真的不是我？

难说哦。

工作人员问我的第一个问题，你夫人叫什么名字？

我“啊哈”一声笑喷出来了。我想不到自己居然也像曾阿姨一样，笑点变得这么低这么浅，好贱哦。

我笑，工作人员并不笑，他们很认真，他们又语气严正地说了一遍，请你说出你夫人的名字。

他们很认真。何况他们是为我的事情在认真，我怎么好意思再跟他们搞笑，可是，他们问出这样的问题，当我二五还是三八呢，我老婆的名字不就在我的嘴边吗，所以我当然脱口而出：我老婆曾阿姨。

工作人员疑惑地皱着眉，又重新看了一眼曾阿姨的身份证，立刻指出，你再想想，你确定你夫人叫这个名字吗？

我顿时反应过来了，一反应过来，我又忍俊不住了，我又笑了，啊哈哈，啊哈哈，笑煞人了，曾阿姨。

工作人员也反应过来“曾阿姨”是什么，肯定不是我老婆的名字叫“阿姨”，他们认真地对我说，别开玩笑了，你夫人的正式名字到底叫什么？他扬了扬我老婆的身份证，并不给我看，只是说，你夫人，身份证上的名字？

我一张嘴，我肯定应该脱口而出的，可是曾阿姨的名字到了我嘴边，却消失了，我怎么也想不起来了，满脑子里只有“曾阿姨”。

工作人员的态度开始起变化了，我心想，坏了坏了，我连自己老婆的名字都说不出来，我还会是我吗？

我感觉这样下去肯定会出问题的，所以我也认了真，我认真地赶紧地想呀想呀，哈，终于让我给想起来了，曾优美。

工作人员也不说对还是错。他们换了一个问题，那你岳父呢，你岳父叫什么名字?

我被难住了。

老家伙的脸一直在我眼前晃动，可我怎么就想不起他的名字了呢，想了半天，灵感突然而至，我激动地说，我想起来了，他姓曾!

曾什么?

曾什么我实在想不起来了。

因为当年我们的孩子一出生，他的名字就是“外公”，这“外公”都叫了二十多年，哪里还记得他的原名、真名。

现在，工作人员觉得他们已经基本判断出来了，从他们的眼神中，我看出了他们对我的鄙视和怀疑。

我很心虚，我感觉自己是个第三者。

甚至，是个骗子。

为了排除我的这种不祥的感觉，我和工作人员据理力争，我说，你们用脚指头想想就知道，我如果不是曾阿姨的男人，我敢如此明目张胆地过来冒充吗?

我自己都想好了该怎么反驳我。

冒充一个男人算什么，有人冒充乾隆还得逞了呢。

呵呵。

现在这社会，真是五彩缤纷。

工作人员才不和我一般见识，他们都懒得和我辩论，他们已经无话可说了，因为，这事情进行不下去了。

我不是我，我怎么能委托别人替不是我的我办事呢。

曾阿姨已经从回避处放了出来，她知道我无论如何也无法匹配成功，她又想笑，工作人员阻止了她，严肃地对她说，阿姨，你别笑了，你难道不需要反省一下吗？

曾阿姨文化知识不够，听不太懂，说，反省？什么反省？

我是老师，我懂，我说，他们的意思，你生活作风有问题。

曾阿姨又要笑了，看起来她是要把几十年憋着的笑，统统干掉，她笑着说，你们的意思，艾老师不是艾老师，而是、而是我的、是我的，呵呵，是我的——

她还不好意思说出口呢，到底是老派人物，脸皮要紧，我替她说吧，我是你的第三者。

工作人员也笑了笑，说，我们没这么说啊。

我跟他们计较道，你们嘴上虽然没有这么说，但是你们明摆着不相信我是艾老师。

他们仍然态度和蔼，说，不是我不相信你，是机器不相信你。

我赶紧说，既然你们是相信我的，那委托书是你们办的，又不是机器办的，你们就办了吧。

他们立刻重新严肃起来，斩钉截铁地说，那不行，匹配不上，是绝对不可以办的。

我说，你们怎么这么死板，一点也不人性化，你们明明看出来我们是原配，就不能灵活一点？

工作人员耐心地告诉我，不是我们死板，是机器死板，我们是很人性化的，但是就算我们愿意帮你办，机器也不同意，你匹配度不达百分之五十，下面所有的程序操作，我们是搞不定的，全是机器搞定的。

我喷他们说，那要你们干什么呢？

工作人员说，因为现在机器还不会和你对话，所以还需要我们和你对话，告诉你为什么你不是你，告诉你为什么不能为你办理手续，以后等机器升级了，它会和你对话了，我们就不存在了。

就这样七扯八扯，磨了半天，还不行，我真有点毛躁了，我说，事情都是你们搞出来的，拍身份证照片也是你们搞的，现在你们说我不是我也是你们搞的。

工作人员并不因为我的态度不好而改变他们的态度，他们仍然和和气气地说，身份证照片不是我们搞的。

我简直无路可走了，我说，你的意思，我要想恢复我就是我，得从身份证的源头上去纠正，那就是要重新拍身份证照片，重办身份证？

工作人员说，这个我们不好说，也不好胡乱建议，这个事情不归我们管，我们只管匹配的事情，只要匹配上了，我们就给你办委托公证。

尽管他们语气平和，我的火气却终于冒起来了，我说，他娘的，老子不匹了，老子不干了。

曾阿姨又不明白了，她着急说，你什么意思，老子不干了，是什么意思，不买房了？

工作人员大概怕我和曾阿姨吵起来，赶紧劝说，别急别急，你们过几天再来试试。

我倒奇怪了，我说，难道过几天我就是我了。

工作人员说，以前倒是有过这样的先例，不过我们也不知道什么原因，反正那个人当天没有匹配上，过两天再来，咦，行了。

我说，那我说你们山寨，你们还不承认。

工作人员一点也不生气，还说，如果你觉得我们山寨，你可以去投诉。

我听出点意思来，他们好像在怂恿我投诉呢。

我才不上他们的当，我和曾阿姨回家了，换房子的事，我们等得起，反正也没到人生最关键的时候，说不定迟一点换反而比早一点换更合适呢？

谁知道呢？

反正我不想再去公证处证明我不是我了。

我毅然放弃换房子，也就不用证明我到底是不是我。可是过了不久，我又碰到事情了，躲也躲不过，换房子的事，可以暂时等一等，忍一忍，可是现在碰到的事情，是不能等、不能忍的。

我的手机被偷了。

手机可是比房子要紧多了，房子你可以今天不买明天买，今年不买明年买，手机你能吗？

当然不能。

手机已经是我们身上的一个最重要的组成部分，一个器官，不可以片刻分离的。所以我的手机刚刚被偷，我就发现了，因为它在我身上，是有温度、有脉动的，一失踪我立刻就能发现。我一发现手机没了，顿时浑身瘫软，感觉心脏要停跳了。那还了得。

我以最快的速度到了我家附近的手机营业厅，先挂失，以减少损失，仍然再用老号码办新手机。

你们懂的，问题又来了。

还是需要我的脸和身份证照片匹配。

只有匹配了，才能办理手机业务。

我坐到机器面前，让机器检查我是谁。

你们猜得到。

我仍然不是我。

我没有想到办手机和办公证一样严格，我气得不厚道了，我嘲笑营业员说，喔哟哟，就是办个手机而已，又不是买豪宅，又不是取巨款，你这么顶真有意思吗？

营业员说，不是我要顶真，是程序规定的，你不匹配，就办不了你的手机，现在都是实名制，你不是你身份证上的这个人，就不能办。

我说，你们这种程序，存心是捉弄人啊，你不知道人手机丢了有多着急吗？

她说，我怎么不知道，我比你还着急呢。

我一着急，打电话让我弟弟来帮我解决困难，我弟弟比我横，说不定他有他的办法。

我弟弟迅速赶来，因为我电话里口气比较着急也比较愤慨，他以为谁欺负我了，见了我就问，人呢，狗日的人呢？一边还抻拳撸臂。

我指了指自己的鼻子说，人在这儿呢，可惜此人已经不是此人了。

等我说明了事由，我弟弟一身的劲没处去了，十分无趣地说，喔哟，就这事啊，无聊，拿我的身份证办就是了。

真是小事一桩。

可惜我弟弟没带身份证。

我们两兄弟面面相觑。

眼看一桩生意要泡汤，营业员也着急呀，她嘀咕说，匹什么配呀，是就是，不是就不是，有什么大不了的，办个手机而已。

原来她是我们一边的。

她的眼光渐渐暗淡下去了，她对我彻底失望了，她的眼睛从我的脸上挪开，挪到我弟弟那儿，就在那一瞬间，她忽然眼神闪亮，精神倍增，大声说，咦，咦，你，是你。

她把我弟弟的脸拉去和我的照片匹配，我的个神，匹配度百分之六十五。

够了够了，超过五十了，可以办了，营业员高兴地喊了起来，来来来，你挑一下手机，你看中哪一款？她喊我弟弟过去，一边显摆各式手机，一边又朝我弟弟看了几眼，说，你自己早一点来就不会这么麻烦了，非要找个人冒充，你看，搞到最后，还是得你自己来，你唬得了人眼，你唬不过鬼眼。

我不在乎她在把我弟弟当成我，反正我可以用我的名字办手机了，现在已经进入数据化时代，不用实名制办手机还真不方便。我只是没想到，我弟弟的脸一出来，竟然就万事大吉了。

其实这事情想想也是奇怪，居然是用了我的名字和我弟弟的脸确认了我的存在。我对这件事表示怀疑，怎么我不是我，我弟弟倒成了我，荒唐。我问我弟弟，为什么你的脸能管我的用？我弟弟诡异一笑，指了指自己的耳朵，又指了指我的耳朵。

我看了看我的身份证照片，两个耳朵确实不太对称，右耳朵大，左耳朵小，小到只能看到一条边，难道刚才匹配拍照的时候，身体摆得有偏差，耳朵和耳朵对不起来了？

我不服的。难道一个人的相貌，是由耳朵决定的？难道只是因为耳朵没有摆对，我就不是我了？我想拿我的耳朵重试，营业员急了，说，不是你，不是你，你别捣乱了好不好，好不容易匹配上了，你再一捣乱，我今天唯一的一单生意也要被你搞掉了。

我弟弟也很配合她，责问我说，你什么意思，你不是要办手机吗，不是要用你的名字办手机吗？现在不是可以办了吗？你还出什么幺蛾子？你还想哪样？

我被他们教育了，想想也对，就不再计较了。我弟弟说得对，只要能办手机，谁的脸和谁的脸，都没所谓啦。

不过我也想到了一些连带的问题，我对我弟弟说，你虽然变成了我，不过你可不要睡到你嫂子的床上去哦。

我弟弟说，切，你以为曾阿姨很有样子呢。

他这是什么话，是不是说，如果曾阿姨有样子，他还真干？

呸。

我和我弟弟离开手机营业厅的时候，营业员在后背欢送我们，她说，慢走啊，艾老师。

我一听她喊我“艾老师”，顿时头皮一麻，我回头说，咦，你认得我？

营业员说，我当然认得你，你是艾老师，大名鼎鼎的，这条街上谁不认得你。

我气得说，那你假装不认得我，还为难我？

营业员说，艾老师，我可不敢为难你，但是我认得你是没有用的，系统不认得你，机器不认得你，我就办不了。

她说得真有理。

我办了新手机，号码还是老的，不算太麻烦，至少经济损失不算大，但是原先手机通讯录里存的号码都没有了，这有点费事，好在微信还是在的，我就在朋友圈里发了微信，我说，我的手机被偷了，请朋友们打我电话，或把手机号码发给我，好让我重新拥有手机通讯录。

于是朋友们纷纷来电来信，送号码还顺带安慰，有的还随手发个红包，真是谢谢了，我的手机通讯录重新又满起来了。当然，也有的朋友不认同我的要求，他们认为我在和他们开玩笑，而且是很无聊、很没有创意的玩笑，更有甚者，他们认为发朋友圈的那个人不是我，是一个骗子，盗了我的微信号。他们骂道，该死的骗子，又来这一套。

我还手贱，有事无事就把新手机拿来搞一搞，手一划，同样的内容就发出去几遍。有一个奇葩，收到我三次求号码的信息，起念想了。我年轻时曾经追求过她，不过没有和她结婚的想法，只是玩玩的，结果她看到我的微信，跟我说，怎么，好马要吃回头草啦，你现在对我有想法啦。

总之，丢失手机的事情就这么过去了，有惊无险，有麻烦但不算大。

经过了这两件事情，我觉得挺有意思，因为我常常可以对别人说，喂，你们注意了啊，我不是我了。人家说，那你是谁呢？我说，我分别可以是“我只是不知道我是谁，反正肯定不是我”，我也可以是“我弟弟”，所以大家都可以表示出对我的怀疑，别说我的那些一肚子坏水的同事，我的弟弟，我的子女，最后，甚至连曾阿姨，都话里话外，有意无意地表示出她的猜想。

我记得有一年你出去了好多天，大概有一两个月吧，你回来以后跟换了个人似的。

她这话什么意思，难道我出去后把我杀了，然后另一个我回来了？

我还记得有一次你乡下的表弟到我家来，喊你表叔，我们说他喊错了，他坚持说没有错，你不是他表哥，而是他表叔。

她这话又是什么意思，难道是我隐瞒了辈分和年纪，扮嫩，想干吗？

她又说，还有那天，你连我的名字都忘记了。

我还能说什么。

我只能说，如果我不是我，你岂不已经是二婚了，你太合算了，嘿嘿。

曾阿姨“呸”了我一口。

还好，反正我们早就分床而卧，不存在晚上可以验明正身的可能。

其实我们去委托公证时，曾阿姨还只是觉得好笑，但是随着时间推移，曾阿姨似乎对我越来越不信任，有事无事，她都离我远远的，有时候我偷偷观察她，发现她也一直偷偷地观察我，眼神又凌厉又警觉，看得我浑身一哆嗦，吓出了一身冷汗。

我赶紧去照镜子，还好，我并没有发现自己有多大的变化，我才安逸了一些。

不过你们别以为我安逸下来又要去买卖房子，才不，不是我不想换新房子，因为我又碰到事情了。

我要去银行取钱。

可能你们会觉得奇怪，现在不都已经无纸化了吗，支付宝微信都行，最老土的就是刷银行卡了，难道还有比这更逊的吗？

有呀。我家儿子相亲了，得带上彩礼呀，什么东西你都可以拿手机支付，彩礼你能吗？不能吧。你看到亲家就把手机朝他（她）面前一竖说，你扫我还是我扫你？喊。

还是带上现钱比较靠谱一点。

我带上银行卡和身份证，到了银行，才发现银行变样了，从玻璃门往里看，里边一个人也没有，我以为银行今天休息呢，那门却自动打开了，我走进去一看，确实是没有人，连个保安也没有，我东张西望，感觉十分心虚，好像我是进来干坏事的，忽然看不见保安了，心里还真不踏实。

就在我左顾右盼的时候，我面前的一台机器突然说话了，把我吓了一跳，赶紧听它说，欢迎光临。取款请按1，存款请按2，办理挂失请按3，还有什么什么请按45678910。

我心想，我就是取个款，听它那么多干吗，我按了个1，按照机器的指示，我把银行卡塞进去，输入了要取的数额，又输入密码，但等那红色的大票哗啦啦地吐出来，结果机器并没有吐钱出来，它又说话了，信息核对有误，请重新核对信息。

我说，难道我的脸又不行了，可是不对呀，我明明是刷了脸进来的，怎么到了取款机这边，脸又不对了呢？

机器说，请重新核对信息。

我气得说，你个蠢货，什么也不懂。

机器说，请重新核对信息。

我正没有办法对付这蠢货，旁边突然冒出一个人来，他必定也是刷了脸进来的，他站到我的取款机前，脸一伸，钱就哗啦啦地吐出来了，他收起厚厚的一叠钱，也不数，回头朝我笑笑。

我蒙了一会，才发现他取走了我的钱，我赶紧对着取款机大喊，不对不对，是我，是我，你看清楚了，我是我，他取走的是我的钱！

机器说，欢迎下次光临。

我想找人帮忙，可是没有人呀，连个鬼也没有，我急得大喊起来：打劫啦，打劫啦，快来人哪，打劫啦！

曾阿姨推醒了我，一脸瞧不起的样子，说，你也不嫌累得慌，睡个午觉，还做梦，你要打劫谁呢。

我一下子清醒过来，吓出了一身冷汗，我拍着胸脯说，还好，还好，是个梦。我把可怕的梦境告诉了曾阿姨，曾阿姨冷笑一声说，恭喜你，你的梦已经实现了。

曾阿姨把手机竖到我眼前，我看到一条惊人的标题：巨变！巨变！银行巨变——无人银行正式开业！

（《人民文学》2018年7期）

角色

我在火车站工作。

不过我不穿制服，不是那种正式的可以领工资的铁路职工。那么我是哪一种铁路工作人员呢，你们慢慢往下看，如果有耐心，你们能够看到的。

每天我都守在车站的出口处，我的眼睛快速扫描刚下火车的乘客，主要针对中老年妇女。

比如我看到一个大妈拿着手机打电话，说，阿妹啊，我到了——哦，哦，我晓得我晓得，你不走开，你朋友来接我，我在这里等，我不走开。

我已经判断出来。

我走上前说，阿姨，我是您女儿的朋友，她有重要会议走不开，让我来接您的。

大妈笑得合不拢嘴，啊呀呀，啊呀呀，我刚刚还在跟我女儿讲呢，原来你已经到了。

我说，是呀，我原来以为我要接一个很老的老太太的，没想到阿姨您还这么年轻。

大妈被我的迷魂汤一灌，更是晕头转向了。我接过她的行李，你们别以为我想抢她的行李，那你们也太小瞧我了，说心里话，我还瞧不上她呢，那里边无非几件换洗衣服，一堆不值钱的土特产。

我背着大妈的行李，一边还搀扶着她老人家，像个孙子似的孝顺，我说，阿姨啊，您这回来，得多住一阵吧。

大妈说，不行哎，我最多只能住一个星期，我老头子在家，离开我他不会过日子的。

我说，哎呀，阿姨，您一个星期就要走啊，太匆忙了，那您车票预订了没有，现在票可难买了，不预先订好的话，到时候走不成的。

如我设计的走向，大妈开始有点着急了，说，哎呀，阿妹没有跟我说呀，她大概想多留我几天呀，可是我真的不能多留呀。

我知道时机基本成熟，就说，阿姨，要不这样，我们先到售票处，帮你买好回去的票，这样就定心了。

大妈自然是相信我的，我们一起到售票处，里边人山人海，大妈被挤得站不住，我说，阿姨，您别被挤倒了，您在外面等，我进去找个熟人插插队，一会儿就买到了。

大妈把买车票的钱交给我，我就进售票处了。

当然，你们早就知道，我再也没有出现在大妈面前。

你们觉得我是个骗子?

还是先别急着下结论，往下看吧。

大妈女儿的朋友在车站找了大半天，才找到了她。可是大妈看到真的朋友，不敢相信他了，站着死活不肯动，女儿的朋友急了，给她打电话，女儿在电话里证实了这是个真的，大妈还是不放心，要他把身份证拿出来看看，那个朋友说，阿姨，其实身份证也有假的。

大妈却相信身份证，她看了身份证以后，决定跟他走了，一边懊悔不迭地说，唉，刚才就是忘了看那个人的身份证，被他骗了。

她女儿的朋友安慰她说，阿姨，别懊恼啦，还好损失不算大。

他们说话的时候，我已经物色到了新的目标。

也是一个大妈。

现在大妈真多。

真好。

你们看出来了，你们一定十分地不屑，我的套路很低级，水平很一般。

但是，上钩的却不少。

连我自己也想不通。

我对大妈说，我是您儿子的朋友，他忙，走不开，让我来接您，他和您说了吧。

当然是说好了的。

我技术水平不高，不敢冒太大的险。

大妈说，是的是的，我知道的，我看到你走过来，就猜是你。

大妈真聪明。

我开始套路，阿姨，您这回来看儿子，得多住一阵吧。

大妈说，这回来，我不走了，反正在老家也是一个人，儿子让我往后就跟着他了。

哟，难得有这么个孝子，得成全他。

大妈没有按我的A计划走，不急，我有B计划。我说，阿姨，咱们出站上车吧。

到了车前，司机下车来迎接，也喊了阿姨。你们知道的，这是我助理。至于车是从哪里来的，你们随便想象一下就行。

如你们所料，车开到一半，抛锚了，恰好修车铺旁边有个茶室，我陪大妈去茶室，喝茶聊天，司机去修车，过了一会，司机找来了，说这个车铺太老土，居然不能用支付宝和微信支付，他身上又没带现金。当然，我身上也没有现金。

但是，大妈身上肯定有现金嘛。

不用说，我又得逞了。

如果这一招也没管用，我还有的是办法，比如我曾经让大妈相信，她儿子和儿媳妇吵架了，母亲暂时不能住回家，请朋友帮忙安排了宾馆住下。

陪着眼泪汪汪的大妈，我们一起到宾馆，下面的事情就好办多了。

再比如，我曾经告诉大妈，他儿子不来接她，是因为孙子得重病在医院抢救，儿子怕她担心，没敢告诉她，下午就要手术，现在钱还没凑齐，正在急筹，所以不能来接她了。

毫无疑问，我又能得手。

我实在太缺德。

但是等到大妈见到了安然无恙幸福快乐的儿子和孙子，她就不会记恨我了，她会把我忘了，她会感恩，她会想，哎哟，老天有眼，生活真美好。

可是我呢，我会遭报应的。

混到现在还是个骗子，这不是报应是什么。

有时候如果大妈比较缺少，我在无奈之下，也去物色老头，但是老头大多是死脑筋，死脑筋反而不好对付，比如有个老头不满儿子不来接他，赌气，坚决不跟我走，可我的时间很有限，我可钻的空子，只有那么几分钟，因为真正的儿子或儿子的朋友，很快就会出现，我必须得在这短短的时间内，搞定一切。如果老头固执僵持，我也只能放弃他。

有个老头也挺奇葩，他说，他没有儿子，只有女儿，可我明明听他在电话里喊土根，难道他女儿的名字叫土根？老头狡黠地说，这是我们的暗号，你们外人不懂的。

我至今没有想明白，什么叫暗号土根。

那一次有惊无险，老头只是嘲笑了我，并没有把我扭送到派出所。

其实我也不怕派出所，所以我还有心情去撩他，我说，大伯，既然你知道我冒充了别人来接你，你为啥不揭发我哩？

老头说，我为什么要揭发你，我谢谢你还来不及呢，现在哪有你这样的活雷锋呀，明明不是我儿子，还要冒充我儿子来接我。

我真不知道老头是在讽刺我，还是夸赞我。

今天我又到高铁站，我又接到了一个我喜欢的大妈。

一切都在我的计划中，我们且往前走吧。

这个大妈有所不同，她一见了我，还没等我和她套上近乎，问她买返程票的事情，她就主动告诉我，她要去买好返程票，请我帮帮她。我真是大喜过望。

可是接下来的事情似乎有了点意外的麻烦，因为她紧接着又告诉我，她现在买不了票，她的钱包在火车上被偷了，身份证也没了。

没有身份证是不能买车票的，大妈有点着急。

这是我老混子碰到的新问题，一时间我忽然明白过来，A、B、C、D计划已经不管用了，我得重新调整甚至制订新计划。

大妈见我有点发愣，她笑了笑，说，小伙子，看起来你没摊上过这样的事情，没事的没事的，车上的人已经告诉我了，下车后先去办一张临时身份证。

我立刻感觉机会来了，我说，阿姨，那您在这儿等吧，我替您去办。

大妈奇怪地看着我，愣了一会说，我不去可以吗，好像不可以吧，我的身份证应该要拍我本人的照片呀。

我赶紧圆回来说，阿姨，我见您着急，想去搞一张假的来，那个来得快，真要办一张真的身份证，哪怕是临时的，也很麻烦的。但是我知道错了，我还是陪您亲自去吧。

大妈说，你带我到哪里去？

我说，派出所呀。

派出所比较远，要走好一段路，我相信路上我会有机会的。

可是大妈又笑了，说，小伙子哎，看起来你就是一直坐办公室的那种，不经常到火车站这种地方来吧，你都不知道现在火车站售票大厅那里，有专门办临时证件的窗口吗？

我怎么不知道，火车站有什么是我不知道的，问题是我到那个制证处去的机会太少嘛，我的职业又不是倒卖身份证。我奇怪大妈怎么知道得这么清楚，我得有点警觉心了，我说，阿姨，看起来您是经常坐火车的啦。

大妈说，哪里呀，我这还是头一回来看儿子，是火车上的好心人告诉我的，他们还给我写了一张纸条，我要是搞不清，可以请火车站的好心人帮助我，我说不用的，我儿子会让朋友来帮我的。

大妈不等我问，就把纸条拿出来给我看，哇，写得可真详细。

我说，哟，好心人真是细心，太周到了。

大妈说，是呀，他们说，这样可以防范骗子，他们告诉我，火车站骗子很多的，我说我没事，我儿子会来找我的，呵呵，你果然来了。

我的思路暂时闭塞了，既然人家在纸上都给她写得清清楚楚，大妈也认得字，我应变能力还不够强，不能及时面对新情况，暂时想不出新鲜的谎言，只好带着她到售票大厅。

在大厅的一侧，专门设立了一个办证的窗口，当然，你如果有经验，你就会知道，队伍最长的那个就是。

旅客丢失了身份证明，不能买票、无法坐车，不能自由行动了，可以来这里快速处理，现场拍照，现场解决问题，真是十分方便。当然我并不喜欢这种方便，处处方便了，我们就没有方便了。

至少我的一向以来严格执行的短平快行动计划，受到挫折了。

我伺候着大妈一起过来，一看这里的情形，果然人好多，排着很长的队，都是没了身份证的人，又都是着急着赶路的人。

我着急呀，那个大妈儿子的真正的朋友，肯定已经到了出口处，他接不到阿姨，肯定会打电话给大妈的儿子，大妈的儿子，立刻会打电话给大妈，两通电话一打，我就显出原形了。

我急着去和前边的人商量，我们要赶车，时间来不及了，能不能让我们先办。人家说，你们要赶车，我们也要赶车，如果不是要赶车，谁到这里来人挤人，好玩呀。

大妈见我急，跟过来劝我说，小伙子，你别着急，我们就慢慢排队吧。

我说，阿姨，我不急，可是您儿子会急呀，他会怕您给骗子骗了去。

大妈一听，顿时笑了起来，她边笑边说，喔哟哟，笑死我了啥，我被骗子骗去，喔哟哟，我一个老太婆啥，骗子骗我去有什么用啥。

她还在那里啥了啥的，我这里已经心急如焚啦，我紧张地盯着大妈的手机，就怕那个东西响起来。

我急得说，阿姨，您不理解您儿子的心情呀，如果等办到证，再买到返程票，再回去，这么长时间，他肯定会着急的嘛。

大妈想了想说，哦，对了，我知道了。

她拿着手机就给儿子打了电话，这正是我要的结果。

儿啊，我是你娘，你听出来了吧，你放心吧，接我的人已经找到我了，没事的——什么什么，他说没接到我，开什么玩笑，我出来他就接到我了，挺老实的小伙子，你尽管放心。

我从她的话语中判断出一些信息，我顿时紧张起来，那个大妈儿子的真朋友果然已经报信了，我正在考虑我是溜之大吉呢，还是继续观察。

真庆幸我还有机会。因为大妈挂断电话就对我说，哎哟，幸亏你提醒我，我打过去的时候，我儿子正要打我电话呢，你猜怎么，居然有个人，说没接到我，什么人呀，哦，我知道了，骗子，肯定是骗子，他骗我儿子，说没有接到我。

我心里“扑通”一跳，赶紧强作镇定，我说，是呀是呀，是要小心，现在骗子实在太多，无奇不有。

大妈自信地说，骗子再多，不怕，只要我们自己小心，他也得不了逞。

虽然现在我的心安稳一点了，好像已经闯过了一次险关，只是接下来不知还有几多凶险等着我呢，我必须得抓紧，我干的这活，讲究的就是一个“快”字，让人在来不及防备的缝隙中，我就抽身而去了。

现在这位大妈，似乎要跟我打持久战了，那可不行。

我到前面的队伍中，物色可以猎取的对象，我正打算挨个地看看他们的脸蛋，研究分析一下，看看哪个便于上手，结果却发现我被人家盯上了。

这个人死死地盯着我，眼睛一眨不眨，我竟然有点慌张了，难道这个人被我骗过？不对呀，我从来只找中老年妇女下手，他可是个壮年大汉。

看了半天，他忽然一把抓住我，说，兄弟，帮个忙，借我——

天哪，什么世道，借钱都借到骗子头上来了，我正来气，想喷他，那大汉已然看懂了我的心思，赶紧说了，兄弟，你误会了，我不是向你借钱，我只是想向你借张脸。

借我的脸？这个说法有点创意，我且看他如何意思，我说，你借我的脸，什么用？

大汉说，拍张照，去办临时身份证。

我的警觉性挺高，我说，咋的啦，你是个逃犯，不敢用自己的脸？

大汉嘿嘿说，逃犯，见过逃犯有这么胆大的吗？

我朝他的脸看看，我说，那你觉得我长得和你像吗？

大汉说，不是我，是我一个朋友，要办证，可是一眨眼人不知跑哪儿去了，一会车要开啦，咋办哩，只好借张脸用用，我都物色半天了，都长得不像，差太远了，结果幸好你来了——刚才你走过来，我一看，就你了。

我跟他讨价还价了，你要借我的脸，你知道一张脸值多少吗？

大汉说，我真不知道一张脸值多少，以前也没有借过脸，你开口吧。

我说了一个数，大汉有些犹豫，但是看得出来，他是急于要替他的朋友办证，所以这事情真有希望，我催促他说，成不成，成不成，不成我走啦。大汉说，你别急嘛，我没说不成嘛。

眼看着要做成一笔借脸的生意了，他的朋友却跑来了，气喘吁吁说，哎哟，我找错地方了，我跑到那边去了。

我的生意泡汤了，那大汉朝我抱歉地笑，回头对他朋友说，你看，你再不来，我替你把脸都借好了。

他朋友朝我的脸看看，又摸了摸自己的脸，不服，说，我的脸跟他这样吗，不对吧？

他还不服，我还委屈呢。

他们高高兴兴拍了照去办证了，我也没啥损失，只是空欢喜一场，算了算了，这本来不在我的计划之中，意外之财，向来也不是我追求的目标。

好事情都是努力得来的。

我重新开始努力，我相中了拍照队伍中一个看起来有点小贪的人，给他塞了十块钱，想插他一个队，他说，二十。我又加了十块。

当然，这钱我不能向大妈要，我这算是先投资吧，迟早要从她那儿加倍收回来的。

我们就挪到前面的位子了，大妈一个劲儿地说，哎哟，还是好人多呀，哎哟，不好意思的啦，人家都有事情的啦。

废话还真多。

现在我们前面只剩下一个拍照的人了，眼看着事情就要解决了，不料前面的这个人，又出幺蛾子了，她已经进了那个小屋，看了看墙上的说明，又退出来了，眼神可怜巴巴地看着我。但是我看她的样子，可不像个文盲，我得小心，别被骗了，我不客气地说，怎么，你不认得字?

她说，我认得字，可是，它要投二十块钱才能拍照，我身上没有。

我说，你既然认得字，你再看看，这下面还有一行字，可以用微信、用支付宝。

她红了脸，说，那个，我都不用的——她看我十分警觉，明摆着不相信她，赶紧又说，我老公不许我用。

我倒奇怪了，为什么?

她说，怕被骗了，我老公说，支付宝里的钱，很容易被人搞掉的。

我挖苦她说，是呀，身上的钱就不容易被人搞掉了。

她没有听出我的意思，仍然求助地看着我。我说，那就是说，你身无分文，真实的钱没有，虚拟的钱也没有，却想买一个你自己，这恐怕有点难。

她说，不是身无分文，我身上有钱，就是没有二十元零钱，你有没有零钱帮我换一下。

在后边听了半天的大妈拉了我一把，提醒我说，小心，别换，别帮她换，谁知道呢。

那女的有点急了，解释说，我不是骗子，我就是急着要办个临时身份证去买票，我没有二十元零钱。

大妈撇了撇嘴说，谁会说自己是骗子呢，上次我在菜场好心帮人家换钱，结果拿到一张假的一百元，我都这么大的教训了，你还不要小心啊？

排在我们身后的旅客等不及了，说，你们快点好不好，你们不换我来换，这样搞下去，我要赶不上火车了。

他果然掏出了零钱，和那个女的兑换了，大妈赶紧提醒他说，你仔细点，你小心点，看看是不是真钞，那人听了大妈的话，仔细地照了照，又捏了捏，嘟哝说，看不出来。

折腾了一番后，终于轮到大妈拍照了，我让大妈进入那个像小盒子一样的小房间，坐下来，面对镜头，点开了“普通话”，里边就说了，请投币二十元。

可是大妈和前面那个女的一样，身上没有零钱，都给小偷偷了，她就眼巴巴地看着我。

我被大妈的眼光一盯，猛地一惊醒，我顿时觉得自己犯傻了，我赶紧问大妈，您身上的钱是不是都被偷了。

大妈拍了拍心口说，没有没有，你放心吧，我钱包里只有几十块钱零钱，还有身份证，大票子都藏在我的大包里呢，小偷以为钱包就是放钱的，其实现在我们都会小心的，都知道怎么对付小偷。

既然如此，我暂时还舍不得放弃她，所以我必须先替她付钱，我代她投币，塞进去两张十元钞。

照片立等可取，大妈还蛮上相的，或者，换个说法，照片和真人拍得还蛮像的。

我们带着新拍的照片，交到窗口里的女民警手里，女民警看了看照片，看了看大妈的脸，点了头，我心头一喜，以为过关了。

可是女民警的声音通过话筒传了出来，她要求我们提供证明材料。

我顿时反应过来了，是呀，一个人拿了自己的照片，就算他的脸和照片是一样的，这又能证明什么呢，恐怕什么也证明不了的。

大妈却听不懂，说，你要什么证明？我就是来开证明的呀，我要是有证明，我就不来开证明了。

我虽然知道我们是错的，但我仍然学着大妈的口气说，我们要是有证明材料，就可以证明我们的身份了，我还办什么身份证明。

女民警笑笑说，你如果有证明材料，当然可以证明你的身份，但是你不办临时身份证，你买不了火车票，也上不了火车呀。

她真是很耐心，解释得很细致。

我和大妈面面相觑。

后面的旅客又不耐烦了，说，你们懂不懂啊？不懂就不要排进来耽误别人的时间。

不懂就先弄懂了再来排队。

不懂就在家里待待算了，出来混什么？

还是女民警为人民服务，她笑吟吟地安慰我们，别着急，别着急，如果身边什么证明也没有，你报出你身份证的信息，我们可以通过系统进行比对，对上的，也可以办证。

这个我懂，但是想要让大妈报出她的身份证号码，我估计这事情又黄了。可结果偏偏出乎我意料，大妈还真记住了，我真服了她，我兴奋地说，阿姨，您太牛了，您怎么能背出这么多号码，我年纪轻轻，我记性都不如您。

大妈说，人家跟我说，出门的时候身上东西要藏好，但是藏得再好也可能被偷走的，所以最好还要用脑子记一点东西，那是骗子骗不走的，万一身份证丢了，你赶紧去补办，报出号码就可以，否则被骗子弄去，冒充你到处去骗人，那就麻烦了，现在到处都是骗子呀。

她对着我的脸一口一个骗子，好在我面皮够厚，无动于衷。

大妈先报了自己的名字，然后又十分顺溜地背出了身份证号码，别说是我，就是窗口里那个女民警和身后排队的人，也都十分佩服，啧啧，厉害了我的大妈。

也有人说，作孽，这把年纪，硬背出来的，怕骗子呀。

也有的不以为然说，老太，你以为背出身份证号码就不会碰上骗子了呀。

这时候话筒里发出了“咦咦”的声音，我们赶紧朝里边看，看到女民警又啪啪啪连续输入了几次，似乎都不对，她一边皱着眉头咦咦咦，一边重新输，但始终不匹配，就是大妈的名字后面，没有那样的号码，或者说，那个号码，根本就不是大妈的。

很明显，这大妈有可能根本就不是大妈，或者，这大妈背出来的根本不是她自己的身份证号码，再或者——总之，我知道了大妈的身份不对，我竟然心虚起来，好像不是她的身份出问题，而是我被戳穿了，我提着小心问道，阿姨，您到底怎么回事？

大妈也发愣呀，不过还好，她发了一会愣，忽然一拍大腿，喊了起来，狗日的，狗日的村长。

原来大妈的身份证当初是村长代她去办的，说省得她跑来跑去辛苦，顺带就到镇上帮她办了。

大妈气哼哼地说，我麻烦他了，还觉得怪不好意思，还给了他好处的，他居然也收下了。也不知道狗日的拿了谁的照片报了谁的名字，反正现在看起来，狗日的把我办得不是我了。

大妈的话并没有漏洞，但是大家听了，并不觉得就可以相信她，窗口里那个女民警倒没说什么，后面排队的人不依不饶了，他们又开始七嘴八舌。

说，什么狗日的村长，怎么扯到村长了，不要是个骗子哦。

也有不同意的，说，骗子敢来这里，到警察眼皮底下来要证明，她胆子也太大了。

有人附和，是呀，一个老太太，这把年纪了，还做骗子吗？

有人反对，说，难说的，骗子脸上又没有写字，谁看得出来，跟年纪更没有关系，上次我看到一个新闻，有个老太太，专门拐卖女研究生，成功了好多个。

越说越离谱了，我赶紧打岔说，哎哟，你们扯得太远了。

大家看着我，有人说，小伙子，她是你什么人哪，你真的认得她吗？

我说，是我朋友托我来接的他妈。

大家的脸色顿时就变了，情绪激动起来。

说，这么说起来，你以前并没有见过她？

这么说起来，只是她告诉你，她是你朋友的妈？

这么说起来，你们接头也没有什么证明证明她就是你要接的人？

他们真能想，想得真多，又说，她有没有让你出钱替她做什么？

我赶紧说，没有没有。

大妈却提醒我说，我拍照的钱是你出的。

大家立刻又警觉了，说，你看看你看看，你还说没出钱，你都一直蒙在鼓里噢。

大妈又说，还有，刚才你塞给人家钱让我插队了，我也看见了。

这就更证实了大家的想法，你还不觉悟啊，你以为这是小钱，不会是骗子的骗术，其实骗子都是一步一步来的，有的骗子，养被骗的人，要养几个月才开始呢。

是呀，总之是先让你相信她，然后就会——

我说，然后会怎样？

大家说，然后肯定是要你买车票，至少几百块哦。

我说，咦，你们怎么知道？

他们说，咦，骗子就是这样骗人的，你看老太太急着要办临时身份证，又是插队，又是骗人，难道不是急着要买车票吗？

我得为大妈正名，如果大妈成了骗子，我还怎么骗她呀，我急呀，我急得就说，她不是骗子，她就是我要接的人。

大家又集中目标攻击我，说，你又没有见过她，你怎么知道她就是她？

说，就凭她自己说她是谁，她连身份证都没有，你就相信呀？

说，哎哟，难怪骗子这么容易得逞，就是因为你这种人，太糊涂，太轻信。

然后他们纷纷给我出主意，教我怎么防范骗子。

大妈也跟着他们一起教我，大妈说，小伙子，我早跟你说了，你见的世面太少，你看人要有眼力，要能看清楚每个人的角色。

大妈这一说，立刻有个人在背后搡了我一下，说，小心小心，这是什么话你听出来没有？

我还真没听出来。

他们说，这就是套路，这就是开始。

小伙子，一看你就是没有社会经验的，你哪能看出来。

什么什么什么。

什么什么什么。

我终于被大家搞晕了。

我差不多已经忘记了我是谁。

我的计划，无论是原计划，还是后备计划，还是重新调整过的计划，统统被我抛到脑后。

更关键的是，我不仅忘记了我是谁，不仅忘记了我的计划，我更忘记了我的计划是有时间性的，本来我只能打个时间差，必须在很短的时间内干成事情，但是我忘记了，我居然跟着大家一起分析判断大妈是不是骗子。

可是，我虽然忘记了，有一个人可决不会忘记，就是大妈的儿子嘛，他很快就会发现问题，也许，他已经在来的路上，也许，他已经到达了。

怎么不是，他来了。

他来了，我就惨了，我应该拔腿就跑，可是我心里不服呀，我冤哪，白白为大妈垫付了几十元，还像孙子似的伺候照顾她半天，难道结果就这样，赔了夫人又折兵？

一个骗子，不这样还想哪样？

就在我要拔腿逃跑的时候，大妈已经冲着儿子喊了起来，儿啊，你怎么来了呢，你不是很忙吗，我没事的，这边大家都在帮助我呢。

那儿子还没来得及开口说话，一个旅客已经脱口而出了，媒子！媒子来了！大家注意看噢，好戏要开场了。

另一个则拍了拍我的肩说，小伙子，你要小心了，一个好人，绝对搞不过两个骗子的。

还有一个眼睛凶的，说，哼哼，她还喊他儿啊，你看得出他们有哪里长得有一点像吗？

来接妈的那儿子，完全听不懂大家在说什么，问他妈，他妈也没听懂，只是指着我对他儿子说，儿啊，这是个好人，他给我垫了钱，你要还他。

那儿子挺大方，掏了两百元大钞，硬塞给我，我当然先要装装样子假意推辞，那儿子说，哎哟，妈，我还担心您被骗子骗了，哪知道您遇上好人了。

硬是把钱塞进我的口袋，我也不便太做作，就任它们安放在那里了。

旅客们纷纷围着我，祝贺说，小伙子，你运气不错，没让骗子骗得去，还让骗子损失了。

另一个则说，其实是他们心虚了，如果扭到派出所，那才损失大呢！

又说，是呀，现在用点小钱换个保全，合算的。

他们又七嘴八舌地一致教育我说，小伙子，以后多长个心眼噢。

小伙子，以后不能再轻信别人噢。

小伙子，现在外面这世道，谁也不知道谁噢。

我赶紧谢谢他们的关心。

我内心十分感动，差一点热泪盈眶。

我早已经忘记了我是谁。

后来，我已经无法再到火车站工作了，因为一到火车站，我就不知道我是谁了。

等待张三李四王大姨

张德发下岗了。说起来这和他本人也多少有些关系。那天记者暗访的时候，怪他嘴贱，说了些实话，其他也有几个人说了，但基本上不属于对企业的抱怨，只是作为普通工人说了说自己的工作而已。敏感狡猾的记者就从中嗅到了味道，最后做出了一篇揭露企业污染问题的大文章，惊动了上下。现在什么时候，正是大查大整大治污染的时候，不是闹着玩的。

厂长是个女的，很能干，她原先是大学的化学老师，后来出来干实业，干得风生水起，但一直没有解决污染问题，其实她已经下了大决心要解决这个问题，已经高薪聘请了这方面的专家，连专家的首付金都已经支付了。可惜来不及了，企业被查了，被重罚，罚得倾家荡产，几乎只有破产一条路可走了。破产的话，工人就要回家了，没饭吃了。大家都骂张德发和那几个说话的人，厂长却不这么认为，她说，不怪他们，前提是他们并不知道来的人是记者嘛，这是其一，其二，这种事情早晚会来，晚来不如早来，越晚麻烦越大。

工人都下岗了，她还说麻烦不算大？

不管麻烦大不大，张德发反正是回家了，厂长让大家等说法。可是在张德发看来，不会有什么说法了，最后能拿到一次性的买断钱，就是上上大吉了。他的人生就要在这里拐弯了。

可是张德发要养家糊口，必须要干活呀，他的老婆多年前就下岗了，后来参加了社区组织的居民舞蹈队，天天去排练跳舞，不问家事，孩子还在上学，母子俩可都是赖上张德发的。可张德发到哪里去找工作呀，现在有知识有学历的年轻人都找不到工作，他张德发，一个潦倒的没文化的中年男人，想当个保安都没人要。张德发快愁白头了，他老婆却一点也不着急。自从跳上了舞蹈，家庭特和谐，老婆天天哼哼唱唱，再也不像从前那样，总是怪张德发没有出息。现在张德发下岗了，没出息到顶了，老婆也没有多说什么，只是“嘿”了一声，说，和我一样了。

张德发去厂门口转转，想看看还有没有复活的希望，看到大门上的大封条，他一肚子的晦气，走了。走到家门口的时候，才发现忘了带钥匙，去社区找老婆拿钥匙。

去社区的路上张德发经过王大姨开的麻将馆，那馆其实也算不上什么馆，就在王大姨自己家里，买了几张自动麻将桌，生意就做起来了。从前张德发要上班，要挣钱，忙，从没来过这里，不敢来。现在他有时间了，经过的时候，可以停下来看看了，一看之下，哟，如此兴旺啊。张德发和王大姨聊了几句，突然就生出念想了，我何不也开个麻将馆，他脑子转得蛮快，一瞬间连店名都想好了：德发棋牌室。

他的家就是老街上的老房子，门沿着街面的，十分方便，两间房，可以摆四张桌子，分出有烟和无烟室，每天分上午、下午、晚上三场，每桌每场收二十元，四个麻将客每人出五元，普通老百姓能够接受的。这么计算下来，以后他挣的钱，比上班还多呢。

家里这两间房，原来是住人的，如果放了麻将桌，床就要拆掉，他自己可以睡沙发，让老婆带着儿子回娘家住。老婆会同意的，她现在很好说话。

张德发想着，乐起来了，但是刚一乐开，又觉得不容乐观，赶紧收敛起来。因为他首先要投入四张自动麻将桌。自动麻将桌的价格，低档次的也都在两三千元。老婆那儿有没有私房钱，那是肯定的，但是他别想弄出一分钱来，只好自筹，可即便能够筹到，他也觉得心里不踏实，他半辈子是做做吃吃的人，所谓的做做吃吃，肯定是先做才能后吃。

他想到了赊账，如果有卖麻将桌的老板肯赊，他的生意就先做起来，按照他的算法一算，用不了多久，就能还债，再用不了多久，就赚钱了。

可他随即又在心里“呸”了自己一口，这年头，赊账，想得美。这么呸着，想着，好像是上天要让他心想事成似的，他正好经过李二毛的麻将桌店。其实和上天无关，他回家，这是必经之路。

李二毛从小也是在这条街上长大的，大家一直喊他二毛二毛，甚至后来有人都忘记他姓什么了。李二毛在这条街上做麻将桌生意做了好多年了，也算是小街上的成功人士了，至少他是李总了，他印的名片上也是这个头衔，街坊邻居甚至都以他为荣，说，哦，卖麻将桌的二毛，毛总，是我们街上的。李总听到别人喊他毛总，也笑眯眯地答应了。毛总性格很好，所以事业一直蛮顺利的。但是最近碰到事情了，不是他自己的事情，是他的老婆素质有点差，老是以有钱人太太的面孔，对别人瞧不上眼。其实光瞧不起人也就算了，人家也不能把她怎么样，更不能把毛总怎么样。可是那李太太把别人不跟她一般见识当成别人好欺负，就有点欺负人，她欺负了人，人家也就忍了，可是有一次，她欺人欺错了，欺到一个不能欺负的人头上去了，这个人不依不饶，要和这位太太干到底了，但她也是有策略的，她没有正面进攻，而是先摸清李太太的底细，然后突然发难。她的发难，也选择了最厉害的一手：上网。

李太太的丑事，立刻就遍地开花了，网民纷纷人肉她，起先还只是在网络另一头的，看不见的人在起哄，但很快这条街上的人都知道了，附近街上的人也都知道了，毛总的店一下子热闹起来了。开始毛总还以为是来挑麻将桌的呢，以为财神驾到，后来发现大家来了后，并不看店里摆满的麻将桌，却是四处张望，毛总说，你们看什么呢？

这才知道是来看李太太的，指指戳戳，吓得李太太躲了起来，毛总那里有一个店员，是个女的，被误认为是李太太，偷拍出来弄到网上，搞得家里外面都翻了天，都来怪毛总。

毛总真是无奈，本来以为只有名人会这样，在名人出洋相的时候，大家都跟着看热闹，只恨事情不能再闹大一点，没想到普通老百姓也会有这一天，轮到自己头上了，才知道滋味真的不好受，脸也丢尽了，生意也搞掉了，心灰意冷，想着要改行了，要离开这个从小长大的街巷了。

张德发经过这里的时候，毛总正在把降价出售麻将桌的牌子摆出来，原来三千的桌子，卖一千五。这可真是杀了半价。但是对张德发来说，四张桌子需要六千元，他还是不能先付全款，还是想要赊一点账。

毛总说，赊账也不是不能考虑，几十年的街坊邻居，低头不见抬头见，好说好商量。只是他这几天正在等消息，前边农贸市场的鱼贩子丁大勇，听说毛总要将店面出手，来跟他谈了，想盘下他的店面，如果这个事情有结果了，别说赊三千，六千全赊也是可能的。

丁大勇是外地人，来这里也好多年了，干了多种活，最后在农贸市场安定下来，做鲜鱼买卖，生意出奇地好，在菜场的摊位不够用了，就扩张到旁边的摊位，后来又不够用了，再扩展一点，其实他还有更大的野心，他有了一系列的经营思想，甚至已经考虑到做加工鱼产品，冷冻鱼产品，熟鱼产品，现场烤鱼之类，他的理想是很大的，肯德基的鸡，丁大勇的鱼。所以他就在考虑，不能再在市场里做，需要店面了。恰好这时候，大家传说毛总不想开店了，要将店面转让，丁大勇抓住机会，就来和他谈了，两人一拍即合。

就这样事情正在朝好的方向发展，张德发等毛总，毛总等丁大勇。却不料丁大勇忽然碰到问题了。丁大勇的生意做得好，全靠他的老乡丁旺，丁旺几年前承包了乡下的鱼塘，他是个有头脑的人，也有点知识，会科学养鱼，加之这几年风调雨顺，几乎年年有余。丁大勇摊上的鱼，就是直接从丁旺这里进的，他们已经有了好几年的关系，丁旺的鱼真正是价廉物美，所以丁大勇才有信誉，才能做大，才会有野心。

正当丁大勇想要接手毛总的麻将馆改做大勇鱼的时候，丁旺却提出要以新的价格和他交易了，丁旺所出的新的价格，把丁大勇吓了一跳，他无论如何不可能接受如此高的成本做生意呀。当然，如果没有丁旺的供货，丁大勇也可从别人那里进货，但是那样的话，他丁大勇就是一个普通的鱼贩子丁大勇，不可能成为大勇鱼，他的理想就不可能实现了。所以他还是寄希望于老乡丁旺，他正在和丁旺谈判拉扯呢。毛总来追问他的时候，他对毛总说，只要我的供货方恢复正式供货，我马上就接手你的店面。

所以毛总也只有一个办法：等。

其实丁旺也是有苦衷的，他本不是背信弃义的人，何况丁大勇还是他的老乡，两人合作做鱼生意，好几年都一直很仁义，很顺利。只是最近他自己的人生碰到了困难，这一切都源之于他的甲方，村支部书记。

下塘村的村支书钱林生，最近也有些烦扰，村民举报他，说他收了丁旺的好处，所以才以这么低的承包价让丁旺承包鱼塘，挑了丁旺发了大财，而村民却依然穷得叮叮当当。钱支书气愤地想，穷得叮叮当当，是你们自己懒，当初我让你们承包的，你们谁也不愿意吃苦，给了人家做，做好了，你们又眼红了。而且，现在到处高压，他确实没敢接受丁旺的好处。

所以他完全可以不在乎村民的诽谤，他也不怕人家来查他，身正不怕影子歪，他当村支书这么多年了，他能够搞得定村里的事情。却不料，村里的事情虽搞得定，家里的事情却搞不定，他被儿子纠缠上了。

他的儿子钱晨曦，从小就是个学霸，成绩好得吓人，所以钱晨曦一路绿灯地上中学、大学，读研究生，最近又以第一名的笔试成绩进入了博士的招考。但是钱晨曦从学校那边得到内部消息，导师好像不想收钱晨曦，可能已经内定了另一个人。所以面试的情况就很微妙。

钱晨曦能够求助的人，只有他的父亲。钱林生说，我一个小小的村官，能有什么办法？钱晨曦说，村官也是官，你没听说过有个村官贪污了一个亿吗？钱林生生气地说，好呀，我贪污，行贿，进监牢，你去读博士。钱晨曦也知道自己的话说过头了，但是他实在是想读书，心里着急，一时又想不出好办法，郁闷起来。

钱林生虽然生气儿子说的话，但他看到儿子闷闷不乐，毕竟很心疼，恰好丁旺来找他签订下一年的合同，他忽发奇想就提高了承包费，而且提的幅度很大，把丁旺吓了一大跳。这是要想毁约的节奏啦。

丁旺想不通钱支书怎么一下子会变成这样。其实钱支书也有点乱了方寸，说起来，他当村支书以来，没敢多捞村里的钱，家里并不富裕，现在听儿子的意思，好像导师那儿可以用钱解决，数目小了还不行，但是临时到哪里去搞这笔钱呢？他的气就出在丁旺头上了，其实他并不是真的想提高承包费，承包费提得再高，他村支书也不能拿的，他只是想通过这种方式，暗示丁旺，看看丁旺能不能理解他的暗示，主动一点。可是丁旺不能理解呀，因为这几年来，他多次想向钱支书表示心意，都被钱支书拒绝了，钱支书甚至很严厉地对他说，你想害我呀。所以丁旺一直认为钱支书是个正派的人，后来再也没有朝这方面想过，而钱支书也确实没有这方面的意思。现在钱支书忽然有了，丁旺哪里会猜得到呢？

钱支书暗示不了丁旺，事情就进行不下去。但是钱支书暂时也没签那合同，因为承包费还没有谈判成功，在丁旺看来，钱支书有些奇怪，一方面钱支书狮子大开口，形势似乎不容乐观，但另一方面，钱支书又迟迟不催促他签合同，似乎还有转机。所以当丁大勇生气地责问丁旺时，丁旺对丁大勇说，只要我和村里合同签下，就恢复原价供货，你等一等吧。

所以丁大勇现在也只有一个办法：等。

钱支书心里焦急，他想去一趟城里，找钱晨曦的导师问一问情况，试探试探，如果试探出来不是钱的问题，他就和丁旺签原来的合同，毕竟人家承包几年，做得很好，给村里的贡献也不小的，而且让他们村的好名声也传了出去，给他村支书脸上也增光的。

在钱村长前往城里去的路上，事情正在发生变化。不过现在钱支书还不知道。

蒋智辉教授并不是个贪财的人，他也不缺钱，他不会收学生的钱，但是他睡了研究生梅红。梅红要报考他的博士，蒋教授并不想收她，蒋教授认为她笔试进不了前三，所以放心地睡了。他还有意无意地透露了一些错误的考题暗中让她吃转，却不料结果人家还真考进了前三。这下子蒋教授难了。

难的不是他要压掉第一名的钱晨曦，难的是他和女弟子睡觉的事情，被他老婆发现了，他老婆是个要面子的事业型女人，嘴上没有直说，但是她已经几天不回家，打手机也一直不接，简直就是甩手而去，人间蒸发。

蒋智辉被吓着了。他也怕老婆，但更怕的是老丈人。他的老丈人冯一正是一位老干部，当过市领导，虽然早就退休，但是虎威仍在，他在位时下死劲培养扶植的那些人，现在可是个个都在重要岗位，虽然其中大多跟了新主子，但是冯一正和他们的新主子们并不是前后任，已经属于隔代亲了，所以那些人里，多少还有几个会买他账的。所以，老丈人一声吼，蒋智辉浑身得打个抖。

蒋智辉思忖再三，决定先向老丈人坦白认罪。

蒋智辉出门的时候，遇到了来找他的钱支书，早几年，蒋智辉曾经带着学生去钱支书所在的那个村进行教学实验，他认得钱支书，听说钱晨曦就是钱支书的儿子，蒋智辉心中似乎有某种预感，或者说，钱支书的出现，让他对自己犹豫不定的内心，做了一个不再犹豫的判决。所以他对钱支书说，你等一等吧，我出去办点事。他心里在想，如果能够逃过这一劫，再也不敢和梅红怎么样了，那就肯定是钱晨曦了。

钱支书也只能等着。

但是蒋智辉没有找到老丈人冯一正，他出门去了，家里的保姆告诉姑爷，以前老爷子都是往老干部活动中心去，但是现在好像不去那儿了，到底去了哪儿，老爷子没说，她也没问。

蒋智辉站在老丈人家门外，一时有些茫然，有些混乱，不知道下一步该怎么走了。

冯一正老人正走在路上，他确实没有到老干部活动中心去，他喜欢打麻将，以前每天都去那里的棋牌室打麻将，但是最近老干部活动中心的麻将室关闭了，因为被认为不健康，老人打麻将居然也带彩，对老干部形象不好，老干部也是干部，群众也会骂的。所以干脆一关了之，那个地方打算给人家来搞无人超市了。

没得麻将打，对冯一正来说，真是郁闷了，他退休以后，就觉得自己的身体每况愈下，哪里哪里不舒服，记忆也越来越差，后来被老同事拉去打麻将，打着打着，什么病也没有了，脑袋瓜子甚至比从前还灵，冯一正老人算是迷上了。可是现在又很残酷地剥夺了他的幸福生活，冯一正走在路上，失去了方向感，两眼茫然，不知道往哪里走。

冯一正在街上走着走着，灰暗的眼前忽然一亮，他看到路边一块招牌，上面写着：德发棋牌室。

冯一正心中叫好，他早就知道大街小巷里有好多这类老百姓自己开的棋牌室，只是过去高高在上，不需要到这种地方来，现在他来了，发现自己还是有方向，还是有幸福生活可以追求的。

他走过去，看到张德发坐在门口发愣，他身后的门里边，并不像个麻将室呀。冯一正说，咦，德发棋牌室，是你这里边吗？

张德发没精打采地说，可以说是，也可以说不是，我想开棋牌室，可是我本钱不够，想到毛总那儿赊一赊，可是毛总让我等。冯一正说，那你怎么已经挂牌了呢？张德发说，我性子急，我心里也急，我们企业出问题了，我都下岗好些天了，没有收入，怎么养家糊口啊？

冯一正十分失望，他离开了没有开张的德发棋牌室，十分不满地想，什么人哪，买几张麻将桌还要赊账，那个什么毛总，又是什么人啊，赊就赊，不赊就不赊，等一等什么意思呢？他完全不能理解这些人是怎么回事，心里正在烦闷，手机响了起来，一看，是女婿打来的。

蒋智辉教授在老丈人家扑了个空，出来以后，一路走着，心神不宁，经过再一次的思想斗争，走到半路他停下了，咬了咬牙，打电话给老丈人。

全盘向老丈人交代以后，蒋智辉心里郁积的情绪舒缓了许多，他长长地出了一口气，以他对老婆和老丈人的了解，他们应该不会提离婚的，面子对他们来讲，是第一位的，他既然已经认错，而且已经保证不会再犯，他们应该不会揪住不放的。正在这时候，他接到了梅红的电话，他看着手机屏幕上显示的那个“柳绿”，自己也差一点笑出来，当初为了防范被发现，故意将梅红的名字设置成“柳绿”，现在回头想想，真是有点可笑。

不过他并没有到可以笑的时候，虽然他自以为可以吃透老丈人的心思，但现在毕竟八字还未见一撇，冯小晴的态度，才是他的最终裁决，所以他掐断了梅红的来电，这个时候，还不宜和她彻底摊牌。

不料梅红却不依不饶，又连续打了两次，搞得蒋教授心里又有点慌了，他无论如何得等，等冯小晴的决定，所以这个时候不能惹恼梅红，防止她兔子急了咬人，所以最后他还是接了梅红的电话，为了稳住梅红，他骗她说，刚才在上课。梅红说，我被江东大学录取了，下午就坐飞机过去报到，就在电话里跟你告个别了。蒋教授目瞪口呆，一时竟无语对答。最后就听到梅红说了一句，蒋老师，今天你没有课。他回过神来，心里懊恼得不得了，梅红的这个电话，若是在十分钟前打来，他的人生会不会是另一种样子呢？

冯一正听了女婿的坦白和认错，气坏了，但是现在他人在大街上，几十年的干部身份，使得他不能在大街上就扯着嗓子骂人，他只能咬着牙齿，憋着声音说，你个狗日的，这事情找我没用，得小晴说了算。蒋智辉哀求说，爸，爸，求求您，我无法对小晴开口，你们父女感情最好，您帮我开口，结果会不一样的。

冯一正知道女婿说得不错，如果女儿不想离婚，他得从中斡旋一下。当然，如果女儿要离婚，那就没得说，滚女婿的蛋！如果女儿生气，他会像捏臭虫一样捏死蒋智辉。

冯一正本来想回家之后再跟女儿联系，但是想到女婿说女儿已经几天没回家，而且手机也不接，冯一正有点不放心了，他找了个安静的地方，给女儿冯小晴打电话。

电话一通，冯小晴就接起来了，这时候她的手机上有无数的未接来电，等她彻底安定下来，她会一一回复的，她只是没想到，她接的第一个电话，就是父亲的电话，真是父女心有灵犀。

冯一正本来知道了女婿的丑事，是怒气冲冲，是要在女儿面前骂女婿的，可是他实在太在意女儿了，怕女儿没有思想准备，一下子接受不了，伤了女儿的心，所以话到嘴边，竟然不知道怎么说出来。

电话那头，女儿倒是十分高兴，说，爸，爸，你都好吧，我这几天忙大事呢，都有好几天没有给你打电话了。

冯一正说，我都挺好的，就是不放心你，我，我要跟你说一个事情，你要有思想准备，你听了，一定先不要激动，有你爸在，你没什么可怕的——冯小晴性格爽朗，一边笑一边催促，爸，什么事，您就说吧。冯一正还是觉得难以直说，他支支吾吾的，想尽量说得文明一点，就是，就是那个，那个什么，婚，婚外恋——

冯小晴一听“婚外恋”三个字，还没听到后面的内容，就快人快语地说，喔哟，爸，您真是个老特务，您真是厉害，我自己都觉得很小心了，还是让您发现了，真是老话说得好，若要人不知，除非己莫为，爸，你发现了我的秘密，没有出卖给蒋智辉吧——哈哈哈哈——不过爸，现在我可没工夫跟你说这个，我们企业的谈判已经进入关键时刻了，这可是关系到我们企业的生死存亡，涉及几百工人会不会失业的大事啦。冯一正一听，着急了，说，怎么，你们企业出问题了？冯小晴说，爸，您没看电视新闻吗，我们都上电视了，污染呀，现在整治污染很厉害的，来了又走，走了又来，光回头看，一年就要看几回，滑是滑不过去的。冯一正说，那你们怎么办？冯小晴说，老老实实，依法办，先凑足罚款，再进行改造升级，爸，您放心，我先前没有告诉您，就是怕您担心，现在我已经解决了难题。冯一正说，你怎么解决的？冯小晴说，我设法贷到了资金，周转过来了，虽然利息高一点，但是我们企业很快就会恢复元气的。

冯一正听了，不知为什么没有像女儿那样高兴，他心里甚至还“咯噔”了一下，他想问问女儿，所谓的利息“高”一点，高到怎样，不会是高利贷吧，但是没等他问出来，女儿已经要挂电话了，她说，爸，好了好了，我先不和你说了，我要安排工厂重新开工了。

感觉走投无路的张德发，这天一下子收到两条消息，一是重新可以上班了，二是毛总愿意赊他麻将桌。张德发一激动，说，这可怎么办，这可怎么办，怎么好事一起来了呢？

（原载于《湘江文艺》2018年第二期）

我家就在岸上住

有一天，我落魄地来到了另一个城市，用最后的一点钱租了一个简单的住处。更确切地说，是租了一张床，因为只有这一张床是属于我自己使用的，其他的东西，比如厨房、厕所、桌椅，甚至包括衣柜，都是大家共用的。

不然我还想怎样？

然后我开始找工作了。

我到网上看了一下，招外卖送餐员的很多，也有的公司称之为“骑手”。骑手两个字让人有点兴奋，当然，更关键的是“八千包住，提供车辆”，或者“一万元打底”等，这些内容更实在，还有“学历不限，经验不限”，这个不限，那个不限，这也让人踏实。

真的踏实吗？你傻呀。

现在的骗局和套路，层出不穷，防不胜防，我算老几，我能防得了吗？

但是我得硬着头皮试试，因为我的当务之急就是找一个饭碗，让自己活下去。

我是做好了充分的思想准备的，根据他们的要求，先微聊对方的接头人，那边问了我几岁，想不想赚钱，会不会用智能手机三个问题，我的就业问题就OK了。

我想怎么这么简单就OK了呢，我小心地说，你们那上面没有写清楚报名费是多少。对方说，不收。我说，那你们也没有说明保证金要多少。对方说，不收。

我有点小小的意外，然后我又想出了一个，那，押金呢？

不收。

那——

不收。

什么也不要？

那他要什么呢？

他真的什么也没要，他不仅什么也没要，他还问了我要不要。

你要交五险一金吗？

你可以拿饭补哦，还有话补给你哦，如果不能做到公司承诺的就近派单，还有交补哦。

就这样揣着一肚子的怀疑，我就骑着老板的车上路了。

我加入的这个外卖公司，生意红火，骑手的车都是统一的，一律用东家提供的黑色的长得像变形金刚的炫酷电动车，开出一辆也许你不觉得有啥，开出一队来，你试试，亮瞎你眼。

别以为这就有多拽。别的搞外卖的东家，还有更拽的呢，我就不说了，也不去想了，我若想多了，我就会动心，我在我的东家这儿还没干出点模样我就要跳槽了。

所以，你是不是看出来，外卖真是个好营生，朝阳产业呀，人家都在下岗丢饭碗，送外卖的却越来越多。

满大街都是外卖小哥，现在连语不惊人誓不休，事不吓人决不报的新媒体，也是一口一个小哥喊得亲。

外卖小哥，等电梯等哭了。

外卖小哥，寒风中等候客户两个小时。

外卖小哥，咋的了咋的了。

厉害了，我的小哥。

那是说的别人，我可没啥厉害的，至于我为什么要选择做外卖小哥，我只能简单说一说了，我家里原来是有点条件的，原来我也是可以有一点养尊处优的。具体是什么条件，有哪些尊和优了，不说也罢，说出来伤自己的心。总之我的家境发生了变化，我不得不离开我家，避开伤心之地，到另一个地方来送外卖了。这样说出来，就简单多了。

都已经混到送外卖了，还那么复杂干啥哩。

我送外卖时间不长，就接了一单，离我住的地方不远，属于就近派单。叫外卖那主，如你们所猜，是个女生，长得不丑，人也挺机灵，眼睛蛮凶，一看我的样子，就说，哟，你看上去可不像个送外卖的。

我说，我刚开始做，时间长一点，就像了。

她说，哦，是新骑手，那你没搞错我点的单吧？仔细打开看了一下，还好，没搞错。

这女孩叫外卖叫得勤，三天两头的我就会和她见一面，没多久，我们就有一种要勾搭的意思了。

我一个送外卖的，你以为我配得上她吗？

还可以吧。

她和几个女的合租在一个旧小区，没有电梯，我得爬上楼给她送外卖。我以前缺少锻炼。每次都爬得气喘吁吁。

难道是这一点打动了她。

我不知道。我只知道我们好上了，可惜的是我们没有自己的独立空间，只能到公园或电影院去干些卿卿我我的事情。

有一次特别激动，动作和声音比较大，影响了旁人，受到了批评，我忍不住对她说，唉，其实我们家，从前有好多空房间的。

她并没有停止动作，只是顺便“哼”了一声，我当然听出了她的“哼”外之意，她不会相信我的。

后来有一次，我们经过太阳百货大门，看到里边灯火辉煌，奢侈品闪耀着太阳般的光芒，实在太厉害了，别说我女友，就算是我，也闭上了眼睛。

我虽然闭上了眼睛，可是我心不甘呀，我说，其实从前，我姐姐有好多个这样的包包。

我女友嘲笑我说，有好多个？那送我一个如何？

我这是自找没趣，自打耳光呵。

不知道是不是因为我一心想着家里从前的风光，我家的风光它真的又回来了，也就是说，我爸没事了，我家的财产也没有受到任何损失，它们只是被冻结了一段时间，现在它们又回来了。

别以为我在骗你们，难道世界上就没有这样的事情吗？即使世界上真没有，电视剧里也会有的嘛。

我不敢马上就告诉我女友，我怕惊着了她。主要是因为从我们结识以来，虽然过从甚密，亲热有余，但我一直还没有吃透她，不知道她到底是个什么女，我不敢贸然行动。

如果她是个物质女，一听说我是个富二代，保不准她会狂喜至疯；如果她是个神经女，一听说我是个富二代，她也许拔腿就跑了。

我得一点一点地向她渗透，起先我说，亲，真的，我们家从前还是可以的。

她说，哦，我们家从前也还可以的，我爸还当过兵民队长。

我听了总觉得哪里不太对，想了一下，我知道了，我说，是民兵队长吧？

她说，好吧，就算是民兵队长吧，不过，呵呵，我也不知道民兵队长是个啥。

我换个角度启发她，我说，其实，人生都会有波折的，有时候顺境，有时候逆境。

她配合我说，是呀，你送外卖碰到好天气，就算是顺了，碰到恶劣天气，那肯定是逆了。

真没想象力。

我再找一个不同的侧面，我说，我呀，就是那种奢华的低调。

这回她连笑都没笑，她说，只听说过低调的奢华，没听说过还有奢华的低调，你真幽默哎。

慢慢地我知道了，这样轻描淡写，旁敲侧击，她永远都不会相信我的话，所以我得加强一点语气，我直截了当说，真的，我不骗你，我爸他恢复了。

她朝我看看，说，啊，你爸原来是植物人啊？

这回够有想象力了，简直超想象了。是不是因为送外卖的那个我，整天愁眉苦脸、就像老爸躺在床上等死呢。

我摸了摸自己的脸，没感觉。

她就朝我怀里拱，一边拱一边发嗲说，喔哟，你干吗这样呀，你干吗专拣人家可望而不可即的东西说呀。

她倒蛮会使用成语的，看起来还有点学问哦。不浅薄。

我再又说，亲，你难道不希望我是一个有钱人，不希望我的家庭是个富有的家庭吗？

我女友又神回答说，哦，要是那样，你就不是你，我也不是我了。

咦，她不仅会使用成语，还会哲人哲语，连我都听不太懂。

总之无论我怎么说，明说还是暗示，她都以为我在和她调情。

我只得暂时打消说服她相信我的念头。我其实可以马上中止我的骑手生涯，立刻就回家去，但是因为先前的变故太重大，太吓人，我被吓坏了，到现在还十分后怕，还不敢完全相信，我得先稳一稳再说。

我又送了几天外卖，我家里催我了，说一切已经如常了，我也觉得自己差不多稳住了，我得订机票了，所以我也必须得和我女友摊牌了，因为一旦我不干了，下次送外卖的就不是我了，万一她不仅是对我，而是对所有外卖小哥都情有独钟，我岂不是竹篮打水了。

我正式地把她请到茶室。正式谈事情了，必须到正规的地方，这是对的吧，总不能两个人站在大街上谈这么重要的事情吧。

我说，你喝什么？

我女友嘻嘻笑说，你还当真了。

她还是不相信我。连我请她喝个茶她都觉得怪异、不可接受。

喝茶可以不接受，但她必须接受我是谁。

我说，你要是不想喝茶，我们就不喝，我们到对面商场，我给你买LV。

LV总算让她有了一点不同的反应，我看到她下眼皮那儿抽动了一下，左边的眉毛也跳了一跳，但是随即她又笑了起来，说，我知道，你是逗我开心，我知道，你是个好人，你想让我开心。

她还是不相信我。

我说，你为什么不相信我？

她说，哎哟，你不要捉弄我了好不好，捉弄我你有意思吗？

我说，我不是捉弄你，我们现在就去买包。

她坐着不动，看着我，笑眯眯的，她真有话说，她又说，你要不要这样考验我啥？你觉得这样考验我有意思吗？

她想得真多。

我说，就算我是考验你吧——我没有其他办法，只有对面的商场，所以我又伸出手指了指对面，说，你跟我走，看看怎么考验。

她不跟我走。她继续坐在那儿朝我笑，说，你真考验我？我们之间，到考验的时候了吗？我怎么觉得还没到时候呢，我们还在正常相处，我们只是作为普通朋友在交往，你犯不着早早地就这么用心思哈。

我一下子语塞了。

她又乘胜追击说，就算到了时候，就算到了可以考验的时候，到了该考验的时候，你也别用这种办法考验我呀，不行的，你这种手段的考验，我经不起的。

我实在没办法让她相信我，我只好豁出去了，我说，好吧，你实在不相信我，有个人你总听说过吧？

谁？

李长江。

李长江？这名字好耳熟啊，咦，呀，哦，我想起来了，不就是那个首富吗，做物流的。

他是我爸。

她终于张口结舌了。不过我看得出来，她并没有服气，她眼珠子飞快地转动，然后，有了，她笑道，李长江，那是姓李哎，可是你姓王哎，难道你是隔壁老王生的？

我说，我家里出事后，我改了姓，跟我妈了。

她已经恢复了正常，说，那是，都会这么说的。

我不解说，谁都会这么说？

她跟我兜转子，你说呢？

我有点急躁了，我说，要我怎么说，你才相信我呢？

她不直接回答我，却换了个角度说，那，你和别人，比如，你的同事，那些骑手，说过你家的事吗？

我说过呀。

他们相信吗?

不相信。

他们怎么说呢?

我想了想，他们的说法可多了，有的认为我就是吹牛，自我满足一下，有的说我想太多了，失心疯了，也有的从此和我离得远了，以为我是个骗子。

哦，哦。

我女友似乎对她自己的那个“哦”很感兴趣，又连连地“哦”了几“哦”，最后“哦”得自己也笑了起来，说，走吧走吧，我们去一个地方。

我且跟着她走，我们到了一个叫“真我驿站”的地方，我不知道这个“真我驿站”是什么意思，我女友说，我一个闺密，在这儿做护士。

我奇怪说，护士?那这是医院吗?

我女友说，也可以算吧，不过准确地说，是心理咨询的地方。

哦，原来她认为我心理出问题了，要带我看心理医生，她还蛮时尚的，像个有钱人。

我们进去的时候，医生挺忙的，我们还排队等了一会，轮到我们时，医生朝我俩看看，问：谁?

我没反应过来，我女友指了指我说，他。

医生说，那你说说。

我女友就开始说我了，她说我明明就是一个外卖小哥，但非说自己的爸爸是谁谁谁，我怎么开导他，他都这么坚持，医生，这算不算心理有问题?

医生朝我笑笑，说，我先问几个问题测试一下吧。

我胸有成竹，我说好，医生你问，你尽管问。

医生说，一，你还记得你小时候，父亲打过你吗？

我说，我小时候养尊处优，一个保姆，一个家庭教师，围着我，我父亲别说打我，他想看我一眼，都得把她们支开，可是她们刚走开，又过来了，她们很负责任的，她们不放心我呀。

医生面无表情，记下笔记，又说，第二个问题，你高中上的是哪一所学校？

这也算是心理问题吗，我虽然不怎么瞧得起他，也不怎么想理睬他，但是看在我女友的面上，我还是如实回答了，我初三的时候，我父亲就把我送到英国上学了。不过，我学习不努力，英语不怎么样，只学会了一些生活用词，好在，我回国后，不用英语日子也好过。

医生又认真地记了笔记，再问了第三个问题，你经常做梦吗？

这个问题也太low了，我不想回答了，我反过来问医生，你是在哪里学的心理学，是自学成才吗？

医生回头对我女友说，他确实是比较有想象力的。

我女友担忧地说，医生，他不会是妄想症吧？

医生安慰她说，别担心，妄想症不可怕的，如果是轻微的，更不碍事，现代社会，许多人多少都有一点，不算不正常，只要不让他继续发展、加重、恶化，应该问题不大，也不会影响正常生活和工作。

我还想跟医生解释或者对质什么，但我女友已经放心了，挽着我就出来了，说，没事了，没事了，妄想症，我也有的，有时候我也会觉得我是马爸爸的女儿，没事的，你放心好了。

我们一起回到她的住处，她的合租者都已经下班回来了，屋里既杂乱，又寒碜，我心疼她，忍不住说，你搬出去吧，至少单独租个房。

她的合租者听到我的话，就嘻嘻哈哈起来，我女友有点难为情，搡了我一把，说，别出我洋相啦。

她把我拉进她的那屋，关上门，但我们能够听到合租者在议论我们，说，听说那个人自称是谁的儿子，不会是真的吧？

另一个夸张地说，呵呵，你别吓我噢，我胆小。

也有一个表示怀疑的，说，假的就是假的，早晚要戳穿，戳穿了咋办？他傻呀。

还有一个有经验地说，套路罢。

再一个也笑道，花式泡妞法。

说，钓到手就不是谁谁谁的儿子了。

我女友显然受到她们的影响，不太放心我，朝我看看，说，我认识你的时候，你就是个外卖小哥，我又没有嫌弃你，你为什么非要编这种故事？

我马上就可以理直气壮地回答她，我可以拿出证据，使出撒手锏了，但恰好她的手机响了，是她母亲打来的。

她捂着手机跟母亲说话，其实既然是当着我的面，捂着手机和不捂手机是一样的，她的每句话我都能听见。所以很快我就判断出她母亲在问她谈对象的事情，她说，哪里啦，妈，你听谁嚼舌头的，不可能的，你还不相信你女儿的眼光，你别瞎操心啦，什么什么什么。

总之，虽然我听不到她母亲在说什么，但是从她的回答中，我知道她母亲在担心，担心什么呢，肯定是我啦。

事实正是这样，她挂了电话，对我说，我妈，不知从哪里听说了你的事情。

我说，我什么事情？

她笑道，还能有什么事情，谁谁谁的儿子罢。

我说，是呀，那怎么啦。

她说，所以我妈担心了，叫我小心骗子。她又笑了笑，再说，放心啦，我不会当你是骗子的，只不过，你也不要再说什么李长江、王长江了，你想想，你再看看，不光是我，你周围的人，我周围的人，所有的人，有谁相信你，你还逞什么能呢？

我当然要逞能，因为我是真的呀。他们都以为我是假的，但我是真的，这个太好证明了。

我拿出了证明，我的身份证，那上面我姓李。

她先是看我的身份证，对照那上面的照片和我的脸，看来看去，越看越像，不由怀疑地说，是蛮像的呀。

我说，本来就是我嘛。

我又拿出我的手机，给她看我妈发给我的微信，有一封信上我妈说，李重星，生意不等人，你再不回来，副总裁的位置你爸要另外物色人了。

我女友的脸色渐渐有点异常，我小心地说，你不会怀疑，这是我让别人做的假微信吧，你不会怀疑这个“老妈”不是我的真妈亲妈吧？

她不再说话，也没有了态度，但是她的脸色越来越苍白，她捧着我的手机似乎不知道怎么办了。我赶紧说，你可以看我的手机里边的任何内容，我对你不保密，你看了，你就相信我了。

她还真的看了。

她应该知道我是真的了。

她似乎有点坐立不安，我说，今天你累了，先休息吧，我明天再来找你。

我回去后，就去做我该做的事情，比如向公司辞职结账，比如退租，比如把以后用不着的东西送人，等等。

我做着这些事情的时候，心里还是有点忐忑的，因为我还不知道我女友的态度，她会不会一下子就消失了呢。

我只有耐心地等待。

十分幸运，我等的时候不长，我女友重新出现了，她出现后，没有像往常那样先扑到我怀里亲一口，却是正襟危坐，两眼直盯着我，跟我确认，你爸李长江？

我说是。

你妈王霞云？

我说是。

你姐姐李重月？

是的。

你是李重星？

是的。

你爸的公司是“潮物流”。

是的。

你们企业总部在北京，但是你家不是北京人？

是的，我们老家河南。

你爸从一个邮递员，一步一步发展起来。

是的。

你爸原名不叫李长江，叫李根宝。

是的。

你爸什么什么什么，你家什么什么什么，潮物流什么什么什么。

真的难以想象，在这么短的时间内，她竟然积累了有关我们家和我们家的企业的这么多的细节和问题。

终于，她停顿了一下，喝了一口水，我也终于可以松一口气、歇一下了。说真的，我被她问得心里直发慌、发虚，好像我是假的，好像我快要被戳穿了似的。

因为心虚，我忍不住把她的一连串的确认重新想了一遍，想着想着，我真的有点惶恐了，因为我觉得这些问题好像越来越不真实，我爸真的是李长江吗？当然真的是，可是我怎么会有不确定不踏实的感觉呢？

万一不是真的呢？

我不敢再往下想了。

我女友问过这许许多多关于我家庭的问题以后，她终于恢复了正常，一恢复正常，她就已经变被动为主动了。

她拿出了一叠从网上打印下来的东西，一张张地摊到我面前，说，李重星，网上真的什么都有，有你爸的照片，你妈的照片，还有你姐的照片，但是为什么没有你的照片，当然，虽然没有你的照片，但是一看就知道你们是一家人，你们长得多像啊。

她又说，网上说，你家的总资产有多少多少。

网上说，你家有多少多少辆豪车。

网上说，你爸的员工有多少多少。

网上说，什么什么什么。

她在那里只管网上说，我已经饿得肚子咕咕叫了，我不得不打断她说，要不，我们找个地方先吃饭，边吃边聊。

她两眼瞪着我，不解地说，吃饭？吃什么饭？忽然回过神来了，又说，哎，我看到网上有个文章说，你们家做菜的厨子，是川菜大厨。

她这样一说，我更饿了，我索性站了起来，说，你喜欢川菜？我们去川菜馆。我赶紧先拿手机查一下，看附近有没有川菜馆，还真有，不远，不需要叫车，我们走着过去。

我们手拉着手，一边走，她一边说，这是真的吧，我不是在做梦吧？我不是在看韩剧吧，据说有个女的，天天看韩剧，最后自己真的变成了剧中人，不会就是我吧？

我说，我可不希望你变成剧中人，那样我就拉不到你的手了。

我女友已经在进行她的第三部曲了，她先是“确认”，然后到“网上”，现在她又从“网上”下来了，奏起了畅想曲。

你们一家人吃饭的时候，都说些什么呢？

你们家有几个用人呢？

你们每年出去旅行几次呀？

你去过多少个国家呀？

你们家里人说话，是说普通话吗？

你们家院子里种什么花呀？

什么什么什么。

我无法一一回答，不是我不想回答，而是她的问题实在太多，太细太琐碎，太不是重点，我平时从来不关心这些，所以一时难以作答。

好在我女友并不是真的要求我一一作答，其实她只是在自问自答，后来她还意犹未尽，又开始新的畅想。

你爸有女秘书吗？

你姐为什么离婚呀？

你妈看上去这么年轻，是去韩国整容的吗？

什么什么什么。

说实在的，我越听，越觉得陌生，越听，越有一种隔离感，她所说的，这是我家吗？

因为是步行，我们恰好经过了“真我驿站”，我想起那天来的时候，医生对我的误解，我说，事实证明了那个医生是错的。

我女友说，我们进去，告诉医生，我们是真的。

一进去，还没等我说话，我女友就抢先了，她说了有关我的家庭的几乎所有的事情，医生很耐心，听了半天，没吱声，最后他把我女友支开了，问我，她是你女友？

我说是。

医生严肃地对我说，你要小心了，她这是妄想症的典型征兆，而且不轻哦。

我说医生你搞错了，她说的都是真的。

医生说，你被她迷惑了，妄想症的迷惑性是很大的。

我说，不是的，她说的并不是她自己，而是我和我家的事情，我可以证明的。

医生笑了笑，说，这种情况我们也常见的，可以称之为“被完成式”，你想想，她说的一些事情，你原来并不知道吧？

我被医生一提醒，细想了想，倒真是的，尤其是“网上”的东西和她自己畅想的那些，我之前确实不是太清楚。

医生说，严格地说，是她提供的许多细节，让你完成了你自己，完成了你的“我”塑造。这是常见的也是典型的双向病例。

医生这话我决不能同意，明明我爸真的是李长江，我真的是李重星，为什么说是别人帮我完成的呢。

我女友也对医生生了气，拉着我就走了出来，边走边说，还心理医生呢，我看他才有心理疾病。

走在回去的路上，我脑子里一直回想着医生的话，这些话起先确实让我生气，但是渐渐地，它们让我心里隐隐约约起了变化，甚至起了怀疑。

后来我越想越害怕，害怕这一切都是假的，害怕“我”是我女友塑造出来的我，为了证明这一切都是真的，我还是赶紧回家吧。

我终于回家了，可我回家一看，大事不妙，果然一切都是假的，我爸根本就不是什么李长江，他只是一个普通的邮递员，都快退休了，还骑着自行车送信，一辈子都没进步。而我妈的脸上，布满了皱纹，怎么可能去韩国整容嘛。至于我姐，我都没有看见她，我问我妈，我妈惊愕地说，你姐？哪来的你姐？

我受到了惊吓，大叫大喊，不对不对，这不对。

我惊醒过来了。

还好，原来是个梦。

虽然梦醒了，但是我被它吓着了，我不敢回去了。

因为我真的不知道我会回到怎么样的一个世界里。

王曼曾经来过

因为第二天要出差，下午刘芸提前一点下了班，到家时钟点工已经打扫完卫生，正在拣菜，饭已经煮在电饭煲上了，一切都很正常。

刘芸不是有意提前回来查岗的，小许已在她家做了三年，基本上满足了挑剔的雇主的要求。再说了，保姆偷没偷懒，根本不用抓现场，平时稍留心一点就能察觉，比如随手往窗台上一抹，看看手上脏不脏，或者把马桶的坐垫板掀起来看看反面污不污，这都是一目了然的。当然这种方法也有不灵的时候，早几年刘芸曾经用过一个刚从农村出来的保姆，她认为那种地方根本用不着清洁，你叮嘱吩咐，她嘴上答应，一转身就忘了。刘芸还记得她头一天来家的时候，看到地上有水，不用拖把和抹布去擦，却将簸箕里的垃圾倒在水上拌一拌，你看，干了，她高高兴兴地说。

刘芸只坚持了三天，就请她走了。

还有小许前面的那一个，到她家后就老看电视，而且她自己并不以为那是不对的，刘芸下班回家，她也仍然看电视，一点也不偷偷摸摸。刘芸问她，你在看电视？她说是呀，事情都做好了，电视蛮好看的。刘芸就拿手往窗台上抹了一下，一手的灰，伸到她面前，她也没有觉得这是给她看的，还笑了起来，是呀是呀，你们这个地方，看起来树蛮多，蛮干净，其实灰还是蛮大的。她说是这么说，但并没有觉得应该去拿抹布来擦。刘芸也就打消了跟她谈一谈的念头，这是教不会的。所以她又换了一个。不过刘芸还是比较照顾别人自尊心的，趁那位保姆请假回家的时候，换了小许，然后打电话给她，让她不用再来上班了，她在电话里一迭连声地问，为什么，为什么，我哪里做得不好？你可以说呀。她后来还专门来了一趟，刘芸不在家，她问小许，你是她们家的亲戚吗？小许说不是，她就很奇怪，反复说，那为什么要换呢，那为什么要换呢？

这会儿小许看到刘芸回来了，从厨房里走了出来，站在刘芸面前，有些尴尬，她犹豫了一下，下决心说，师母，我跟你说一下，我不做了。

刘芸一时有点蒙，过了一会才反应过来，你、你不做了？为什么？

小许停顿，她似乎想要说出个理由来，但最后并没有说出来。

刘芸不想勉强她，但是小许的辞职来得太突然，所以刘芸还是勉强自己勉强了她一下，试探说，那你，打算做完这个月？

不做了，小许的口气坚决起来，我明天就不来了。

这让刘芸有点措手不及。她是个有条有理、凡事预则立的人，按说少个钟点工，也不至于有多严重，无非家里的事情马虎一点罢。可刘芸的个性是不允许马虎的，无论是工作还是家庭，她都是认真严谨，要做到尽善尽美的，更何况，目前她自己正处在事业重要转折关头，正处长调走了，要在五位副处长中提拔一人，这个人就是她。前些时已经经过了民主推荐、考察和单位公示这三关，情况报告表也已经填过上报了，大家都知道非她莫属了，但是只要任命文件一天不下来，事情都是不能保证的。何况，这后面也还有许多步要走呢，情况表上报后，需要核查，核查无误后，班子先开会通气，然后再报上级开会研究，通过后，再公示，等等，步骤还不少，压力仍很大，但是再难，也得一步一步走过去。

所以这一阵的工作尤其马虎不得，所以她有些着急，希望小许坚持一下，至少再留几天，至少等到她出差回来。可是小许已经没有商量的余地了。刘芸回想了一下，前面小许也曾提出过一次，刘芸心比较细，当时她仔细分析了小许的态度，又侧面了解一下，才发现原来小许是有加薪的要求，因为当时市场上出台了一个家政工资标准，可能小许对照后觉得自己的薪水还有空间，但她又不好意思直接提出来，就采取了这样的方法。刘芸并没有责怪小许，觉得可以理解，就加了薪，问题就解决了。

小许虽然忠厚，但也不笨，她知道刘芸在想什么，赶紧抢在前面说，师母，跟工资没关系，这次跟工资没有关系，她的脸都红了，真的不是为钱，我是、我是——她终究还是没有说出理由来。

既然小许决心已下，而且如此决绝，刘芸也不会强留她的，她会重新再去物色人选，只是刘芸多少有些奇怪，有些怀疑，小许忙晚饭时，刘芸进房间关上门，把上了锁的抽屉和橱柜都一一打开来，仔细清点家中的细软，并没有缺少。

刘芸赶紧给家政公司打电话，急需一名五十出头的钟点工，最好当天就能到位。那经理说，这个年龄档次的，不太好找，问她为什么不要年轻一点的。刘芸没有回答，那经理还记得小许，说，你前面那个不是蛮年轻的么？刘芸仍然没有明说，前面这个小许，是她亲自到场当面挑的，她一向自信自己的眼光是锐利的，是识人的，只是现在急着要人，来不及去家政公司当面挑拣，唯一的办法就是年龄往上提一点。经理还跟她开了个玩笑，是不是你觉得年纪稍大的保险一点。经理还是很快就找到了合适的人选，当天晚上就可以见面。

晚上刘芸跑了一趟家政公司，见到了那个新保姆，感觉挺干净利索，问了几个问题，答得都靠谱，加上旁边家政经理一再推荐，说刘芸是老客户了，才把最理想的人推荐给她。

刘芸就和这位名叫王曼的保姆签了协约，家政公司自然也是要参与的，三方签字，这是有保障的。第二天早上刘芸出差前，王曼先到她家，由刘芸交代任务和交递钥匙，一切进行得都十分顺利，王曼收好刘芸家的钥匙，接下来她将和小许一样，每天下午三点钟来，先打扫卫生，再准备晚饭。

交代完毕，同事接她上火车站的车也到了，刘芸和王曼一起从家里出来，两人分头而去。

上了车，同事问她王曼是谁，刘芸说是刚请的钟点工，原来的那个，做得好好的，说走就走，让人无语。

同事“哦”了一声。

刘芸朝她看看，说，你“哦”什么，什么意思？

同事笑道，喔哟，刘处，你好顶真，我就是随便“哦”一下罢，还能有什么意思。

刘芸才不信，她可是有经验的，别说是同事的声音，别说是同事的眼神和脸色，即便是同事的一个背影，她都能看出今天和昨天的区别来。刘芸立刻说，不对，你是“哦”中有“哦”的，我听得出来。

同事说，刘处，你厉害，你厉害，我服的——我就是觉得，刘处做事一向超严谨，思维超严密，可怎么会在出差的这一天请新保姆呢？

刘芸说，你是不是看出她有什么情况？

同事说，那倒没有，人哪那么容易被看出问题来。

刘芸立刻说，问题？你觉得有什么问题吗？

一直到他们到了火车站，快检票了，同事见刘芸还没有放下心思，劝她说，你这样确实有点仓促了，你要是放心不下，这趟差你就别去了，我和小李可以的。

刘芸一听，忽然有些警觉，朝同事看了看，没有说话。

同事被她一看，立刻被闷住了，知道自己多嘴了，赶紧把舌头收回去。

三个人一起上了火车，坐定了，刘芸自言自语说，有第三方，家政公司会担保的。又说，这家公司我跟他们好多年的关系了。

火车开起来，虽然女同事闭了嘴，但是男同事小李并不知情，他只是感觉今天刘芸神色不太对劲，不过他也没必要打探，发现女同事在朝他使眼色，也看不懂是几个意思，正要琢磨一下，刘芸已经说话了，你们干什么呢，用眼睛在私底下议论我哦。

两个同事都笑，一个说，哎哟，刘处，你做事那么严谨，有什么可议论的哦。

另一个配合说，呵呵，刘处向来滴水不漏的，我们想议论也不知道该议论你什么呢。

这两人话一出口，刘芸像是被点着了，"忽"地站了起来，不行，不行，她急切地说，我不能出差了，我得回去。

二话不说，赶紧掏出手机网购车票，却被告知无法购买，同一个人的身份证，不能购买同一时段的两张票，她必须把手中的票先退了，才能再购买，但是手中的票已经用过，是不可能再退票的，也就是说，刘芸想立刻返回，坐火车是比较困难的了。

看着刘芸火急火燎的样子，女同事又忍不住了，建议说，那只有去坐长途大巴车了。

刘芸瞥了她一眼，你好像很希望我回去哦——这话她都用不着说出来，她的眼神已经说了。

火车到了前面一站，刘芸真的下车了，坐出租车赶到长途汽车站，遇上出行高峰，排了半天队，总算买了票，等到坐上车，感觉肚子饿了，才知道已经是中午了。

折腾到家，已快到下午两点了。刘芸开门进去，一个人影迎了出来，正是王曼。刘芸有些吃惊，说，你怎么这么早就来了，不是说好下午三点吗?

王曼说，今天第一天，我情况不熟悉，怕摸不着头脑，耽误事情，所以还是早一点来吧。又说，我还以为是先生回来了呢，原来是师母，师母你不是出差吗，这么快就回来了?

刘芸说，今天不出差了，改时间了。

王曼笑着说，师母是不大放心我吧，其实你尽管放心好了，我虽然到你家是第一天，可是我做保姆不是第一天了，我有经验的，不会搞砸的。

刘芸勉强地笑了一下，到几个房间四处看看，其实她也看不出什么，只是觉得心里十分不踏实，但又捉摸不着到底是哪里不踏实，是王曼有什么不对劲的地方吗?似乎也没有。她是几证齐全的，身份证，健康证，居住证，都提供给刘芸看过，还有什么没注意到的呢?

王曼开始打扫卫生，程序很规范，一看就是训练有素的，抹灰，扫地，拖地板，刘芸看着她的身姿和动作，忽然明白到底是什么让她不踏实了。

刘芸随意和王曼闲聊说，王曼，看你很年轻的啊，要不是你自己说你有五十二岁了，哪里看得出来，你很会保养哦。

王曼抬起身子，冲她一笑，说，哪里哦，你们城里人才保养得好呢，我们乡下人，哪里知道什么叫保养。

刘芸说，可是你真不像五十出头了，你比我还大四岁，但是看起来你比我小多了。

王曼说，师母，我真的五十二了，你不相信你可以看我的身份证。

她一边说，一边真的到包包里把身份证拿了出来。

刘芸说，我是随便说说的，身份证昨天不是都看过了吗，协议书上也填了，不用再看的。

但王曼还是把身份证递到刘芸眼前，说，师母，你看看，我的照片，土鳖吧，我们乡下人，就是土鳖呀。

刘芸笑了笑说，你还知道网络语言哦。

王曼说，我不知道的，我一点也不懂什么网络的，我们乡下人，不懂那些的，那个土鳖是我女儿说我的，我也不知道是什么意思，嘿嘿。

很明显，王曼一口一个乡下人，一口一个不懂不知道，恨不得自己低到地底下去，刘芸觉得她完全没有必要这样，可没等刘芸再说什么，王曼又主动告诉她，她女儿今年上大学了。

刘芸又有些隐隐约约的感觉，不由脱口说，你女儿今年上大学，大一？十八岁？十九岁？

王曼说，十九岁，乡下小孩，读书晚。

刘芸犹豫了一下，忍不住说，我是觉得，我生孩子就已经算很晚的了，我三十一岁生了我女儿，大家都觉得我太迟了，没想到你比我还晚，你是三十三岁才生的吗？

王曼说，是呀是呀，不信你看我的身份证，上面我的出生年月，和我女儿的出生年月，就是差三十三年。

刘芸说，以前都以为，结婚生孩子，农村人要比城里人早的，你反倒比城里人还晚。

王曼说，哎呀，我这个人，命苦的，唉，幸亏我女儿蛮争气的，考上了大学，是蛮好的大学，现代科技大学。

刘芸愣了一愣，说，现代科技大学？有这么个大学吗，我怎么从来没有听说过。

王曼有些不好意思，脸红了一下，说，哦，我可能又说错了，我老是说不准她的学校，反正她那个学校蛮拗口，我一直说不准。唉，我们乡下人，没有文化，连孩子上的学校都说不清，真是丢人。

刘芸真是有一种哑口无言的感觉。

王曼又把随身带着的包包拿过来，一边翻一边说，有我女儿的录取通知书，我没有文化，我不识字，给师母看一看，你就知道是哪个学校了。

刘芸更觉奇怪，录取通知书，难道新生报到的时候学校没收走吗？王曼怎么会留在身边呢，再说了，她把女儿的录取通知书给她看，算是哪回事呢，有这个必要吗，又再想，自从她们聊开后，王曼三番几次要让她看身份证，这会儿又是女儿的录取通知书，什么意思呢？

刘芸赶紧说，别看了别看了，时间不早了，你得做事了。

王曼“哎”了一声，赶紧打水拖地板，刘芸留心了一下，拖把的水分绞得不干不湿，恰到好处，确实是个有经验的保姆。

刘芸回到自己的卧室，过了一会，王曼敲了敲门，得到允许后，她进来拖地了，她一边干活，一边又主动说，其实师母啊，其实，我还有更丢人的事情呢，我都不好意思说，是我老公，不学好，先是赌博，后来是养小三，再后来，人都不见了。

失踪了？一个大活人失踪了，可是在王曼口中，似乎没怎么当回事，刘芸不由得说，你老公失踪了，那你怎么办？

王曼说，还能怎么办，只能耗着，我们乡下人，和城里不一样的。

刘芸说，你真是乡下人吗，我怎么记得你的身份证上的地址，好像是一个什么镇。

王曼说，是乡下，不过，也可以说不算太乡下，是乡镇，其实乡镇就是乡下。

刘芸说，乡镇不是乡下，是镇，有的镇子很大，抵得上县城呢。

王曼说，是呀，我们那个镇也蛮大的。

刘芸说，原来你不是乡下的。

王曼说，嘿嘿，基本上就是乡下的。

在她们问问答答的过程中，王曼把该干的活都干妥了，时间也到了下晚，刘芸家的父女俩都到家了。

王曼进厨房炒菜，怕油烟出来，关上了厨房门，那父女俩一个德行，进门先往客厅的沙发上一倒，女儿说，老妈，你又换钟点工啦。

刘芸说，什么叫我又换，又不是我要换的，再说了，家里有个什么事情，你们两个会出面吗，还不是得由我来烦神。

那父亲赶紧朝女儿使眼色，女儿闭嘴，由刘芸继续说话，刘芸确实有话要说，有的保姆，可不是来做保姆的，是来钓鱼的。

女儿“扑哧”一笑，钓什么鱼？

刘芸还没说话，那父亲已经说了，钓男主人罢。

女儿又笑，老爸，你是一条鱼哦。

那父女俩只管傻笑，刘芸有点来气，说，你们笑得出来，要是真钓上了，就麻烦大了，不是家破人亡，就是身败名裂。她想说说自己对王曼的年龄的怀疑，还有其他的一些怀疑，一时却又不太好说出口，眼看着脸色就严峻起来，做父亲的感觉快要引火烧身了，有点不自在了，轻声说，嘿，当着孩子的面别说这些啦，难听不难听。

刘芸说，孩子？还孩子？都高三啦，有什么她不懂的？回头对着女儿问道，对了，我转给你的那些微信，你都看了没有？

女儿说，没看，我才不要看。

刘芸说，你为什么不看，这都是让你提高警惕的，现在社会上太乱了，一切都值得怀疑，你要是没有一点防范心，那可不得了。

女儿笑道，老妈哎，首先，你转给我的那些东西才是最值得怀疑的、最需要防范的。又说，还有自打耳光的特别多，今天这么说，明天那么说，到底信谁的，到底要防范谁哦。

刘芸说，反正，你得看，多看看对你有好处。

女儿懒得和她争辩，说，好吧好吧，等我有空会看的。

那做父亲的说，嘿，比我还懒。

女儿笑道，老爸，你别和我比懒，我懒得和你比。

王曼做的菜，得到父女俩一致的好评，吃得嘴巴叭啦叭啦响，从打扫卫生和下厨这两项来看，王曼确实是个合格的保姆，刘芸总算暂时打消了再继续盘问王曼的想法。

第二天刘芸去上班，一到单位，同事的另一位副处长老关就奇怪地说，咦，你出差回来了？

刘芸说，我家里有点事，小李他们两个人可以办好的，我就没去。

老关怀疑地盯着她看了看，说，你什么意思，你听到什么风声了，知道具体时间了？

刘芸知道老关什么意思，虽然正处长的人选已经没有悬念，但是老关也还没有到最后放弃的时候嘛，所以不免有些反常。刘芸不想和他提这个话题，老关偏揪住不放，穷追猛打说，是不是班子会的时间确定了，你知道了，今天？明天？所以你连出差都不出了。他见刘芸不接嘴，又说，你想多了，班子通气会，只是走过场嘛，你人在不在，有什么关系嘛。

刘芸盯着老关叭啦叭啦的那张嘴，忽然心里一动，说，哎，我想起来了，老关，你是江东人吧？

老关被她没头没脑的一问，顿时紧张起来，说，什么意思，你这时候问我是哪里人，想干什么？

刘芸说，老关，你才想多了，我家新找了个钟点工，我有些奇怪，她说是江东人，江东那不是和你老乡嘛，是江东渔湾镇的，可是我听她口音，好像不太像，我听过你跟你们老乡说家乡话，不是她那种口音。

老关说，就算是江东人，江东地方的方言也是各不相同的，乡镇和乡镇之间，都有区别，这有什么奇怪的——算了算了，我还不知道你，你是想转移话题罢。

刘芸要回避这个话题，老关却不依不饶，好像非要找出她的破绽，刘芸不由有些毛躁和焦虑起来，急着说，老关，我怎么转移话题啦，我真的请了个新保姆嘛。

老关笑道，嘿嘿，转移话题这样一点小心计，对你来说，还不是小菜一碟——他看刘芸有些着恼，赶紧又说，喔哟，你别紧张嘛，用点小心计怎么啦，用心计又不算是错误，连缺点都算不上，说不定可以算是优点呢。考察你的时候，我可没说你用心计，我要是那样说，他们会笑话我不懂规矩的。

老关见刘芸不接招，再又招惹她，嘻嘻哈哈道，刘处，你平时可是样样顶真，事事计较的，今天你左躲右闪，你失常了哦。

刘芸坐机关早已经坐出泰山崩于前而色不变的水平了，可今天不知怎么的，被老关一纠缠，居然惶惶不安起来，找了个理由，跑到别的办公室打岔去了。

等到下班回家，王曼已经在做家务了，有条有理，但是刘芸心里仍然是没着没落的不安，想了想，想出题目来了，跟王曼说，那天我看了一眼你的身份证，你好像是江东渔湾镇的。王曼说，是呀是呀，就是那个江东渔湾镇。刘芸说，恰好我单位有个同事，也是江东人，和你是老乡，但我听口音，却和你不一样，好像差别还蛮大的呢。王曼说，哦，其实我老家不是那儿的，我是后来嫁到那里去的，那是我婆家，所以我的口音不是江东口音，还是自己老家的口音，乡音未改鬓毛衰，呵呵。

刘芸愣了一愣，说，你会背古诗词，你蛮有文化的哦。

王曼难为情地笑了起来，师母，你抬举我了，我哪有什么文化，我连字都不认得几个，那是小时候听大人背的，就记住了。

其实从王曼的谈吐之间，刘芸早就发现，王曼并不像她自己说的那样，没文化，乡下人，什么也不懂之类，越回想越觉得王曼说的每一件事情，似乎都值得怀疑，想到协议书上是留下了双方身份证号码的，刘芸赶紧进房间开电脑登录身份证查询网，联系客服充值后，输入王曼身份证的号码，结果显示出来，此身份证不存在。

假的。

刘芸一直悬着的那颗心，忽然就放下来了，反而踏实了，自己的疑心并不是多余的。她从房间出来，没有直接问王曼，只是说，王曼，你的身份证，是丢失后补办的吗？王曼也不慌张，坦白说，师母，对不起，我的身份证是假的。

不等刘芸回过神来，王曼就告诉她，她曾经被骗入传销，一进去身份证就被强行收走了，后来她设法逃了出来，但是身份证拿不到了，重办身份证必须回老家去办，很麻烦，有个老乡告诉她，在城里做事，弄个假的就行。她就弄了个假的，这几年，一直是用这张假身份证的。

刘芸气得一迭连声地追问，那，那你也不叫王曼是吧，那你的真实的名字叫什么？那你到底是哪里人？那你家里到底是什么情况，那你的丈夫真的离家出走了吗，那你的女儿真的是大学生吗？那你——

看着王曼的微笑着的脸，她停住了。

连身份证都是假的，其他这些是真是假又有什么意义呢？

刘芸感觉被一个保姆玩了一把，虽然没有出什么大问题，但似乎有点咽不下这口气，于是气呼呼地说，你身份证是假的，你怎么一点不心虚，还老是要拿出来让我看，你拿着假身份证倒很硬气，你是欺我看不出真假？

王曼又笑了起来，师母，其实我知道的，你们城里人，是相信身份证的，我在前面的人家做，他们只要看到我有身份证，就相信我了，家政公司也是的——当然，如果反过来说，如果不相信身份证，那相信什么呢，只能相信我说的了，可是我说的话，你们是不会相信的呀。

刘芸一一回想她对王曼产生的所有的怀疑，又忍不住说，难怪我感觉你年龄不对，你的年龄也是假的吧？王曼说，师母，你放心，我虽然冒充了年龄，但是我没有坏心思，因为你跟家政公司说，需要五十出头的，我就说我五十出头，如果别人家需要四十出头，我也可以说我四十出头，其实年龄不重要的，重要的是我干活干得你们满意不满意，对吗，师母？

刘芸明明很生气，却又觉得完全无话可说，王曼说得有错吗，你请钟点工，不就是让她来干活的吗，她如果干活干得不错，又不做什么坏事，你还能说她什么呢？

但刘芸还是咽不下这口气，哪有拿着一张假身份证却如此理直气壮的，刘芸抢白她说，那你的口袋里，恐怕有好几张身份证吧？

话一出口，才发现自己真的很傻很天真，几张身份证，一堆身份证，对他们这些人来说，不是很简单很正常的事情吗？

王曼说，师母，我知道你一开始就不太相信我，现在知道我的身份证是假的，你会更加怀疑的，那这样好不好，我把我的真实姓名，地址，联系方式都写了下来，你可以去核对一下。

刘芸没再说话，她实在是没什么可说的了，身份证都可以是假的，其他还有什么可说的。王曼肯定是不能留了，尽管看起来她还是蛮真诚，而且很适合做家务活，但是留下她来实在太冒险了，安全第一，这是刘芸永远牢记的宗旨。

王曼很机灵，她也知道自己留不下来了，爽快地交了钥匙，只是略有些遗憾地说，师母，其实我没有问题的，我不是坏人，我只是身份证没有来得及补办。

最后她走了。

那父女俩回家时还问，保姆人呢？刘芸告诉他们，王曼是个假的，不能用了，走了。又说，好险，所幸我眼睛凶，警惕性高，盘问出真相来了。

反正家里一切都是任由刘芸做主的，走人还是留人，那父女俩完全没意见，只是关心明天回家晚饭怎么办。刘芸说，明天再去家政公司罢。

第二天一大早，刘芸本想打个电话去请半天假，结果领导的电话已经先到了，让她立刻去单位，要谈话。

根据领导的急切的口气推测，刘芸感觉是提拔正处的事情有进展了，情况报告表交上去有一段时间了，现在估计是审核过了，那就是铁板钉钉的事情了。

刘芸尽量保持平静的神态进了领导办公室，从副处到正处，她整整熬了十年，更何况这一回是五人争抢一个位置，容易吗？看着领导微笑的脸，她差一点就提前把感谢的话说了出来。

可是领导微微一笑之后，脸色却有些暧昧起来，说话也不那么直接了，转弯抹角的，但是刘芸太机敏了，机敏的她一下子就听出来，领导这是在让她做好思想准备，这个正处的位置，暂时不能考虑她了。

刘芸顿时急了眼，急得说，为什么，为什么，哪里出问题了？不都已经——难道因为那天出差途中我回来了吗？既然刘芸已经领悟到了，领导也就不再遮遮掩掩了，直截了当地说，跟你出差不出差没关系，是你填的表出了问题，我再三跟你们说，今后填表，一定要如实填写，一点都不能有差错，无论你家有多少房，多少钱，无论你家的人是干什么的，无论你有过什么样的经历，只要没有发现你违法违纪，组织上都不会找你麻烦的，但是如果你不如实填，就是对组织不忠诚，组织就不相信你了，你就out了，你看看，是你自己误了自己吧。

刘芸冤啊，急得说，我都是如实填写的，没有一项是虚假的，我保证，我向组织保证——你们觉得哪一项有问题，我可以说清楚。

领导哀叹了一声说，不是哪一项有问题，是好多项都有问题，而且都是关键性的大问题。领导见刘芸完全愣住了，又说，这么说吧，就是你这一回填的情况报告表，和你的实际情况，也就是你档案里的情况相差很大，相差太大，我们帮你说话也没有用，上面不认。

刘芸整个蒙了，怎么可能，她从来没有想在填表的时候向组织上隐瞒什么，怎么会和档案里的内容不符合呢，刘芸急得脱口说，有人改了我的档案？

领导反而笑了起来，说，你想多了，这怎么可能，你自己也做过人事工作，你觉得别人随随便便就能改你的档案吗？私改档案可不是一般的问题，搞不好触犯法律的，谁敢？

刘芸急着想解释，可是领导朝她摆了摆手，现在的话语权，在领导那里。

你的年龄，前后居然差了四岁，人家说了，有差一两岁的，组织上虽然不能认同，但多少还是可以理解的，可能是阴历阳历搞混了，差四岁，没见过，他们说，搞了这么多年干部工作，还是头一回见，你也太荒唐了，改年龄怎么一下子改四岁呢？

还有，你的家乡明明是江东，你明明是江东渔湾镇人，你为什么要填长平？我现在想起来，以前单位就有人议论，说你的口音像是江东人哎——你以为你普通话说得很标准，其实江东口音是很难藏起来的。

还有，配偶这一栏，也很滑稽，你自己难道不知道你老公是干什么的吗——你看看，这些内容，是作为一名干部——哦，哪怕不是干部，哪怕是个普通群众，也是最基本最起码的信息，这都搞错了，你这个人还值得信赖吗？你觉得冤枉吗，但是你说得清楚吗，你必须得说清楚呀，不光要说清楚，还得有人证物证来证明你说的是事实，所以说，这一次，恐怕是来不及了，肯定是来不及了，讨论人事的会议今天下午开，你只有小半天时间，确切地说，还有三个多小时，你来得及把这些都证明了吗？

领导真是恨铁不成钢啊，领导说，你的优点，大家都知道，也都承认，无论对人对己都严肃认真，一丝不苟，不允许差错，哪里想到，到头来你把自己都差错成了另一个人。

刘芸一直张着嘴，她是想说什么的，却什么也说不出来了。

最后领导长叹一声说，真是老话说得好，知人知面不知心啊，我和你同事都二十多年了，我还不知道你有过曾用名呢。

刘芸说，我哪有什么曾用名，我一直就叫刘芸呀。

领导说，可是你档案里的第一份材料，也就是你的入团志愿书，那上面，你填的名字叫王曼，三横王，曼妙的曼。

你的位子在哪里

六点差五分钟。

办公室只剩我一个人，想溜的都提前溜了，我也想溜，可我不溜，因小失大的事情我也做过，可是吃一堑长一智，我的智就是这么长起来的。

我们主任最擅长的就是突击查岗，在你不防备的时候，他就来了。有一次查岗的电话就在下班前一分钟打过来，那时候我刚关上门到走廊上，隐约听到办公室电话铃响，我还是蛮小心的，赶紧回来，电话已经挂断了，我还谨慎地看了一下来电显示，是个陌生号码，就没有回拨过去。

这就给逮住了。

我还是嫩了。

后来主任说，你可别说你是提前一分钟离开的，反正我没看见，我也不会相信你，我只相信事实，事实就是当时你不在办公室。

我又不笨，学得乖，下班不贪那几分钟的便宜，但是同样还是会有漏洞的，比如又一次主任生病住院，我前脚去医院看过他，后脚出了医院我就拐到朋友的茶室去了。

刚刚坐定茶还没泡开，手机响了，是办公室来的电话，一接，居然是主任他老人家的声音，我大惑不解，一下子对时间和空间起了疑心，我说，主任，你什么意思？

没什么意思。

只是因为我去医院看望主任的时候，主任已经办了出院手续，但他没有告诉我。等我一走，他就出院回到单位去了。

事情就是这么简单和正常，没有变异，没有时间错乱，也没有另外的空间。

但是我又给逮住了。

其实在单位里我算是比较安分守己的，至少表面上是这样，这都被逮了几回。冤吗？不冤的。给逮住后，主任是不会客气的，他当着其他部下的面，直接给我上药。我这人虽然不算太爱面子，但我好歹是个副主任，毕竟脸上有些挂不住。以后我就常提个小心了，常捉摸主任的心理，会在什么时候突击查岗，至少我知道，就下班前这几分钟，必定是最危险的时间段。

这两天主任陪着局长出差在外，那是山中无大王，也无二王了，小猢狲纷纷逃走，但我不会逃的。我时刻准备着。

这么想着，我又下意识地瞄了一下墙上的钟，六点差三分。

电话响了起来。

电话果然响了起来。

事先我早想好了，我接了主任的电话，我会说是呀，小张小王小李小什么什么都走了。我干吗不卖他们一下。

我真庆幸自己没有提前几分钟离开，赶紧提起话筒，却不是主任，是一个很刻板的声音，只有三个字，接传真。

我揿下传真键，嘎嘎嘎传真件就来了，取来一看，顿时头皮一麻。

明天上午重要会议，要求各单位一把手参加，不得请假，下班前报名。我又看了一眼钟，六点差两分，下班前报名？还有两分钟？这是什么节奏？我心里一喜，差点笑出声来。我虽然觉得有点可笑，但我的思路还是清晰的，赶紧给主任打电话，电话叫了半天，主任才接了，听得出来主任很不高兴，说，你不知道我今天在干吗吗？有多急的事非要这时候打来？

我赶紧说事情是很急的，只剩一分钟了，可不敢耽误，尽量简洁地汇报，明天大会，要一把手正局长参加，不得请假，今天下班前报名。

那头主任愣了一下，爆了粗口，说，操，现在几点了？今天下班前报名？

我赶紧捧他说，对的主任，是今天，是今天，还有半分钟。

主任一愣之后忽然笑了起来，他又反过来问我说，你觉得局长能赶回去参加明天的会吗？

当然不能，局长今天陪着首长在基层搞调研，那个基层是真正的基层，十分偏远，是首长亲自指定的，真正的下基层，而不是到近郊走马观花一下。

就算一夜不睡，驱车赶回来，但总不能把首长抛在基层吧，所以局长是无论如何不可能参加明天的会议的。

我请教说，那怎么办呢？那么主任你呢，你能赶回来吗？

主任气得说，你说呢？亏你问得出口，我把局长一个人扔下我回来？

主任都没有办法，我能有什么办法，只好给那边的值班室打电话，替局长请假，理由是局长陪同上级领导在基层搞调研，那边只听了“请假”两字，立刻问，请假？你局长去的哪个基层，是在国外吗？

我哪敢说谎，老实报告，不在国外。

那边说，只要不在国外，都必须赶回来参加，不允许请假。

电话挂断，我又能怎么办，重新再打主任，再问怎么办，主任说，还能怎么办，替会罢。

我才当上副主任不久，还没机会处理替会这样的事情，得问清楚，替会？谁替？

主任说，还能有谁，副局长罢，你找找看，哪个明天空着的，哪个替。

我遵命，一一找了副局长，结果是四个副局长三个没空，唯一一个空着的，却是个老油条，还老资格，不买局长的账，打官腔说，嗯，现在是不允许替会的哦，要不就报我的名字，否则我不替会。

但是办公厅值班室那边不要他的名字，只要一把手局长的名字。

问题再一次抛给主任，主任候在首长和局长身边，应该是紧紧闭嘴、无声服务的，偏偏我不停地打他电话，好像显得他比局长和首长还忙似的，主任火冒三丈了，说，没人去，你去！

火冒虽然火冒，但事情还是要关照到位的，否则会出纰漏，所以又补充说，报局长的名，你去。不等我有什么反应，他又再吩咐，记住，到会场不要和别人说话，低头，低声，低调，现在替会抓到了是要处分的。

替会处分，也处分不到我，所以我有心情跟主任调侃，我说，我可以低头低声低调，低什么都可以，但是我的脸长在这里，我又不能戴面具，万一有人认出我来怎么办？

主任失声一笑，说，会场那里都是各单位一把手，你觉得他们会认得你吗？

可是我还有疑问，我说，但是他们应该认得孙局长呀，坐在那里的不是孙局长，他们会不会——

主任打断了我说，你想多了。

事已至此，我当然得接受事实了，赶紧打电话报名，再看一眼墙上的钟，早已经过了下班时间，当然那边值班室并没有下班，他们正等着各单位报名呢，接到我的电话，听到了“孙子涵”三个字，没半句废话，电话就挂断了。

可能是因为主任的一再强调，替会的事情倒成了我心里的一团疙瘩，晚上也许还做了梦，梦见自己找不到会场，迟到了，本来替会这事情就见不得人，我却在那么多人的注视下走进会场——无论我有没有做这样一个梦，反正我醒来的时候，感觉心脏在怦怦乱跳。

因为怕迟到，早早出了门，结果到得太早了，我先依着别人的样子，先到报到桌那儿领取了会议须知和座位表，却没敢先进会场去，躲在外面一个角落，假装打电话，一边装出一副很忙很着急的样子，一边将座位表看仔细了，直到第一遍铃声响起，才匆匆进会场，迅速找到自己的位子，刚要落座的时候，后排的一个人伸出手和我握了一下，前排的一个人回头朝我摆了一下手，打过招呼。

位子的左边是过道，右边的这个人，正用笑脸迎接我的到位，我心不免一慌，回了一个尴尬的笑容，还好，会已经开始了。

领导讲话进入到三分之一以后，大家开始放松一点了，有的喝水，有的看看手机，有的翻会议手册，也有低声交头接耳一两句的，我可没那么自在，从坐下来以后，我就感觉自己的右半边身子的肌肉特别紧张，好像我的右侧不是坐了个人，而是坐了一头野兽，随时可能扑过来咬我一口。

我悄悄地把会议须知和座位表对照了一下，知道这个名叫许长明的人，是某单位的一把手局长，不过我可不敢和许局长的目光有一点点接触，如果都是各单位的一把手，他们之间应该是认得的，所以许局长肯定知道我不是孙局长。

这可是一个最重要最关键的问题，主任不仅没有教我，还让我不要多想。

也许替会是个心照不宣的事情，大家都能体谅，所以整个会议期间，许局长并没有再和我多说什么，只是偶尔朝我笑笑，像是很宽厚的那种笑。

我心存感激，本想套个近乎，感谢几句，但是一想到主任提醒过言多必失，赶紧忍住了，闭嘴听会。

终于熬到散会，继续牢记主任教诲，低头冲出会场，果然十分顺利，大家都走得匆忙，没有人再和我点头握手。

隔了两天，局长和主任回来了，我以为主任会了解一下替会的情况，主任却始终没有提起，大概忘记了，或者并不算什么事情，不值得重新提起。

过了一阵，我在机关大院里走路，听到身后有人喊，孙局长，孙局长。反正我又不是孙局长，没当回事继续往前走，结果喊的那个人追上了我说，咦，您不记得我啦?

旁边路上走着的几个人，朝我们点头，微笑。

我有些迷糊了，我确实不记得这个人。这是我的一大弱点，基本上是个脸盲，有的人明明见过多次，但如果此人长相普通，没有什么特别的地方，我都记不住。这可是得罪人的毛病，只是自己没有能力改变，我也曾了解有没有办法克服脸盲的毛病，上网一查，网上办法多得是，千奇百怪，但是试下来一个也不管用。幸好我在单位不是负责接待工作，做后勤要好多了，反正都是为自己单位的人服务，不需要去记住什么新面孔。

所以，现在这个人虽然站在我面前，像是老熟人，很亲热，我却完全不记得他。

这个人就笑了，说，孙局长，那天会议结束，您走得快，我还没有来得及谢谢您，您知道我是替会的，却没有戳穿我，孙局长，您是位厚道的领导，不多见。

我肯定是张口结舌，一脸死相，因为我实在不知道说什么好，说，我也是替会的？不行，主任的教导牢牢记住，打死也不能说。那么，说，不客气，应该的。那就等于认了自己是孙局长，而且是一位难得的厚道的领导，那岂不是在替会的基础上向假冒又迈进了一步？可是，我如果坚持不说话呢，那个假许长明就一直盯着我，笑，套近乎。

我只能来个死不认账，赶紧说，你认错人了，我不认得你呀。

假许长明又笑了，他真是喜欢笑，他笑着说，哎哟，孙局长，我又不是有什么事要麻烦您，我只是谢谢您而已。

我说，我确实不太记得，我记性不好。

假许长明也不勉强我，反而顺着我的口气说，哎呀，您这是属于脸盲呀，我呢，恰好相反，我记性特别好，尤其是记人的能力特别强，差不多就有超忆症那么厉害，不管什么人，我看一眼就永远不会忘记，那天开会，我们紧挨着坐了半天呢，我怎么会忘记您呢。

我被他缠上了，有一种逃不过去的感觉，差一点脱口坦白说，我也是替会的。可是话到嘴边，惊出一身冷汗，收了回去，紧紧闭上嘴。

假许长明显然性格蛮开朗，虽然碰到一个记性很差的“领导”，他却一点也不在乎，临走时又紧紧握了我的手，说，没事的，没事的，不认得也无所谓的。

等假许长明走后，我松了一口气，这才慢慢回想起来，这就应该是个替会的，虽然开会那天我大气不敢出，不敢正眼看人，也无法知道旁边的许局长是什么作风，但是刚才面对的这个假许长明，看起来确实是个假的，这么主动热情，才不像领导的派头。

幸好自己牙关咬得紧，没有暴露，否则以这个假许长明如此开朗，不定哪天一顺嘴就把我卖了。这时我一抬头，发现道上有个陌生的人正朝我笑着，我吓了一跳，赶紧扭头走开了。

好在我记不住人脸，那张令我有些懊恼的脸，很快就被我忘记了。

过了几天，碰到另一个单位管后勤的同志，我们工作上有来往，比较熟，他跟我说，哎，孙主任，听说你们孙局长，架子蛮大的，别人和他打招呼，他爱理不理。

起初我听了也没当回事，局长有点架子，那也是正常，怎么说得那么严重呢。那人又说，听说他以前还是可以的，是不是最近要想提没提起来，所以情绪不佳噢。

其实最近一阵，在办公室里，也听到同事私下里议论，说孙局长最近心情不好，机关大院有不少人在背后编派他，说他架子大，眼睛长在额头上，目中无人，别人和他打招呼，他都不理不睬，甩手就走，等等。

不知怎的，我心里隐隐有些不安起来，但我又觉得奇怪，这种不安从何而来呢，人家又不是说的我，难道因为我也姓孙，我还真以为自己是孙局长了。

我呸。

我呸了自己一口后，做回了自己。

晚饭后，我老婆要去遛狗，我也乘机去朋友家走动走动，两人一起下楼后分头而去，刚走了几步，就有个人迎面过来，站定在我面前，我不认得他，但这个人停在我面前，恭恭敬敬地喊了一声孙局长好。

我可吓得不轻，没理他，赶紧走开了，一边走一边回头看老婆，还好，老婆牵着狗往前走呢，并没有在意身后的事情。

这天晚上回家晚了一点，我打算着看老婆的脸色了，结果却发现老婆的态度很好，一点也没有责怪我晚归的意思，十分和颜悦色，还体贴地说，天冷了，用热水泡泡脚吧，有助睡眠。就自说自话替我打了一盆水来泡脚，差一点就要帮我脱鞋脱袜子了，我实在受宠若惊，有点不适应，赶紧说，我来，我自己来。

我们夫妻之间可真是有时间没有亲热了，我有想法的时候，我老婆不是来例假，就是没情绪，每次都推三托四，今天我老婆等我泡过脚，就主动暗示要过夫妻生活，我真是十分惊喜，这种惊喜一直持续到第二天早晨，我从梦中醒来，听到我老婆在批评孩子，让她动作轻一点，说这么大的孩子，都不知道心疼大人，你爸还没醒呢。女儿说，咦，妈你以前不是让我有意弄出动静把老爸轰起来的吗？她妈妈说，以前是以前，现在是现在。女儿哼了一声说，我晕。出门上学去了。

我老婆的满面春风，让我越来越不安了，后来我终于忍不住了，提着小心说，你是不是有什么事、是不是有什么事情瞒着我？

老婆笑道，是我有事情瞒着你，还是你有事情瞒着我呢——孙局长。

这下我真急了，赶紧说，你别瞎说，你别瞎喊。

老婆仍然笑，嘿，你还瞒着我，我早就知道了，那天在小区里溜狗，我就听到有人喊你孙局长了，你那德行，我还不知道你吗，文还没下来是吧，文没下来，你是决不会说出来的。

我能怎么样，我肯定又是张口结舌。

我老婆说，本来一大家子亲戚朋友都要来家给你庆祝的，我劝住了，你是非得亲眼看到那张红头文件才肯说出来，就等一等你吧，嘿嘿，你知道他们说什么，他们都夸你素质好，有教养，不骄傲，低调，这样的素质，别说局长，再往上升的空间也很大噢。

我赶紧抓起手机出门上班去。

我知道是那个假许长明惹的事，就一直跑到他单位找他算账去，到了门口，站在人家门卫室里，人家问，你找谁？

我这才愣住了。

我要找的人，我并不知道他叫什么名字，许长明并不是他的名字，他只是一个假的许长明。

但是除了许长明，我又不知道他们这个单位其他任何一个人的名字，尴尬了半天，只能说，我找许长明。

两个门卫的脸色都严肃起来，其中一个说，许长明是我们局长，你是谁？你和许局长有约吗？

没有约。

没有约恐怕不行，我们局长很忙的，一般事先没约的人，没有时间接待的，何况今天、今天局长好像在外面开会，没来局里。

门卫很机灵，一句话说了几层意思，总之他是告诉我，无论如何我是见不到许长明的。

我只得另外想办法，改口说，哦不，对不起，我刚才说错了，我不是找许长明。

那你到底找谁？

我找、找那个、那个假许长明。

假许长明？门卫咧着嘴大笑了起来，有这样的名字吗？四个字的名字，姓假吗？

另一个门卫没有笑，板脸了，严厉地说，你到底是什么人？来捣乱吗？

我赶紧把工作证拿出来给他看，这个门卫仍然警觉地盯着我的脸，两手反背，不接我的证，另一个停止了笑，接过去看了看，说，哦，是某某局的，还副主任呢。

他们这才相信我不是来找事的，后来就打电话进去了，说，有一个人，是某某局来的，要找许局长，但是没有预约，他也不说什么事，能让他进去吗？

电话那边说了些什么，看起来是对我有利的话，因为这边门卫的态度好些了，放下电话说，你进去吧，到二楼，找办公室钱主任。

我赶紧到里边二楼，很顺利地找到了办公室的钱主任，钱主任说，你要找我们局长？你认得我们局长吗？门卫说你没有预约？

我已经学乖了，我直接说，我找假许长明。

钱主任张着嘴，无声地笑了笑，说，我们单位没有假许长明，别说我们没有，我想哪个单位也不会有姓假的人哦。

我强调说，有，肯定有，我见过他，我认得他。

钱主任态度十分诚恳，说，我们的办公室都在这一层，要不，你一间一间地看一下，有没有。

钱主任不仅说了，还陪着我一间一间办公室看过来，虽然我脸盲，看不出这些人里有没有假许长明，但是假许长明却是个超忆，他如果看到我，一定能认出我来，他又那么热情，一定会主动上前相认，所以我尽可能把自己的脸放到每一个陌生人的眼前。

但是始终没有人认得我，更没有人承认自己是假许长明。

眼看着一间一间办公室都走完了，我有些急了，我对钱主任说，肯定有的，肯定有的，就是那天开会，你们许局长没有去，他去替会的，他是假许长明，后来他还到处乱喊我孙局长。

我这话一说出来，一直很和气的钱主任一下子翻了脸，说，你说话要负责任哦，替会？我们单位从来没有替会现象，许局长每次都是自己亲自去开会。

钱主任这么理直气壮地一说，我确实被镇住了，有些蒙了，我挠了挠头，嘀咕说，那，难道那个假许长明不是假许长明，而是真许长明？一边嘀咕，一边我脑洞开了，赶紧对钱主任说，那你让我去见见你们局长吧。

钱主任犹豫地看了看我，说，你又不认得我们局长，你要见他，什么理由？

我只好说，我也是没有办法的办法，既然找不到假许长明，我就看看你们局长，真许长明。

钱主任又是无声一笑，还耸了耸肩，我知道他不可能让我越过他这道关去找许长明，但是我也是固执的，我又是灵活的，我还急中生智了，我抓起钱主任办公桌上的一份材料，就进局长室了。

我进去就说，许局长，钱主任让我送一份材料给您。一边说，我一边紧紧盯住许长明的脸，可惜的是，我看了也等于没看，因为那个开会的许长明脸上没有什么明显的特征，而眼前的这个许长明脸上也同样没有明显的特征，所以我一点也吃不准，不知道到底是不是他，现在我们两个人，脸对脸，眼对眼，就这样，许长明也没有认出我来。

许长明显然对我这个假部下没有察觉，也没有看一眼我送的是什么材料，他倒是对我说的钱主任让我送材料这话愣了一愣，说，哦，钱主任回来了。

我也没听懂这是什么意思，钱主任就已经追进来了，连拖带拉把我弄了出来，说，好了好了。你已经见过我们局长了，你还想干什么？

我说，如果不是这个许长明，那就必定有另一个许长明。

钱主任听我这么说，完全不能同意，反对说，我们单位怎么可能有两个许长明，就算原来真有另一个人叫许长明，但是我们局长叫了许长明，他也会改名的，所以，我们单位不可能有两个许长明。

我尽量保持着耐心说，我不是说你们单位有两个许长明，我是说，你们单位可能有一个真的许长明和一个假的许长明，那天开大会，席卡上写的许长明，但是座位上坐的不是许长明，是假许长明，你们替会的那个人，就是假许长明。

钱主任真生气了，急切地说，不可能，绝对不可能，我告诉你，我再对你说一遍，说三遍，说一百遍：我们单位从来没有发生过替会的事情。

他一着急，也急中生智了，他知道反被动为主动了，他盯着我看了一会，怀疑说，你不是某某局办公室的吧，你是机关工委的？

不是。

纪委的？

不是。

机关作风建设暗防组的？

真不是，我就是某某局办公室副主任。

那你到我们单位找什么真假许长明？我们许局长碍你什么事？

我也感觉自己语塞了，因为再说下去，只有暴露自己替会的事情了，我可不傻，以眼前的情况看，就算我坦白了我自己，人家也不会承认他们替会。

最后钱主任说他头都被我搞昏了，他甚至怀疑我有病，不容我分说，把电话直接打到我单位办公室去了，问我们主任，你那儿有没有一个姓孙的副主任，此人有没有病。

我听到电话里我们主任的声音了，他还是向着我一点的，说，是孙建中？除了不靠谱，其他倒没有什么病。

这边钱主任还在疑惑，我主任电话就来追我了，说，单位这么忙，你还有闲暇跑别处去瞎逛，赶快回来。

我走出去的时候，听到背后有人在笑着说，小金，你小子冒充钱主任比钱主任还钱主任哟。

连这个钱主任也是假的？

要我？

要就要吧。

我回到单位，刚进办公室，主任就冲我说，你混到那边去干什么，怎么，想攀高枝啦？

我撇了撇嘴。

我估计主任会和我计较一下，结果主任却说，生命太短暂，我没时间计较你，他真没跟我计较，直接交给我厚厚一叠需要填写的表格，指了指说，这些，这些，所有这些，都填0，记住啊，是零啊，我们单位什么也没犯啊。吩咐过还不放心，又补充说，你填好了让我看一下再报上去。

我所填的表格，其中有一栏就是自报替会现象，本单位一年有几次替会，是哪几次，是谁替了谁参会。

我毫不犹豫地填了0。

据说在最终的统计结果里，这一项，所有单位都填了0。

在全机关的年终总结中，重点表扬了会风的改进，其中之一的替会现象，从去年的大大减少降低，到今年的全部绝迹，总数为零，实现了巨大的飞跃性的进步。

新年伊始，又要开会了，孙一涵局长又出差了，而且是刚刚出发，虽然已经通知到他本人，他本人也确实不想再让别人替会，正在往回赶，但是恰好遇上雨雪天气，能不能赶回来还说不准，这边得做两手准备，报孙一涵的名，替会的人随时准备替会。

主任终于想起了去年我替会的事情，与其去厚着脸皮麻烦其他副局长，不如仍然派我去。

我去就我去。

虽然这只是我生平第二次替会，却已经熟门熟路了，我坦然得好像我真是孙一涵局长。

前排和后排，有人和我握手、微笑，我旁边座位的席卡上仍然写的是许长明，许长明仍然朝我笑着，只是我并没有认出这张脸，毕竟可能只是去年一起开过一次会，可能后来在路上偶遇过一次，也可能在他们单位看过他一眼，都只是可能而已，对于这样一张普通的平常的脸，我这样的脸盲，是不可能记住的。

认得出认不出并不碍事，反正他叫许长明。

不管这个许长明是真是假，我都笑着和他打招呼，许局长好。许长明也回应我说，孙局长好。

我从容坐下，离会议开始还有几分钟，我们聊了一会天。许长明说，现在会真多啊。我说，是呀，一个会连着一个会。我们深有同感。

在离开会还剩一分钟的时候，孙一涵局长匆匆赶到了，他在会场的过道里远远地已经看到前面他自己的座位了，可是座位上却已经有人坐着了，从背影看，孙一涵局长看不清他是谁，只是看到他和旁边的人有说有笑。

孙一涵局长顿时蒙了，有些不知进退，会务工作人员眼看着主席台上领导已经就座，第二遍铃声都响了，孙一涵局长还傻傻地站在走道中央，赶紧把他拉出来，说，你哪个单位的？你的位子在哪里？孙一涵局长仍然蒙着，想了一会才说，我？我好像没有位子。

孙一涵局长被请出了会场。

合租者

房东是一对老夫妇，蛮节俭的，他们自己住在旧陋的平房里，用积蓄了一辈子的钱买下一套两室的公寓，后来拿出来出租。

无疑，这是他们为自己的孩子准备的房子，可是他们的孩子不愿意在家乡生活，他在其他的某个地方，租房过日子。

后来我就从其他的某个地方来了。

房东对我还算满意，可能因为我和他们的孩子差不多，是一个生活在异乡的合租者。

当然，虽然我和他们的孩子差不多，可我不会指望他们把我当成他们的孩子，他们也没有这个打算，在和我谈租金的时候，一分没让。

他们很细心，列了一张长长的手写的清单，把屋里能够列上的物品全部都列上去了，甚至连一只烟灰缸也写在上面。也就是说，如果在我离开这里的时候，这个烟灰缸不在了，我得赔偿。

我欣然答应。

所以，你们也看得出来，房东能够接受我，主要还是因为我这个人人品不差，聪明伶俐，鉴貌辨色，见风使舵。

不过，这一切并不是我和房东直接面谈的，现在处处都有第三者，房屋中介包办了房东和房客之间的一切磋商和对话，包括房东对我比较满意，也是由他们转达的。

我并没有见过房东的面。

没必要。

中介小张穿着蓝色的工作服，胸前挂着工作证，像大公司的白领，其实他那个中介，也就是通常我们在路边看到的一间小屋两三个人的节奏，不过我并没有瞧不上他的意思，就我这样，还挑中介？我没那么任性。

我并不是房东的第一个租客，我进来的时候，两居室中的另一居已经有人住了，他手里也有一张相同的清单，也就是说，我们两个，得共同守护这些物品。

许多人都认为合租没什么好结果，可是我们这样的人，不合租难道还想独住么，或者难道还想有自己的房子么，那真是想多了。

无论会有什么样的结果，反正我是住下来了，也果然不出许多人所料，不多久，那个先于我进来的合租者就消失了，我都没来得及和他攀谈些什么内容，我只是偶尔知道了他的名字，是从中介那儿听来的，我们在合租屋里碰面的时候，我喊过他名字，他回头朝我看看，并没有否认，但也没有明确应答。有一天早晨我们抢卫生间的时候，我曾问他是哪里人，他说，口音听不出来吗？我真听不出来。所以我一直也不知道他是哪里人。又有一天我试探他说，看起来我们年纪差不多大吧。他笑了笑说，你照照镜子再说吧。

话语短暂而铿锵有力，是个男子汉的样子。

和他比起来，我就显得有点娘娘腔，问人家年龄家乡之类的，干什么呢，问得着吗？

你们可能猜错了，他走的时候，并没有顺走房东的任何东西，也没有顺走我的什么东西，更没有拖欠房费，所以他走得很正常，我之所以说他“消失”，是因为他走之前没有跟我打招呼，但是，他跟我打得着吗？

据说有的合租者相处得很融洽，搞到最后像一家人了，搞到一张床上的也有；而另一些合租者，则正好相反，虽然天天见面，却等于对方不存在，或者是警惕性太高拒绝交流，或者是个性太各色不愿交往，也或者有其他什么原因；也还有少量的合租者，最后合出祸事来了，对于这种事情，我会设防的。

无论怎样，我的第一位合租者都没有来得及在我面前展示他的个性，他只给我留下了一个名字。

他走了以后，征得房东和中介同意，我搬进了他的房间，他那一间有阳台，敞亮多了，我把自己的笔记本电脑搁到桌上，正在调试的时候，桌上的座机电话忽然响了起来，把我吓了一跳。

我想不通啊，这台座机老旧老土了，推理起来应该是房东原先安装的，可是现在哪里还有人用座机，无论甲方乙方丙方，登记的都是手机，座机应该早就停机了，怎么会有人打通这个电话，一个落满灰尘的电话居然还真的会响起来？

我接起电话，果然那边有人，那边的人说，啊哈哈，黄瓜，你在家啊。我无法立刻解释我不是黄瓜我是谁，我还没想出来我该怎么回答他，他又抢着说，不说话？别装蒜了，黄瓜就是黄瓜，腌了你是酱黄瓜，煮熟了你是烂黄瓜，你装不成蒜。我暗想在我面前“消失”了的那位租客也不姓黄呀，长得也不怎么像黄瓜，怎么会有个绰号叫黄瓜呢。我正思忖琢磨呢，那边的人又说了，喂，黄瓜，我呼你十几遍，你都不回我，咋啦，呼机坏啦？

这句话把我吓着了。

呼机是个什么东西，我没见过，但我还算有点知识，知道那是从前曾经的用品，那时候好像还没有我呢吧。你们替我想想，我生来胆小，还娘娘腔，又敏感，这样的台词顿时令我想起那些悬疑片来，我看过一个叫《来访者》的，某人接到了一个来自过去的电话，而且是来自过去的自己打给现在的自己，编导们真是挖空心思想得出来，够骇人的。

我哆嗦了一下，提着小心脏问道，你，你从哪里打来？那边说，什么？你从什么？什么意思？我再小心试探说，你，你是在从前吗？对方骂人了，你不是黄瓜，你谁呀？我告诉你，我不姓再，天下有姓再的人吗？你神经病。

挂了电话后，我胆战心惊了一会，鼓起勇气再去抓话筒，我可以给自己的手机拨一个，如果拨通了，说明这个座机并没有废弃，为了证明自己的听力没有问题，我特意咳嗽了一声，清清耳朵，话筒里顿时传来畅通的长音，犹如音乐般悦耳动听，我的手机也很给面子，同步响出了另一个动听的旋律。

座机电话是可用的，这让我怦怦乱跳的小心脏稍稍恢复了一点正常，既然能用，那这个“黄瓜”也许是我的前前住户呢，或者是前前前前呢。

反正现在一切都快，租房的人动作快，换房的人动作也不慢。

我把这个座机电话的事放下了，反正我也不会去使用它，现在的人一般都不愿意接陌生电话，尤其不接座机电话，防骗防诈防朋友。

现在合租房真的好租，没过几天，另一间屋的新租客已经到位。那天由中介领着进来，新租客和我客气地握了握手，说，我姓黄。

我差点以为他就是那个“黄瓜”，当然我很快知道自己把时间顺序搞错了，我更没有把“黄瓜”的事情跟他说，我们没那么熟，今后会不会熟起来，我不知道。

有一次我下班回来，发现姓黄的合租者居然在我的房间里使用那个座机电话，看到我回来，他并没有慌张，也不解释什么。我肯定有点不爽，我说，咦，你怎么到我房间来了。他无所谓地笑笑说，我打电话呀。我说，那你是怎么进来的？他仍然很无所谓，说，我就是这么进来的，哦，我是走进来的。

可我的房门是锁着的，难道他居然——我有点来气了，你撬了我的锁？

他见我有点发急，笑呵呵地说，没有没有，不是撬锁，你这个锁，根本就不用撬的——他指了指我的门，仍然笑道，你上当了，这种门锁，早就out了，用根铅丝拨一下就开了，锁了等于没锁。

我晕。

他真是满不在乎，他还希望我不要在乎，所以又跟我说，哎，你别以为门锁了别人就进不来，开锁其实并不复杂，很多事情也一样，别想那么复杂，本来很简单。

我气不过说，你经常简简单单开别人的锁吗？

他听不出我在生气，还笑着说，那倒也没有，不需要，也没那么多的机会，不过合租的人，那无所谓的，本来算是一家人嘛，甚至就像是一个人嘛。

我反而被噎住了，他都这么无所谓，我能跟他计较吗？但是我心不甘呀，锁着的门被人弄开了，人还不当回事，换了你，你试试，你有那么无所谓吗？我可没有，我小心眼，虽然我也想和合租者搞好关系，但是他这样随意进入我的房间，如入无人之境，也太把自己当自己人了，所以我抵着他说，你手机欠费了吗？

他的手机就在他手里，他扬了扬手机，又耸了耸肩，轻松地说，没有呀，我手机有钱，我妈会及时帮我充值的。

听他这么说，我心里一动，想起我妈来了，可不等我说什么，他又抢先说了，你可别觉得我妈那么好，她给我充了值，就打我的电话，我嫌她烦，她就可以批评我了，说，钱都是我给你充的，你接我个电话那么不耐烦。

哎哟喂，简直和我同一个妈。

但还是不对呀，他既然有手机，又不欠费，干吗要弄了我的门锁进来打座机电话，除非他想给对方一个措手不及，也许对方一直在躲他的电话，不接他的电话，他用一个陌生电话去唬人家，或者——

我正在往下想，他却已经看穿了我的思虑，笑道，你想多了，我就是好久没用过座机电话，觉得挺好玩，我过来打一打罢。

我强调说，可是，座机在我房间里呀。

他完全不在意我的强调的口气，坦然说，所以嘛，所以我到你房间来打嘛。

这算是什么对话嘛，我完全败在下风。

不管怎么说，我觉得这个新合租者是有些问题的，我必须得搞搞清楚，我先给中介打电话，结果发现中介的电话停机，我又打房东电话，房东电话也停机，我来气呀，我还慌了，我这是遭遇什么了，这是世界末日的节奏，还是我没吃药的节奏，或者，整个世界都没吃药，于是到了末日？

慌乱之中我才想起我去过中介那个门店，我顶着发麻的头皮，撒腿直奔到中介公司那小破屋，还好，一切都还在，我劈头就问，你什么中介，留的都是打不通的电话？你的，房东的，统统不对。

那中介小张朝我的手机看了看，说，怎么不对呢？

我理直气壮地扬着我的手机说，停机。

那小张小瞧我一眼，轻描淡写说，是不是你自己的手机欠费了哦？

怎就不是呢，瞧我这脸丢的。

再瞧我这小破胆子，我是被那个座机电话吓的，人一吓着了，心思就哆嗦了，连自己手机欠费停机都不知道。我赶紧充费，充上了费，我终于可以打电话了，可我该打谁的电话呢，我要打电话干什么呢？

我忘了。

晚上回到出租屋，我的合租者紧跟着我就进了我的屋，说，我总算看出来了，你不喜欢你不在的时候我到你屋里来，我是特意等你回来再进来的哦。我说，你又要用座机打电话吗？他说，不是打电话，是等电话，我给人家留下这个座机电话，可能等一会会有电话进来。

我说，那你是要在我的房间安营扎寨了。

他说，你蛮会用成语的。

还成语呢，我简直无语。

他又说，我看得出来，你很想知道我的事情，我可以告诉你，没什么需要保密的，我朋友都说我，不光有颗透明的心，我甚至还是个透明人。

我终于找着机会喷他说，可惜了，我是个瞎眼人。他惊讶地朝我的眼睛看了又看，说，不会吧，你两个眼睛这么亮，怎么会是盲人，难道这就是人家常说的那种睁眼瞎子？可是，可也不对呀，我看你进进出出十分顺溜，就像眼睛没瞎的人一样呀。

这家伙，真能扯，我服了他，我甘拜下风，我说，如果你要经常使用这个座机电话，不如我和你换房间好了，本来我刚进来的时候，就是住的你现在那一间，后来前面那个合租人走了，我看到这一间有阳台，就搬过来，以为占便宜了。

他赶紧说，不用不用，便宜还是让你占的好，我这个人从来就没有占便宜的命。

也就是说，他还得继续随意进出我的房间，随意使用座机电话。

好吧，随意就随意吧，反正我也没有什么秘密，我既不贩毒，也不贩人，我房间里既无赃物，也无贵物，我就放松一点随他去，他爱咋咋的。

心情一放松，我就有了游戏心态，我看他认真等待来电的样子，我调侃他说，你不会是在等周小丽的电话吧？

说实在的，虽然周小丽背叛了我，丢弃我走了，但是提到她的名字，我心里还是有点受伤的，我拿自己的前女友调侃合租者，我承认我有点不厚道，可是他并不知道周小丽是我的前女友，这不厚道也就不存在。

可结果却大大出乎我的意料，他一听我说出周小丽的名字，顿时蒙了，张着嘴差一点就流下口水来了，他蒙了半天，才回了点神，眼睛死死盯着我，说，你是谁？你怎么知道周小丽？你认得她？她现在在哪里？她为什么不理我？

我没想到他认得周小丽，而且他竟然也是被周小丽抛弃的，难道周小丽竟是他的女友或前女友，或者，我的前女友周小丽投到他的怀抱里去了然后又离开了？

有意思。

我兴致一起，干脆吓唬他一下，我说，嘿嘿，我不就是你吗，我怎么会不知道自己在等谁的电话呢。

他那死鱼样的眼睛定住了。

过了一天，我没有看见他，又过了一两天，我回家的时候，看到他平时一直敞开的房门紧闭着，但是听得见里边有动静，说明他在房间里呢，过了好一会，他才开门走出来，我从自己屋里探出头来朝他一看，吓了一大跳，竟然不是他，是另一个人，他朝我点头微笑，说，你好。

这回轮到我蒙了，我以为他换了脸，吓得说不出话来了。

他可能误会了，以为我看到他害怕，赶紧说，你怎么啦，你没有和人合租过吗？我以前一直和人合租的，也没见过你这样胆小的，再说了，你怕我干什么，我是一个男的，你也是一个男的，你看起来也不比我瘦弱，你怕我能把你怎么啦？

原来是新来的合租者。

那个打座机电话的合租者呢，难道被我那天的话吓走了？

难道他的女友真和我前女友同名同姓？

什么鬼。

新来合租者的手机响了，他小心地看了一眼，注意到我在观察他，他赶紧竖起手指朝我“嘘”了一声。

搞什么搞，他根本就没有接通手机，手机那一头的人不会听见的，嘘什么嘘呢。

我调侃他说，你这么慌，看来是追债的啰。

他说，是。

高利贷？

是。

多少？

算不清。

这家伙死定了，连本带利算都算不清了。

他死定了，我也怕怕，我向来敏感多疑小心眼，担心追债的追到门上，把我误以为是他给砍了。

我赶紧找了张纸，写上自己的名字，贴在自己的房门上。

他一看，笑了起来，说，你误会了，不是你们平时理解的那种放高利贷的，是另一种意义的高利贷。

我不懂，说，什么意义？

唉，他叹息一声，就是我爸我妈，他们说，养大我，就是放债给我，现在追我结婚，结婚就是还债啰。

哎哟喂，他又和我同父同母了。

为了防止父母追上门来，我们互换了名字，贴在自己的门上，以混淆是非。

没过多久，那个爸妈果然追来了，好像在儿子身上装了定位器似的准确，轰进门来一看，是我，他们有些发愣。

我说，爸，妈，我胆小，你们干吗这么看着我？趁他们没喘过气来，我又说，爸，妈，我记性不好，我是你们的儿子吗？

他们回过神来了，一起狠狠地“呸”了我一口。

其实都差不多啦，干吗要有那么大的分别心嘛。

那爸说，同名同姓？

那妈说，难道我们追踪错了？

两个嘀嘀咕咕走了。

过了一会，天下雨了，我关窗的时候顺便朝楼下看了一眼，发现那爸妈并没有离去，他们守在楼下呢。

他们没有上我们的当。

我知道我的合租者完蛋了。

他果然就一直没再来，不知道是被父母逮回去了，还是知道父母守着没敢再回来，我也懒得去问中介，就算我问了，中介也懒得告诉我。

房间是不会空着的，过几天又来了一个，反正我也习惯了，来谁都无所谓，这一个跟我搭讪说，我只租三个月，因为我可能很快就要被炒鱿鱼。

我听到“鱿鱼”两字，小心脏立刻“扑通”了一下，这时候我的手机响了，我同事透露消息给我，说公司近期又要裁员了，我们这一拨合同工恐怕都难逃噩运。我这时候忽然对自己起了疑心，难道谁在我的心脏里安了一个坏事预报器？

他住了三个月，走了。

接着又来的一个合租者，那天他进来时，我一眼看到他穿的那件衣服我好眼熟，不过我没有去追究这个事情，因为无论如何也不可能是他偷了我的衣服。一直等他又搬走之后，我才想起来，那衣服是从前周小丽和我好的时候，她买了送给我的。

就这样，在不长的时间里，我的合租者走马灯似的换了好几轮，后来我掐指一算，我住了有一年多了，算是个长住户了，现在中介对我也刮目相看了，我是有信誉的，也是有实力的，不像我的那些合租者，十分不靠谱。

这一天，又来了一个新的合租者，我看看他，感觉十分面熟，想了一想，我竟然想起来了，我说，怎么会是你，你是周一见。这新合租者说，谁？你说我是谁？周一见？你凭什么说我是周一见？

我说，咦，你难道忘了，你原来住过这里，我进来的时候，你住的是我现在住的这一间，带阳台的，你走后，我换过来住你这一间的，现在你又回来了，你记不得了？

他立刻摇头说，不是我记不得，是你搞错了，我以前根本就没有来过这个城市，这是我头一次来，刚刚找到工作，刚刚租了这个合租房，都是第一次。

我不能接受他的说法，我说，那我怎么看你这么面熟，那么周一见是谁，当初他离开的时候，留给我这个名字。

他奇怪地朝我看看，说，我倒是有话想说说，你不会介意吧。

我愣了一愣，我介意什么？

他说，你是周一见。

我说，你怎么知道？

他说，是中介告诉我的，他说我的合租者叫周一见，所以，你才是周一见。

我这才清醒过来，难怪我会觉得周一见这个名字这么熟悉，原来和我同名，或者，不是同名，是同人？他当初留下的那个名字，就是我的名字？或者说，他当初留下的那个人，就是我？

新合租者看了看时间说，晚上回来我们再聊吧，现在我得去上班了，我上班的地方挺远的，我得先坐——

我接过去说，先坐55路公交车，坐五站下车，再乘坐地铁四号线，再转三号线，坐——

他十分惊讶地打断了我，说，你怎么知道得这么清楚，难道你也在那里上班吗？

我说，是呀，我一直就在那里上班。

千姿园

那一天我正在和客户扯皮。

客户从网上看到我发布的出租房信息，就打我手机，我加了她微信，我们通过微信聊了几个回合，她就到门店上来找我了。

是个大妈，看起来有点钱，也有点知识，很认真，也还赶得上趟，她把我在网上发布的内容截屏下来，打算举着手机跟我谈呢。

我窃喜，这正是我要钓的鱼，完全符合条件。

她穿一件深红色的羊绒大衣，戴一副深红色边框的眼镜，蛮有风度，一进来就说，我看到你挂出来的四季风华的一套，17楼，三室两厅两卫。

我差一点喷笑出来。

但是我当然不会，肯定不会，这点功夫还是练得出来的。我心情沉重地说，唉，你说的这一套，昨天刚刚被租掉了。

她愣了一愣，说，这么巧？我说，这不算巧，春节过后，现在是租房的高峰时段啊。我说话一向有虚有实。这句是实话。她也认同了。她微微一笑，显出了她的自信和有备而来，她说，那就另一套，9楼，电梯房，也是三室——哦，对了，我给你的微信中都写明了条件的，你记住没有？我再给你重复一遍，三室，两厅，两卫，电梯，安静，上档次的装修，家具电器齐全，拎包入住——

我听她一口气说了这么多的条件，我笑了笑说，我昨天收到你的条件后，一直在帮你找呢。

她说，那么我说的9楼的这一套呢？

我抱歉地摇了摇头，没有。

她开始皱眉头了，似乎还思索了一下，然后说，没有？是根本就没有这一套吗？

我说，怎么会根本没有呢，年前你来的话，房子多得是，任你挑。她说，那就是又巧了，也租掉了？她分明是话中有话。我向她解释说，这套不是租掉的，是房东自己收回了，他们全家春节出去度长期，现在从外面回来了，自住了。

显然她没有想到还有这种情况，否则她会不停地说巧了巧了。那意思就是不相信我罢。我当然是不值得她相信的，但我也不见得就完全相信她呀，她在找我的同时，说不定还找了其他多少个我的同行呢。我们是互相不信任的一对。但是别说是互相不信任，即便是互相怒怼，我们也得做生意呀。现在不都是这样吗。

她调整了一下思路，重新又呈现出胸有成竹的样子，说，幸好我多看了几套，还有这一套——她也不说具体哪一套了，只是把手机塞到我面前让我看，一边抢白我说，这一套也没有吧。

我一看，她还真是做了大量的功课哦，把我发布的所有的信息都拍下来了。

这也太认真了吧，我有点招架不住，关键是我没时间跟她耗了，我说，我实话告诉你吧，四季风华，其实一套也没有。

这回她有点吃惊了，张着嘴呆了半天，脸渐渐涨红了，有点生气了，说，那你们为什么还在网上发布，你们是虚假信息？我坦然地说，这可不是虚假信息，前面是有的，我告诉过你，春节过后，租房高峰，租掉了，生意好得很。

她恼火说，那就是说，你们网上的信息是不准确的，至少是过时的，为什么不及时更新？岂不是误导我们，我忙了几天，在四季风华小区的几十套出租房里挑来选去，原来做的都是无用功？你们这是耍人呢，还是骗人？

我心中窃笑，她真是完全不懂套路，我得安慰住她，否则生意会跑了，我说，对不起对不起，春节期间，有人出门，有人加班，有人玩失踪，整个中介市场又忙又乱又冷又热，没来得及及时更新。

不等她再说什么，我干脆一步到位，露出我的真相吧，我说，再说了，以你的价格，要想租这些条件的房子，是不大可能的。

她一听就跳了起来，怎么是以我的价格，我又不知道租房的行情，这个价格是你们在网上发布的，我说的价格，也是受你们误导的，停顿一下又说，价格也不是不好商量，加一点也是可以的，但是你们不能不讲诚信。

经过几个回合，现在我已经知道她是真心要租房，而且着急，而且要档次高的，和我平时碰到的租房客不一样。我得抓住她。成功一次，抵得上那些合租者十次八次了。

但是明显她已经对我很不信任了，我得主动出击，赶紧给点真货，我说，在四季风华附近，还有好几个小区，比如美林苑，比如雅典园，都是高档小区。

她总算搞清楚了一点，不再纠缠四季风华了，但仍有些勉强地说，也可以呀，只要符合我的条件。

我拿出一套美林苑的，我说，你看这一套。她赶紧看了图片，感觉是满意的，她问我，几楼？我说，三楼。她说，有电梯？

这套是没有电梯的，总共六层楼，没安电梯。我婉转地说，才三楼，又不高。

她立刻说，不行，我要电梯的，不管几楼，都要有电梯。

我稍稍闷了一下，再换一套，我鼓吹说，这一套是电梯房，全新装修，家具电器很快可以到位——

她立刻打断我，说，我说了多少遍，条件，条件，条件，你根本不看我的条件，怎么给我提供我要的房子呢？

她急我不急，我笑了笑说，重要的事情说三遍，你的条件我知道。

她立刻指出我的要害说，可是你怎么抓不住要领呢，关键词关键词！

我心想，你真是有钱人，你那样条件的出租房，我手里实在是太少了嘛，再说了，干我们这一行的，玩的就是圈套，说白了，就算我手里有完全符合她要求的房子，我也不能让她一步到位的。当然我不能如实相告。

现在这个客户我已经渐渐看清楚了，她以为什么？有几个钱，长点年纪，就可以不按套路走吗？

我正在琢磨着再把哪一套推出去，我的手机响了，是个陌生的电话。

干我这一行的，陌生电话就是商机，不能不接，可同时，干我这一行的，陌生电话又是吸金机，别以为一个电话算不了什么，多少个电话加起来，那就很厉害了啦。

当然客户他们是不能理解的。

所以我一接电话，听那边问了一句，你是中介的王伟吗？我立刻说，我是，现在我正在谈事情，过一会我马上打给您。

其实过后我不会直接打他手机的，我先加他的微信，然后用语音和他通话。

我们这些人，就是这样省钱的。你瞧着觉得很猥琐吧。可我们原本就是猥琐的人呀。

没办法，大手大脚的日子我也愿意，那可是我们的血汗钱，每次不得不用手机打电话的时候，我就心疼肉疼浑身屁股疼。

当然，也有人不尿我们这种省钱法，我语音过去，他就不再搭理我了，这我不愁，我会缠着他的，只要他动作不够快，套路不够深，他会被我缠住，仍然会回到我的手掌心里。

等他加了我的微信，我会发一段语音告诉他，我正在谈事情，请他先告诉我他大致的租房想法，我会尽快回复他。

然后我安心回来对付我面前的客户。

我客户的心绪明显有些乱了，她原来是有十分的把握，租房这事情很简单嘛，网上看中了，到中介一谈，或者直接就约到现场看房了，如果信息准确，网上提供的照片是真实的，就几乎不存在看得中看不中的问题，当场就能签约。但是现在她发现，事情不如她想象的那么简单，她略有些烦躁。这节奏我得掌握好了，我又提供了一套，请她再看。

这一套她挺满意，差不多就要符合她的要求了——我只是说差不多，因为很快她又发现了问题，这个雅典园，好像是靠近东环高架路的吧？

我不得不承认，她真做了功课，或者她对这个城市的这块片区十分熟悉，摆在眼前的事实，我不能骗她，我承认说，是的，是靠近东环高架，但并不是所有的房间都面对高——话没说完，她就直摇手，不行的，不行的，我的条件你又没记住，我要安静，不能面临大马路。

别以为我会嫌烦，才不，我最大的本事就是不嫌烦，甚至是嫌不烦，只有碰到麻烦的人，我们才会有更多的机会。

我特别不怕麻烦，我说，你别着急，我同事手里有一套，你再看看——这时候，刚才的那个陌生电话又来了，我只好又接了，那边又问，你是在南州租房中介的王伟吗？

比第一个电话又详细了一点，但也都是我留在网上的信息嘛，这回我不敢再省钱了，我赶紧说，你要租房吗？对方说，我们要来找你，你在南州吧？

这口气和租房客户不太像，如果不是客户，那会是谁呢？当然我们的客户肯定是各种各样的，经常会有奇葩客户出现，那也没事，无论他有多奇葩，我都有信心把房子租给他、卖给他。

可是我面前的这个客户不高兴了，说，咦，你怎么可以把我丢开，又去和别人谈呢？

我赶紧把我的手机靠近她说话，让手机那头的人听到她的话，这样我就既有理由赶紧挂断电话，也可以让那边的人对我有个初步的信任。

手机果然就挂断了，看来对方也不想和我在电话里扯皮，挂了电话，他应该正在赶来找我的路上，和他一起来的，应该是一笔买卖。希望是一笔好买卖。

我心情好起来，感觉可以收网了，我说，这里有一套，你看看，千姿园。

她听我说千姿园，有些奇怪，说，什么园？我说，千姿，就是千姿百态的千姿。她听懂了，说，嘀，这个名字。听不出她是赞赏还是觉得不咋的。当然这不关我事。我拿出的千姿园的房子，全部符合她条件的房子，我还顺便临时把房价加了百分之十五。她经历了多次的希望和失望，原以为找不到满意的房子了，有些沮丧和灰心，忽然这房子就出现了，大喜过望，也就没再讨价还价，OK，生意就做成了。

接下来的事情就很顺利，看房子，看合同，签合同，付了三加一再押一的房租，我拿到了佣金，她得到了钥匙，皆大欢喜。

在回去的路上，我骨头有点轻，今天的钱赚得比较爽，我总结下来，是因为我先让客户不爽，然后一切就都爽了。我会经常总结经验教训，以利于自己的成长。

如果我一开始就让客户爽了，立刻就把他们中意的房子拿出来，他们一定会讨价还价，砍得我遍体鳞伤。

我正偷着乐呢，那个陌生的电话第三次来了。

我有些奇怪，这似乎不太符合常规，除非他找不到我所在中介公司的那个小门面，其实那个门面虽小，却是沿着街面的，很好找。

我第三次接了电话，声音还是那个人的声音，口气却不一样了，开口就说，你别废话了，我们是派出所。

噢，原来是个固执的骗子，难怪不折不挠地骚扰我，我正酝酿着怎么以牙还牙，那边的剧情表演已经开始了，说，现在我们正式通知你，你必须在今天下班前到山坡镇派出所报到。

山坡镇？

看起来这骗子还真下了点功夫的，因为他说出的这个地名，让我疑惑起来，既有点熟悉，又有点陌生。

我本来完全可以不理睬骗子，可我今天赚到钱了，心情好，有心跟他玩一玩，我说，要我到派出所报到，干什么？我被录取当警察了吗？

那边也不是吃素的，也跟我调侃说，你不是警察，你是被警察追赶的人——你被判了缓刑，要在规定时间内到派出所报到，现在你已经超出了规定时间。

这点知识我还是有的，判刑应该是法院判，应该法院通知，怎么会由派出所出面呢，骗子在照着剧本念，只可惜剧本水平毕竟有限。

我忍不住笑起来，说，没想到你们这么快就露出了马脚。

那边说，什么马脚，法院早已判决了，判决书你也收下了，按照规定，你得到派出所来报到，你还是我们碰到的第一个不来报到的，你这是胆大包天，无视法律。

骗子的口气当真厉害起来，我想戳穿他们，但转而一想，与其正面进攻，不如跟他们玩个阴的，想到有人对付骗子的做法，就是告诉他们，钱已汇出，请他们查收，我也学一招，我说，好吧，我马上去报到去。

挂了电话我边走边乐了好一会。

其实我高兴得太早了，前面那个客户虽然付了钱，但并不是付了钱就万事大吉的，她继续来找我麻烦了，根本无视我用微信的希求，直接打电话说，不对呀，热水器是坏的。

我就奇了怪，交房的时候，明明试过，是好的，打开一会儿水就热了，怎么一会儿就是坏的了呢。

她不高兴地说，难道是我自己故意弄坏的？我干吗，好玩吗？

我只好说，好吧好吧，我报房管中心，他们会派人来修的。她那边着急，追问什么时候能到，我说，我会催他们加快的，但是目前正是租房高峰时段，师傅们可能很忙。她又着急说，那怎么行，搬家搬得这么脏，没有热水怎么行？

我心想，你真优越，又不是大夏天，还得天天洗澡吗，也不怕冻着。当然我嘴上是应付她的，我说，快的快的。

结果并没有快，到晚上师傅也没有上门，第二天一大早她电话又追来了，说，修热水器的没来，淋浴帘都烂掉了。

天哪，连淋浴帘也找我？

到半上午又打电话说，不对，不像话，灯泡坏了好几个。

我终于觉得她太过分了，忍不住说，怎么，连浴帘、灯泡这样的都找我？

她立刻说，合同上有。

合同上有吗？有写浴帘和灯泡吗？

她说，有写，甲方须按合同规定的时间内，提供功能完备及附属设施完好的房屋给乙方使用，每逾期一天——

哎哟喂，她这是拿着合同在给我念呢，我又是干什么吃的呢，合同就是我的帮凶，不用念，我倒背如流，我说，功能当然完备设施当然完好，这是你自己亲眼看过，仔细检查过，验收后签了字的，合同早已生效。

因为我的理直气壮，她的气势稍稍减弱了一点，她说，我也是讲道理的人，我不是要你帮我买新的浴帘和灯泡，我们可以自己买，但是事情要说清楚，这可不是我们弄坏的，到时候别说他家的旧浴帘给我们弄坏了，要赔偿什么的。

她一边说着，就把那个旧浴帘的照片发到我微信上，我也算是服了她。心想连浴帘都牵涉到了，该罢休了吧，不料过了一会，她又来电了，我真急了，我说，你怎么有事无事老喜欢打电话，为什么就不能用微信呢？

她说，你这话不对，第一，不是有事无事，是有事，第二，打电话更直接明了方便，一说一答，事情就解决了，微信来微信去的，你烦不烦哪，我跟你说，他家的小厨宝，漏水，不安全。

我气得说，你真是不懂家务事，还装懂，你还不如我呢，小厨宝里有压力，阀门那里过一段时间会渗出一点水来的，正常的。

我就跟她拜拜了。

可是她不跟我拜拜，她的电话又追来了，我本来好好的心情，被她一纠缠，变得有些烦，我果断地用“您要的客户正在通话”拒听了。

我上了地铁，赶往下一个接头地点，那里新的客户正等着我呢，在地铁上我得空瞄了一眼微信，发现这女客户居然把出租屋的几张图片发在朋友圈里吐槽，不知道我偶尔也会看一眼的吗？

我气得忘记了不打电话只用微信的习惯，即刻打电话去责问她，她却一口否认说，你搞错了，不是我，我从来不发什么朋友圈，好无聊的东西。她发了还抵赖。我也懒得和她计较，好在她的朋友圈，跟我的朋友圈，隔着半个地球呢。擦枪走火也擦不到我。

出了地铁站，迎面就来了两个警官，挡住了我。我十分惊讶，我产生联想了，我说，难道是那个客户报的警吗，她连这种事情都要找警察，你们警察连这种事情都要为人民服务？

两个警官你看看我，我看看你，听不懂我在说什么，愣了片刻，其中的一个说，什么什么？你说什么？我们是从山坡镇来的。

山坡镇？

我嘀咕说，咦，山坡镇，山坡镇，那是什么地方呢，咋这么耳熟呢——

一个警官打断了我的喃喃自语，笑着说，你忘性蛮大啊，你自己从哪里来的你都忘记了，你不会认为自己是从纽约来的吗？

另一个警官也笑道，你不会是从外星球来的吗？

他们虽然在笑我，但我听得出他们不是嘲笑，是友好的笑，所以我也跟他们开玩笑，我说，这不能怪我呀，这么多年我走南闯北，跑了多少个地方，今天我在南州，说不定明天我去北州，反正我的人生生涯，肯定是在外乡待得更多，要不是你们来找我，我真的快把自己的老家给忘了。

警官满意地点头说，那说明你还是记得的，山坡镇是你老家嘛，我们是从你的老家来的嘛。

另一个警官友善地看着我说，你对老家感情也蛮深的嘛，人一直在外面，户籍地还一直是老家，这些年我们办案，看到很多人早把户籍地改掉了。

我下意识地掏出身份证看了看，住址居然还真是小时候的那个老家，我说，这有什么好改的，改了人家也不会忘记你是谁。

两个警官一同笑了起来，他们不笑的时候已经够难看的，笑起来就更加惨不忍睹了，我说，难怪，看你们长得也不像城里的警官，皮这么黑，还歪瓜裂枣，穿着警服就像是假警察。

这个警官又说，唉哟，你别装蒜，别瞎扯了，事情我们在电话里都跟你说清楚了。

这个一边说着，那个就拿出一张纸，递到我面前，我一看，那是法院的通知，有大红的公章，我不敢相信这是假的。

但我也不敢相信这就是真的呀。

不过我总算是知道了，先前那三个陌生电话，还真不是骗子，我碰上真警察了。

我赶紧说，一定是你们搞错了，那不是我。

他们两个抢着说，咦，怎么不是你，你叫王伟，现在在南州从事房屋中介工作，户籍所在地山洞县山坡镇，这么多的信息都对上了，难道还不是你吗？

因为不是我，所以我才不害怕，我还有意跟他们捣乱，我说，那真是奇怪，我和你们从来没有任何联系，你们怎么会知道我呢？

警官得意地笑了，一个说，咦，你都被判刑了，难道还不知道你是谁？

另一个说，就算不知道你是谁，现在很方便，从网上一查，你的信息全在上面，呵呵，我们就来了啦。

这一个又说，信息果然很准确，哈哈，现在办案，比过去方便多啦。

我继续调戏他们，我说，那我是犯了什么罪给判缓刑的呢？

一个说，你明知故问噢。

另一个就老老实实地告诉我，你犯的是诈骗罪嘛，你骗了人家的定金，就逃走了嘛。

他们两个说着说着，自己发生了疑虑，这一个怀疑说，那他既然逃走了，怎么又能判了呢，难道是缺席审判吗？但那个判决书怎么能交到他手上呢？

另一个说，听说他逃走了，又到别的地方去行骗，后来是抓了现行的。

他们两个人一直在研究我的案情，不过他们并不凶，一点也不凶，反而他们态度很好，甚至还有点低声下气低三下四的，哀求我说，先别说那么多了，你先签个到，我们又不抓你，只要在这里你签一下名字，我们的工作就算走程序了，否则我们不好交代。

我说，什么意思？

他们说，没什么意思，就是报个到。

我没那么好骗，我说，我才不到派出所报到，那可不是好地方。

他们说，这是法律规定的，你就签吧，我们不是骗子，不会骗你的，你签了，我们还有点多余时间，我们返回的票是明天的，我们可以到你们南州转转，早就听说南州好风光，都没机会来过，当是公费旅游了。

我当然不干，我签了名，不等于我承认我就是王伟么？

这话我一说出口，我自己就觉得奇怪，我立刻反省了，难道我不是王伟吗？

果然，我的话立刻被警官抓住了，他说，难道你不是王伟么？

他们越来越像真的了，我才渐渐感觉不太对头呀，我正想跟他们严肃起来，这时候我的客户又打我电话了，说，不行不行，电视也开不了，问了，是欠费了，难道还要我替房东补缴吗，笑话，笑话，他看电视我缴费？这是什么人家啦？

她哇啦哇啦不仅吵得我耳朵嗡嗡响，连脑袋也嗡嗡响，我简直有一种灵魂出窍的感觉，那一瞬间只觉得脑袋里一片空白，好清爽。

我两眼空洞地看着两个警官，他们两个施展出全部的肢体语言，朝我做手势，挤眼睛，皱眉头，晃脑袋，好半天我才明白过来，赶紧对着电话说，阿姨你稍等一下哦，我这里就要进派出所啦。

那客户尖叫起来，这怎么可以，这怎么可以，你进派出所，我找谁去？这房子问题太多啦，简直，简直——

我朝警官使眼色，向他们求助，警官果然乐于助人，帮我接了电话，跟我客户说，这位，这位，你过点时间再找他吧——

不料那客户火气更大了，尖厉的嗓音把警官都吓着了，赶紧把手机塞还给我，我就听她说，还有，还有，他家的这个院子，简直是个垃圾场。

我简直给她搞成白痴了，她是那个她吗，她租的那套房子，又不是一楼，怎么会有院子？我小心试探着说，阿姨，你是千姿吗？她立刻生气说，我不千姿，我还百态呢，我算是彻底服了你，现在的年轻人，套路真是深啊。

她嫌我套路深，我还嫌她不懂规矩呢，我忍不住想喷她几句，但是我还是忍住了，我们虽然年轻，和气生财的道理早已经懂了。

可是那套房子怎么和院子扯上关系了呢？

我得改口了，我说，姑奶奶，你不会是找错人了吧？

那姑奶奶大声道，王伟，我找的就是你，你别想推脱掉！

警官幸灾乐祸地看着我，一个说，你让人盯上了吧。

另一个说，看你无处可逃，不如到派出所去躲一躲罢。

我气得说，别说是盯上，就是被人追杀也好过自投罗网呀，我已经告诉你们了，我有不在场——不，我有没逃走的证明，那一段时间，我一直在这里工作，我有足够的人证物证等等等等证。

警官们又互相使眼色了，一个说，如果真是搞错了，那也不是我们的责任，我们只是按照法律规定，来让你报个到，这还是千年头一回，人家被判了的，没有一个不是乖乖地主动到派出所报到的，只有你，我们专程上门来求你，你还搭架子。

我说，我怎么是搭架子，明明不是我。

他们也不跟我争辩，只是求我说，如果真不是你，那也是法院搞错了，跟我们没关系，但是你如果不签到，我们要被追查责任的，我们可冤了。

什么话，你们冤，难道我不冤？

他们绕来绕去就那一个目的，也不嫌烦，又反复说，这样吧，你先签到，然后再到法院去平反。

我没那么傻，我说，不如倒过来，我先到法院去讲理。

警官又嘲笑了，一个说，嘿嘿，去法院讲理，法院那是讲理的地方吗？

这话说得有点那个什么了，另一个赶紧替他找补说，法院那是讲法的地方。

我啧了他们一句，那你们的意思就是说，讲法不讲理？

他们被我钉住了，两个商量了一下，竟然愿意陪着我到审判我的南州一个区法院去讲法。到了那里把事情一说，一问，几个法官都不知道此事，说因为不是自己办的案不太清楚，最后问到一个年轻的女法官，说，王伟诈骗案？噢，是我的。一边朝我看了看，说，什么？你说什么？当天来接判决书的不是你？

我说，当然不是我。

老乡帮老乡，山坡镇的警官也帮着我说话，说，肯定不是他，我们还没有碰到过被判了缓刑死活不肯来报到的人，没见过那么大胆的。

女法官皱起好看的眉毛，说，肯定？现在外面这样的乱象，你都敢随便用“肯定”两个字？她分明是不想承认自己搞错了，所以赶紧又说，好在有录像。

然后就把庭审的录像放出来，女法官立刻高声喊了起来，看，看，怎么不是你，就是你！

我上前猛一看，似乎是有点像我，但再仔细看，又觉得不像，到底像不像，搞得我也有点吃不准了。

再试试两个警官的眼力，一个犹犹豫豫，说，好像，是有一点像哎。另一个却毫不犹豫说，不像，一点也不像。

女法官搞不定了，喊来一个同事，这同事一看，就果断干脆地说，肯定不是他！

这下好了，哦不，这下坏了，五个人，总共倒有四种半意见：一，太像了，肯定是他；二，很像；三，有点像；四，一点不像，肯定不是，最后的半种意见是我自己的，我看着录像里这个人，感觉他和我又像又不像。

最后他们把法医都请来了，我感觉有点怪异，平时我们但凡有点这方面基础知识的，一般都知道，法医是验尸用的，我又没死，法医来干吗？

果然法医来了也没有啥用，多余，法医说，你们明明知道我是干什么的，你们拿一个活人和一段录像给我，我是没有办法的，我无法给他们两个做DNA检测。

连法医也没办法，法官有点着急了，皱着她好看的眉头，想来想去想不明白，倒是山坡镇的警察虽然来自小地方，却比她见多识广，提醒她说，这会不会是一起冒充事件，是另一个人冒用了王伟的身份证，顶替了王伟，罪名就这样栽到他头上了。

女法官爽快地接受了这样的判断，也许觉得对我有愧，她叮嘱我，以后身份证以及身份证的复印件都不能随便交给别人哦。

哦，结果还是我自己的责任，谁让我的身份证被人冒用了呢。

我心里很不爽，不过我可不敢对法官有什么想法，我只能对那个冒充我的人怀恨在心，我上网去，我想把他挖出来，可惜我不知道他叫什么名字，我无聊地瞎想想，随手输入了我自己的名字，王伟。

我开始以为我是把自己找出来了，但仔细一看，才发现留的联系电话不一样，我受惊了，在南州中介，竟然真的有另一个王伟。

除了联系电话，其他几乎和我是一模一样的信息。

既然如此，法院判的是他王伟，派出所找的是我王伟，我们两个王伟谁也没有错，也不能算是他冒充了我，但是想到他给我带来的麻烦，我总该报复或捉弄他一下。

我客户又打电话给我了，我说，我跟你说过多少遍，咱们用微信吧。她果断地拒绝我说，该用的时候我会用的，但我有急事找你，我不用微信，那不方便，你可能根本就不答复我，我们电话直接说话，不会拖泥带水。

我真来气，灵机一动，跟她恶作剧，我说我换手机了，我让她以后有事找我，打另一个手机，就是那个王伟在网上留的手机。

我以为她很快就会戳穿了来责问我，却一直没有动静，那个王伟也没来找我麻烦，估计是心虚不敢来吧。过了几天，我到城东的一家小门店去找老乡，刚进去就听到有人喊王伟，我应了一声，同时也有另一个人应了一声，我立刻警觉起来，一步挺到他面前说，哟，你就是那个骗子王伟呀，你冒充我干什么？

他朝我看看，说，噢，你也叫王伟？我可没有冒充你，我就是王伟，我就在中介工作，我干吗要冒充你？

虽然他说得也没错，但他毕竟有案在身，我好心提醒他说，你还不知道呢吧，派出所找你几天了，你快去报到吧，不然就要改为死刑了。

王伟看起来完全摸不着头脑，我说，你别装蒜了，你都被判决了，判决书是你亲手接的——这都不说了，主要因为你和我同名又是同事，害得警察跑来找我的麻烦。

王伟简直蒙了，挠着脑袋说，什么什么什么，你叫王伟，我也叫王伟，你在南州中介工作，我也在南州中介工作，凭什么说警察找的就不是你呢？

我理直气壮，有录像为证呀，开庭时录下来的，不是我呀。

他说，那是我吗？

我仔细看他，左看右看，说实在的，我看不出来，不知道是法庭的录像不真切，还是这个王伟长得含糊，或是我的记忆功能缺失，反正我无法确定到底是不是他。

但是我不服呀，我说，你以为只要你坚持不承认，那就是我了，不可能的，事实就是事实，我和你还是有区别的，至少，有一点你和我不一样，你肯定不是山坡镇的。

王伟呵呵一笑，他掏出身份证递给了我，我一看，蒙了，从身份证上看，简直、简直——他就是我，我就是他，别说他的住址也是在山坡镇，连地址门牌号都是一样的。

我觉得我抓住他的把柄了，名字可以一样，工作也可以一样，但是老家的门牌号不可能是一样的，他窃取了我的身份证信息，伪造了一张假身份证，但是看他坦然的样子，我实在无法相信他伪造了身份证，但我也实在是无法解释这样的事情，我试探着说，难道，我们两个人，是人生的AB角、正反面？

他说，你想多了，唱戏才有AB角。

我又试探说，那难道你是我失散的亲兄弟？

他说，你又想多了，你照照镜子，看看我们像不像。

我再说，那么，我难道是在做梦吗？

他说，你还是想多了——无论是梦着还是醒着，你先想一想，你去过山坡镇吗？

我说，你开玩笑，我就是从那里出来的。

他说，我是问你近些年去过吗？

这个问题难到我了，我想了半天，我已经出来多长时间了，我记不清了，我只记得出来之后，我就没有回去过。

他点了点头说，哦，那你就是不了解情况，当然我也并不太清楚，但是我想想，你也想想，现在发展这么快，你的那个山坡镇，恐怕早就不存在了。

我顿时惊出一身冷汗，我说，如果山坡镇不存在了，那来自山坡镇派出所的警察是谁？难道他们是已经牺牲了的警察？

王伟说，你真是想太多了，你还人鬼情未了呢，我说的是你的山坡镇不存在了，很可能我的山坡镇就出现了，现在不是有许多地方把多个乡镇合并成一个，老的名字还被继续延用，不过它已经不是从前的你的山坡镇了。就像现在的南州市，狮山区没有狮山，里湖镇不在里湖，这都很正常嘛，不就是一个名字吗，名字有啥了不起呢。

他说得蛮清楚，但我还是不能认同，我说，这样说起来，我这个王伟倒不如你这个王伟正宗了？

王伟还挺谦虚，笑说，不存在谁正宗谁冒充，我们都是来自山坡镇嘛。

可我还是疑惑呀，我还是不服呀，我担心说，可是人家派出所还在找王伟哪，法院录像里的那个王伟到底是谁呢？

王伟说，既然不是你，也不是我，爱谁谁罢，才不用你操心，让法院自己去判断，他们不是最会判断吗。

话说到这儿，王伟的手机响了，他接起来说，是，我是王伟，哦，阿姨你好，好的，好的，你慢慢说——他捂住手机朝我笑了笑，轻声说，一个客户，租了千姿园一个三室，蛮有钱，但是很难缠。

一听“千姿园”几个字，我头皮顿时一麻，客户又来了，正是我恶作剧扔给王伟的那一个，我以为王伟会毫不客气把球踢回给我，可奇怪的是，王伟好像并没有意识到这一点，他似乎已经进入角色，他劝慰那个焦虑的女客户说，阿姨，你别着急，这事情不麻烦，很好解决，我马上安排。

女客户的焦虑并没有因为王伟的好声好气而有所缓解，她尖厉的声音从王伟的手机里钻出来，钻进我的耳朵里，我赶紧躲远一点，小心翼翼地问道，她是你的客户吗？

王伟警觉起来，盯着我看了看，说，你什么意思，你对我的客户有兴趣？

真是千姿，还很百态，不仅有一个和我一样的王伟，还有一个和我的客户一样的客户？

其实再想想，有什么可奇怪的呢，两个人都叫王伟，这算不了什么呀，一样租住千姿园又有什么不可以呢。

我怕王伟多心，赶紧说，我没有兴趣，我只是听着她的声音，很像我的一个客户。

王伟说，嘀，你这是要和我抢人呢。

我说，呸，我才不要抢人，烦都烦死人，我那客户，low啦，电视遥控器没电池也找我，我也是醉了。

王伟笑了起来，说，哎，你别说，还真的很像，我那一位，淋浴帘坏了也找我，灯泡灭了也找我，小厨宝漏水也找我，我真服了她，我不敢喊她阿姨了，我得喊她姑奶奶。

呵呵，他这是把他当成我了？

或者，是我把自己当成他了？

你知道就行

退休这件事情，人人都逃不脱的，就像死亡一样。

只是对于退休这件事的态度，各人不一样，就像对待死亡，各人也不一样。

我们不说年轻人。年轻人觉得退休跟他完全不搭界，离他十万八千里，甚至感觉他永远不会有那一天。

当然也有一些年轻人，似乎未老先衰，他说，何以解忧，唯有退休。其实只是情绪低落时说说而已，不可能是真的。

我们不说年轻人，只说快到退休年龄的人，这才叫接地气。

单位里的同志，脾性各式各样，有人外向，大喇叭性格，什么话都说，喜欢说，就怕不让他说，任何事情就怕别人不知道，离退休还有蛮长时间，就早早地开始哇啦哇啦，搞得满世界都知道他要退了。可是过了好长时间，他还在这里，大家就奇怪呀，咦，怎么还在呢，留用了吗？

现在哪有留用这一说，留了你，不留他，这可摆不平，没哪个领导是你爹，愿意为你多工作几天担肩膀。就算是你爹，也不行啊。现在不流行爹了。

怎么还在呢，那肯定是因为时间还没到呢，手续还没办呢。既然没办，那就继续哇啦哇啦，他一会儿感叹，我这一辈子，全卖给单位了，最后落了个什么，什么也没有落下，亏大了。这是有埋怨单位的意思呢。

一会儿又表达，其实是不想退的，蛮留恋工作岗位的，这又像是对单位蛮有感情呢。

再一会儿又赌气说，什么破单位，没良心的，越早退越好，彻底自由。

所以你看，人生何其丰富，到了最后一站，退休了，还那么的千姿百态，有人唉声叹气，有人兴高采烈，也有人觉得无所谓。当然，无所谓也可能是装出来的，唉声叹气的也许心里正在偷着乐。

也有的人和大喇叭不一样，嘴紧，守口如瓶，什么都不说，不和任何人提，别人问了，也是支支吾吾，顾左右而言他。

还有的人，一辈子上班，一辈子神经紧张，一点小事都紧张，何况退休这样的大事，更是紧张到透不过气来，就怕别人提起问起，退休前这一时间，居然见人就躲，明明是个好同志，却自己搞得跟犯了错误似的。

其实退休是一件正常的事，甚至就是个自然的现象，没什么是需要遮掩隐藏的，但是这种性格的人，把退休看成是很难为情的事，没面子，甚至是丢脸的事，就把事情看重了。

至于等到办过手续，那也是各式人等花样百出，有的一甩衣袖绝尘而去，再不回头，即使单位请老同志聚会，也一概不参加；有的呢，三天两头，回来晃晃，指手画脚，什么也看不惯，什么也是今不如昔；也有的人，虽然不常来单位，但是在背后对单位的大小事情始终关心致至，无论是否涉及自身利益，都像个管家婆、包打听，得到一点信息，就绘声绘色到处传说，甚至夸大其词。大家心想，你都辛苦一辈子了，还在操别人的心，也不嫌累得慌。可他就是乐在其中呢，你有啥办法哩。

现在就要说到我们认识的这位女士了，她叫张萍，如果要把她划归为哪一种性格类型的人物，那她肯定是内向型的，真不是因为要退休的原因才闭嘴的，她一辈子都严谨严肃严厉，自己从不多话，也不喜欢别人多嘴，她大概觉得多嘴多舌说长道短那是最无教养的表现，而且她并不隐瞒自己这样的想法，所以搞得单位里那些喜欢说长道短的男男女女，看到她就张不了嘴。呵呵，谁愿意自己没教养呢。何况现在的人，经常在朋友圈发别人没教养的东西，总感觉自己最有教养了。

张萍虽然个性比较生涩，但工作无话可说，对别人要求严，对自己更严，你找不着她的碴儿，尤其是她管辖的那个部门，她的部下，更是对她有一种讳莫如深的感觉，许多同事间应该互相知晓的情况，他们都不敢去了解她，有一次部门调进来一个新同事，年纪也不小了，一来就跟张萍套近乎，说有个朋友专做属相的工艺品，想给张萍做一个，问她是哪一年的，张萍回答她说，你不用管我哪一年，组织上管着就行。

还有一次，上级组织部门要办干部培训班，有年龄杠子，分管副局长蛮看重张萍的能力和潜力，有心让张萍参加，但又不太确定张萍的年龄到底在不在杠子之内，专门跑去问张萍，说，张萍，我知道你是某某年的吧。

张萍说，不用问我的，你知道就行。

那副局长感觉是好心被当成了驴肝肺。

当然，一个人再怎么讳莫如深，到了一定的年龄，尤其是到了关键的年龄，总是会慢慢浮出水面的。

正如现在的情况，大家知道或者说感觉到张萍快退休了，但又知道得不够具体，到底是今年，还是明年，或者是后年，至于是哪一个月哪一天，那就更无人知晓了。

其实有一个很简单的办法，每年单位过年前都开联欢会，其中的一个节目已经持续了几个轮回，凡新一年本命年的同志，可以拿到一个自己属相的玩具，比如你属羊，可以领取一只玩具羊。

这个节目，轻而易举就让一些不肯暴露年龄的同志暴露了真实的年龄，当然也有的同志比较奇怪，去年属猴，今年属鸡，每年都拿一个玩具，属相竟然会变化。这是在与时俱进吗？

张萍的与众不同在这里也体现得很充分，她从来不去领那个玩具，难道她什么也不属吗，不可能呀，没有人能够逃出这十二个属相的嘛。

难道张萍就逃得脱？

当然，对于一个人的真实年龄，有些同事不知道，不等于所有的同事都不知道，至少，单位的一把手领导，肯定是要知道的，其次，人事部管退休这块工作的同志，也肯定是知道的，否则岂不是天下大乱了。

所以张萍什么时候到龄，真不用别人操心，自然有人掌握着，而且也都是按照程序走的，先是人事部提前向一把手报告，一把手让人事部再小心确认，这都没问题了，就进入正式程序了。

人事部的副处长老钱先找张萍，说，张处哎，关于退休的事情，你自己是知道的吧。

张萍说，我自己知道不知道不重要，你知道就行。

这样的回答，也是比较少见的，做人事工作本来就需要谨慎，面对张萍这样守口如瓶的同志，就更要小心。老钱重新翻看了张萍的档案材料，最后确认说，没有错，张处，档案上是这样的，档案总是对的吧。

张萍说，我的档案我没见过，我不知道它是对的还是错的，档案在你手里，你觉得对就对。

老钱觉得张萍的话中似乎夹枪带棒，但又找不出这枪这棒在哪里，小心求证说，张处，你是不是觉得哪里有误？

张萍说，有误无误，是组织上的事。

老钱小心翼翼，那，既然这样，我们就替你办手续了。

张萍仍然说，办不办手续，是组织上的事。

老钱再解释说，张处，这都是按照程序走的，要跟你谈一下的。

谈不谈话，是组织上的事。

走不走程序，是组织上的事。

办不办手续，是组织上的事。

好像一切都跟她无关。

老钱只好说，既然你没有疑义，那，请你回去把独生子女证拿来。也是程序，这个你也知道的，有独生子女证的，少扣百分之五的工资。

张萍应声而去，没有耽误拖延，回家找出了独生子女证，带到单位交给人事部。就这样，一步一步，并不复杂，却很严谨，就把手续办好了。最后，单位一把手也按程序和张萍谈过了，张萍和领导的对话也一样简洁。

这是组织上的事。

我没有想法。

就这样，张萍终于到了退休前的最后一天，只是她的部下并不太清楚就是这一天。

这一天张萍和平时一样准时上班，上班后召开部门会议，会议期间办公室的门一直紧闭，开了大半上午，也没有松动的迹象。知道张萍今天退休的人事部正主任老林，几次经过他们办公室门口，都听到里边张萍一如既往的认真的声音，声音比起平时，既不更高，也不更低。

终于有个年纪稍长的同志憋不住尿，出来上厕所，老林过去搭个话说，老许啊，你们处今天开什么会呢，开这么长时间，告别会？

老许正被这冗长的会开得直生闷气，没好气说，告别个屁，是规划会。

老林奇怪说，规划？今天张处跟你们开规划会？

老许说，是呀，怎么啦，规划会不是每个门部都要开的吗？难道不应该开吗？哪里错了吗？

老林说，那她谈的长远规划还是短期规划呢？

老许说，我们张处，向来都是全面的，短的长的，远的近的，大的小的，都要谈，所以会开得长嘛，具体说吧，短的是一年规划，长的是三年规划，现在一年的还没谈完呢，估计上午能谈完短期规划就算是快的了，下午继续谈长远规划，不到六点下不了班。

老许上过厕所急急忙忙回去继续开会，老林站在走廊里愣了半天，总觉得哪里不对劲，难道张萍忘记自己今天退休、明天就不用来上班了，或者，难道她认为自己还没到退休的时候，难道，她自己有什么根据？

老林回到人事部办公室，把老钱叫来，说，老钱，你替张萍办手续的过程，有没有什么情况？

老钱摸不着头脑，小心地说，情况？什么情况？

老林说，你告诉她应该办退休了，她怎么说？

老钱说，她说这是组织上的事。

老林听了，多少觉得有些奇怪，至少这跟其他退休同志反应不太一样嘛。所以老林又问了一句，还有别的什么异常吗？

老钱仔细想了想，说，好像没有异常呀，反正我说什么，她就说这是组织上的事，我问她自己的想法，她说自己没有想法——老钱看着老林奇怪的脸色，又认真想了想，说，你是说异常？真没有呀——噢，对了，我请她回去把独生子女证找出来，她第二天就给我了。

老林说，噢，那她说了什么呢？

老钱说，没有呀。

老林停顿下来了，他想了又想，自言自语道，不说什么，不等于就没有什么呀。

老钱觉得处长的话有点绕，说，处长，你什么意思呢，是不是我们搞错了她的年龄?

老林说，我不是那个意思，我是说，她今天还在处里主持会议，谈三年的长远规划——

老钱一听，也有点蒙，说，啊？还谈三年？那，那个退休，会不会是我们搞错了。

老林赶紧说，不是“我们”哦，是你哦。

老钱说，我仔细看过她的档案的，反复核对过，没有错呀，再说了，如果错了，她怎么会不指出。

老林说，有城府的人，才不会跟你说实话，等你犯错，才能抓住你嘛。

老钱被老林这样一说，心里更虚了，中午在食堂守着，一看到张萍出现，立刻上前说，张处，能不能把你的身份证让我看一下。

张萍说，你要我身份证干什么?

老钱说，没什么，我核对一下。

张萍说，核对什么?

老钱又无法说清楚，只能朝她作揖了，说，哎哟，张处哎，你就别寻根问底了，给我看看得了，我又不是骗子，你又不是不认得我。

张萍笑了一下，说，熟人中有骗子，也是正常的。还是拿出了身份证交给老钱，老钱赶紧去和她的档案进行核对，出生日期完全一致，没有错。

还回身份证的时候，老钱还没放心，问了一句，张处，你的生日，是某年某月某日吧。

张萍说，我的生日，我说了不算，你说了算。

老钱说，万一我说错了怎么办?

张萍说，错了不是我的问题，是你的问题。

老钱急了，说，张处，你这是什么意思，你是在嘲笑我们的工作不细致出差错了，还是什么?

张萍简洁地说，我没有这个意思。

张萍越是简洁，老钱越是觉得她话中有话，只是张萍再没有给他机会纠缠她，匆匆吃过午饭，他们那个部门的同志连午休都没休，又接着开规划会了。

老钱左思右想，甚觉不踏实，如果没到退休时间，却给人家办了手续，这可是个大错误，别说张萍这样不好惹难相处的人，脾气再好的同事，也会恼火的。这事情害得老钱一个中午都没有安定下来，一直在想，问题出在哪里，问题出在哪里，搜肠刮肚，终于想出来了。

张萍是前些年从外单位调进来的，很可能就错在原单位，思想到此，老钱拔腿就走，到了张萍的原单位，直接找到人事部，一问，人家说，我是搞人事的，你也是搞人事的，难道你不知道档案跟人走吗，你说的这个张什么的档案，难道现在不在你单位吗?

老钱说，档案是在我单位，可是现在碰到些问题，年龄上可能出了差错，想到你这儿看看有没有原始依据，或者说，张萍从前的老同事，能不能帮助回忆回忆，有没有知道具体的真实的情况的。

那人事部干部一笑，说，呵呵，回忆回忆?我的年龄你大概能看出来吧，你再到我们隔壁大办公室去看看。

老钱到隔壁大办公室，朝里一张望，心凉了半截，一色的年轻人，80后、90后，完全无望，顿时泄了气，罢了罢了。

出来有些茫然，但心里还是知道不能直接回单位，问题无解，回去咋办?忽然间又有灵感闪现了，不如到张萍老公单位试试，老公的档案里，肯定有老婆的真实情况。

老钱为自己的想法笑了一笑，直接奔往张萍老公的单位，仍然直接进人事部，那里的人事部同志一听，说，噢，你问我们总务处李处啊，还早，还有四年才退，这不还有进步的想法呢嘛。

老钱一听，只觉得心往下一掉。

那人事部同行一想，觉得可能是老钱没想周到，提醒说，老钱啊，是你自己搞糊涂了吧，本来就是男六十，女五十五嘛。

老钱说，不对，我们张处也是处级，六十退。

那同行说，那我就不知道了，我们李处的年龄在我这儿，是不会错的，莫非是你那儿搞错了哦。

老钱赶紧往回跑，这边张萍的规划会还进行着呢，老钱也不顾了，推开门招手让张萍出来一下，张萍一出来，老钱就问，张处，你退了，你先生怎么还没退?

张萍说，他什么时候退，是组织上的事。

一句话把老钱顶回了原地。

老钱站在原地左思右想，嘴里嘀嘀咕咕，单位有个新来的女同事来人事部办手续，见老钱站在门口，进又不进，出又不出，魂不守舍，她忍不住笑起来，说，咦，这有什么复杂的，那就是张处比她老公大嘛。

老钱一拍脑袋，哎哟，瞧我这死脑瓜子，那是旧时代的姐弟恋啊。

那女同志道，哪个朝代没有姐弟恋啊，女大三，堆金山啊，呵呵。

女大三也好，女大几也好，并没有解决老钱的问题，老钱有点郁闷，回办公室坐下，发呆，过了一会，他老婆打电话来，说晚上同学聚会的事，老婆贼精，说了几句，就听出他有心思，一逼问，老钱就说了，可能自己犯错了，人家没有到年龄，就给人家办了，但又不知道错在哪里。老婆提醒说，会不会是阴历阳历上的差错。老钱赶紧一查，还是不对，阴差阳错，一般发生在年底年初出生的人身上，属相和出生年份会有差错，但张萍是三月份的生日，怎么也搭不到阴历上去。

老婆说，你个蠢货，人家如此淡定，肯定是手里有撒手锏。老钱不仅蒙了，而且慌了，撒手锏是什么，老婆说，你想想，关于一个人的年龄，最最过硬的是什么。

这个老钱知道，出生证明罢，可是张萍这把年纪了，难道她的出生证明还捏在手里？

这也太吓人了。

老钱放了电话又去问张萍有没有出生证明，张萍说，我有没有出生证明，我不知道，组织上知道。

老钱真急了，急得说，张处啊，你别老拿“组织上”来为难我啦，或者，你只要告诉我，你出生在哪个医院。

张萍说，我出生在哪个医院，组织上知道。

老钱来火了，心想，你说我知道，那我就知道给你看看，思忖了一番，思路很清晰，断定下来，张萍这年纪的人，出生的时候，这地方能有几家医院？医院里有产科的，又能有几家？

一番打探，真知道了，那个年头，只有一家医院接受产妇，只不过几十年过去，那个医院早已经成了另一个医院了。

老钱没有打退堂鼓，通过在市卫生局工作的小姨子，打听到那个医院早已经数据化了。大数据实在太方便啦，几十年前的医疗档案，也都一目了然。

没有叫张萍的，只有一个比张萍的出生日期晚两个月零一天，这个女婴取名叫张平。

老钱一拍大腿，就是她。

现在老钱手里有了撒手锏，紧赶慢赶，赶在下班前回到单位，此时张萍的会也终于开完了，坐在自己的办公桌前喝水呢，老钱赶紧说，张处，对不起了，对不起了，是我们搞错了，你今天不退休。

张萍既没有表现出高兴兴奋，也没有表现出不满不悦，只是一如既往地说，我退休不退休，你说了算。

老钱得意地一笑，说，张处，总算被我查出来，你别再拿组织上说事，你的原名叫张平，你的出生证上你是张平，不过，这个并不难理解，因为你是女的，所以后来人家自说自话给你加了草字头三点水，改成了这个萍。这种事情很多的，有一个叫李方的，后来就成了李芳，另一个叫刘风的，后来就是刘凤。想当然的嘛。

张萍说，这是你说的。

老钱见她到现在还是这么死样活气，火冒说，都是我说的，都是我说的，你自己难道不知道你自己是什么东西？

张萍说，我是什么东西，我自己说了不算，你说了算。

那你到底是张萍还是张平？

张萍说，我到底是张萍还是张平，我说了不算，你说了算。

老钱真拿她没办法，只好耍无赖了，说，张处，你若是张平，就可以晚几个月退，你若是张萍，今天就退了，你自己说吧。

张萍说，我说了不算，组织上说了算。

老钱气呀，老钱气得说，张处，这么多年同事，我哪里得罪你了，你要这样捉弄我，对付我，看我出洋相。

张萍说，你冤枉我了，我真不知道我叫张萍还是张平，我父母亲死得早，他们走之前，也没有告诉我我到底是谁，反正一切都在档案里，你是管档案的，你知道就行。

张萍下班走了。

一步一个脚印，走得和平日完全一样。

老钱不知道她明天还来不来上班，他也不能去问她，因为他一问，她必定说，明天上不上班，我说了不算，你说了算。

老钱站在那里发愣呢，人事处一位年轻的同志看到老钱这怂样，忍不住说，钱处，我不太明白——

老钱说，什么？

年轻同志说，人家都是要证明自己是对的，而你，却一心要想证明自己是错的。

老钱说，我不是想证明我是错的，我只是想证明什么是对的。

可这年轻人说，什么是对的，你证明得了吗？

最浪漫的事

我能想到最浪漫的事，就是和我爱的人一起躺在坟墓里。

因为那样我们就永远不会分开了。

你们已经听出来了。

我有病。

就是你们常常挂在嘴上骂的那种病，正经说就是精神分裂症。再细化一点，它的学名还有好几种，比如躁郁症，比如强迫型精神病，还比如，钟情妄想症。

我可以自主选择。

相比起来，我喜欢钟情妄想症这一款。

自从得了病，我的精神好多了，每天吃药，也让我有了新的理想和目标，不再终日浑浑噩噩，胡言乱语。

终于有一天，医生说我可以回家了。

我回家的时候，家里人看我的目光也和从前不一样了，这让我倍感温暖，让我又有了重新做人的信心。

我知道，重新做人的第一件事，就是不再胡说八道。

怎样才能做到不胡说八道，其实我在医院里就想好了，现在我开始实施我的想法。

别人怎么说，我就怎么说。

我妈说，明天要降温了，我也说，明天要降温了；我爸说，奶奶差不多没几天了，我也说，奶奶差不多没几天了。

那时候我奶奶病危，正在医院里抢救，我家里的人都在商量怎么办奶奶的后事。

奶奶死后要和爷爷合葬，可是我爷爷死得太早，我爷爷死的时候，墓地还不像现在这么受到重视，家里人就马马虎虎到郊区的乡下找了一个地方，胡乱弄了一小块地，把爷爷葬在那里了，碑上也只写了爷爷一个人的名字，没有给奶奶预留位置。

没想到的是，在爷爷死后的这二十多年里，墓地的情况发生了极大的变化，不知为什么大家越来越把墓地当回事情了，甚至比活着的人买新房子还重视，所以墓地涨价涨得很厉害，要想重买一个公墓，合葬爷爷奶奶，可不是一笔小钱。

我听到他们一直在商议应该怎么办，我一直没说话，因为他们说得太快，而且七嘴八舌，意见不一，我无法学他们说话。

如果将就着使用原先那个又旧又小的墓地将奶奶合葬下去，不仅会挤着爷爷，活着的子孙也会觉得没面子，何况现在家庭条件也不是从前穷的时候了，可以打听打听到那些高大上的公墓了。

结果我家的人都被吓得坐在地上了。

谁也不说话，过了好半天，我妈忍不住说，贵得离谱了。

我终于有机会学说了，我说，贵得离谱了。

开始的时候，我的家人还不太适应我的这种方式，当我跟着他们说话的时候，他们眼中又流露出恐惧、厌烦、失望种种的神色，我为了宽慰他们，朝他们笑道，别担心，你们不想我学，我就不学。

他们又慌了，赶紧说，想的想的，学吧学吧，你爱学谁就学谁。

又说，学吧学吧，学的总比你自己说的要强。

经过一段时间的观察，他们渐渐理解了我的用心，他们议论说，对呀，他没有错呀，我们说什么，他就跟着说什么，这很对头呀，这很正常呀，因为我们说的，都是对的，所以，他也是对的。

又说，是呀，从前他可不是这样的，从前他老是和我们唱反调，我们说外面冷，他就脱光了出去跑，我们说我们被骗子骗了买了假货，他说他就是那个骗我们的骗子。

那才是病嘛，现在他和我们说得一样，说明他的病真的好了，完全好了。而且，他是在用实际行动告诉我们，他的病好了。

我家的人终于能够接受我了。不过，虽然他们不再把我当病人，但我还是对自己保持警惕的，我继续服药，保持我的健康水平。

就在我奶奶去世前不久，我家的人轮番守在奶奶的病床前，后来据他们说，经常有一个乡下来的年轻人，在病重病危的病房走廊那里走来走去，给大家递名片，说他是推销产品的，因为他的乡下口音太重，别人也听不太清他说的什么，有人不给面子，拒绝收他的名片，给一点面子的，收下后再扔掉，只有极少数人，会把名片揣进口袋。

只是他们中的绝大多数的人，心思都在临终的病人身上，不会去理会推销产品的事情。

除了我妈。

我妈对我奶奶本来就没有什么感情，我奶奶身体好的时候她们就不怎么说话，现在我奶奶不能说话了，我妈就更不会和她说话了。

一个人待在一个将死的老人身边，我妈既无聊又无奈，她有事无事地摸摸口袋，摸到了那张名片。

我妈才知道，原来那个乡下人推销的产品是墓地。

价廉的墓地。

这是我妈看到名片上的介绍后的第一印象。

我妈到门口一探头，那乡下小伙子正站在那里，他冲她一笑，说，我知道你会出来找我的。

我妈说，我虽然书读得少，但是你们那个地方我知道，你骗不了我，明明是个穷乡僻壤，交通也不方便。

小伙子推销员给我妈介绍说，您说的那是从前，现在我们那地方，鸟枪换炮了，有山有水有风景，何况交通也修好了，所以我们开辟了一个新产业，就是坟地业。

我妈笑起来，没听说过，坟地业，这算是什么业？但是我妈已经嗅到一些她熟悉的气味。

那你说说，除了有山有水有风景，还有什么好的？

那推销员说，空气好，没污染。

我妈又笑了，嘻嘻，她说，死人又不用呼吸的，空气好干什么呢？

推销员也笑了，说，嘻嘻，死人确实是不用呼吸的，但活人要呼吸呀，你们城里有雾霾的日子，就到乡下来多陪陪死人，自然就呼吸到新鲜空气了。

我妈想，咦，这个说法还真不错。

当然我妈是很狡猾的，她只是想想而已，并没有露出一点点满意的口风。

当然推销员也是狡猾的，他也没有露出鱼儿上钩的喜悦。

春天来了，算是全家做一次踏青旅游，也是不错的。

于是我们家就有了一场说走就走的墓地行。

他们说，我们走吧。

我也说，我们走吧。

他们愣住了。

显然他们并没有把我考虑在里边，可是听我一说，他们又想到我毕竟是个人，活的，是这个家里的一分子，好像不应该把我扔下。

我看出来他们犹豫了，他们不太想带着我去看坟地，但他们也不太敢不带我去看坟地，所以他们认真地商量起来。

我们是去干什么呢，是去买墓地呀。

是呀，买墓地，这和他犯病的原因没有一点点关系，应该不会引起他发作的。

是呀，如果不带他去，反而会引他起疑心的。

后来他们统一了认识，我爸说，带他去散散心吧。

我说，带他去散散心吧。

一大家子人就坐长途车到东墓村来春游了。连我妈妈家的人也都跟来一两个，比如我小姨。其实我爷爷我奶奶跟我小姨是完全不搭的。真不知道他们是喜欢春游呢还是喜欢墓地。

在车上就有人告诉我们，我们要去的这个村子，原来叫东阳村，是阳的，现在变成阴的了。那无所谓啦，阳的阴的，最后都一样。

农民的想法真的很好，很自然，不做作。

那个小伙子推销员全程陪同我们，他果然没有说谎，这地方风水好，和我们同时到达的，还有很多城里人，大家都是来看墓地的。

墓地就在山脚下，一大片，一眼都望不到边，不知到底有多大。地都平整好了，甚至都已经竖起了墓碑，一块一块的，十分壮观，爷爷奶奶以后住在这里，不会孤单。

那个小伙子推销员热情地带着我们家的人走来走去，路上遇见村里的农民喊他村长，我爸说，原来你是村长噢。

我说，原来你是村长噢。

小伙子村长一边说，哎哟，还是别喊村长好。一边伸出长长的手臂说，你们看，这一大片，这里，这里，那里，那里，还有那边，还有山背后那里，都是，你们随便挑吧。

我小姨眼尖，说，咦，这碑上有名字。

我说，咦，这碑上有名字。

我二叔脾气丑，说，呔，你竟敢把别人的墓地再卖一次？

我说，呔，你竟敢把别人的墓地再卖一次？

村长推销员朝我看了看，我看出来他对我有好感，因为接下来他就对着我说话了，他说，其实这些名字，都是假的——他说了以后，好像感觉自己说得不太准确，“哦”了一声后又说，名字也不能说是假的，但是事情是假的。

我家的人都被他搞糊涂了，开始怀疑，警觉起来，村长赶紧跟我家的人解释，这些都是活人的名字，都是村里的村民，活的，活蹦乱跳的，只是为了把村里的地变成墓地，借用了活人的名字，做成死人，然后政府过来一看，哦，这是死人的墓地，这个政府也不好多管，人死了总要让他有个葬身之地的。

村长见我家的人仍在发愣，他说，这样吧，我再说得清楚一点，其实就是说，是大家合起伙来骗政府的。

我家的人也是有点觉悟的，七嘴八舌异口同声说，骗政府？政府有那么好骗吗？你以为政府是傻叉？你以为政府什么什么什么？

他们一混乱，我又学不来了，我有点着急。

村长点头说，那是当然，政府哪有这么好骗，政府不是上当受骗，他们是睁一只眼闭一只眼啦，假装受骗啦。

我家的人，开始有些摸不着头脑，但他们毕竟都是有头脑的人，他们互相使着眼色，互相提醒着，最后他们就明白了。

他们中间居然还有一个人说出似乎是更深刻的道理，他说，也说不定，是政府让他们这么干的呢。

村长微微含笑。不知道他什么意思。为了进一步让我家的人放心、安心，他继续解释说，只要你们买下了，立刻就换上你们的名字。他从随身带着的包里，取出一份合同，朝我们家的人扬了扬，说，这都是有正式合同的，有村委会的公章的，假不了。

你以为我们家的人会相信公章吗？

才不。

村长也知道他们不会相信，他还有办法，他有的是办法。

村长对旁边的一个村民说，去，去把某某某的证明取来。

某某某就是墓碑上的那个名字。

村民得令而去，很快就返回了，把某某某的身份证给我们家的人看。

我家的人不服，说，这算什么证明，死人也可能有身份证的。

又说，死人有身份证，一点不稀罕。

再说，人死了身份证不收掉，死人就有身份证了嘛。

这道理太简单，像我这样有病的人，都能想通。

村长说，你们再不相信，可以上门去看某某某，活的，保证是活的。

我家的人反正是出来春游的，虽然村子里没什么好游的，就权当是农家乐了，大家随村长到了村民某某某的家里，某某某果然在家，把身份证拿来一核对，照片像的。

我家的人开始以为这个某某某是个老人，人老了，反正也没几天了，就豁出去把名字刻到墓碑上玩玩，也无所谓啦。

可是出乎我家的人的意料，这个村民某某某可不是个老人，年轻着呢，看上去不到三十岁呢。

我家的人有些奇怪了，想不通了，说，咦，你这么年轻，就把名字刻到墓碑上，不怕触霉头？

农民才不怕，尤其年轻的农民更不怕，他说，咦，我就是要刻上去呀，刻上去了，阎王爷以为已经收了我，以后就不会再来收我了。

农民真想得开。

农民真会想办法。

他们不仅敢骗政府，还敢骗阎王爷。

都说城会玩，其实乡也很会玩哦。

经过这样的玩法，我家的人终于相信了村长。

大家回到山脚下，开始挑选，挑来拣去，挑花了眼，你说这个好，他说那个好，还起了争执，所以我根本就学不上他们说话了，我只能在一边闭着嘴，干着急。

最后他们终于统一地看中了一款，大墓，大碑，石碑上刻着两个人的名字，我妈嘴快，又自以为聪明，抢着说，这是一对夫妻，这边一个是个女的名字。

这下好了，出事了。

我犯病了。

但这肯定不能怪我。

是他们疏忽了。

我是个花痴，即使我的病好了，也不能在我面前说一个“女”字，我的病是会复发的，复发的诱因就是那个字。

先前我家的人他们但凡说话时必须要说到“女”字的时候，他们都是小心翼翼的，都用其他的字和词来替代，比如，他们要说女人，他们就会说骚货，再比如，他们要说女孩子，他们就说赔钱的货，反正都是货，我一病人，是不会想明白货就是人人就是货这样深刻的道理的。

因为生活中要用到这个字的地方很多的，他们实在想不出更多的替代词了，有一阵他们曾经想学几句英语来糊弄我，但是他们又顾忌我的聪慧和学识，他们怕我在精神病院住院时偷偷学了英语，所以最后才放弃这个想法。

但是现在在坟地上，他们因为买了个大坟占了大便宜，他们只顾着死人，忘记了我的忌讳。

我犯了病，我就没有任何拘束了，我就可以胡说八道了。

我赶紧说出那个字，我已经憋了很长很长时间了，我急着说出来，女，女，女——

我家的人想阻挡我，但是已经来不及了。

我指着给我爷爷奶奶准备的墓地说，女，女，女朋友，在那个下面。

别说我家里人，就是我自己，也吓傻了，我知道我又犯病了，我吃下去多少药，我住了多长时间的医院，才治好了我的病，我容易吗，可它现在又出来了，真是顽固。

我真没办法对付它。

我出现了幻觉，我看到我的女朋友躺在那个假墓地下面，问题在于，我不仅看到了，我还说了出来。

这是我出院后头一次犯的错误，头一次我没有跟着我的家人说话，他们没有说的，我说出来了。

我一说出口就知道自己麻烦大了。

我赶紧改口，赶紧否认，我说，我没有说话，我没有说话，你们看，我的嘴巴一直紧紧闭着的，这样，这样，是闭着的，所以刚才那句话不是我说的，我一直在听你们说话，我也听不懂，我什么都不知道，我又没有像X光一样的透视眼，我怎么会看见墓地里边有个女的呢?

言多必失。

我早应该打住的，可是已经来不及了，我为自己辩护得太多，辩护越多，我就越可疑。

好在现在他们的心思还都在购买便宜的墓地上，本来就很便宜了，他们还在讨价还价，他们暂时顾不上追究我的胡话。

最后他们终于谈好了价格，定下了爷爷奶奶的住处，返回的时候，他们也还没有想起我来了。

我赶紧表现自己，以弥补刚才我犯的错误，我抓住一切机会学着他们说话。我小姨说，唉哟，总算搞定了。

我说，唉哟，总算搞定了。

我爸说，不虚此行。

我说，不虚此行。

我妈说，多亏我多个心眼吧。

我说，多亏我多个心眼吧。

他们任凭我跟了他们半天，可是过了一会，他们忽然惊醒了，他们齐齐地盯着我，异口同声说，不对呀。

我一看到他们的眼光，我知道我完了。

他刚才说什么了？

我们在坟地旁边的时候，他说什么了？

我们在讨价还价的时候，他说什么了？

我紧紧闭住嘴巴，我怕他们上来掰开我的嘴，我把两只手抬起来，掌心对着他们，我想抵挡他们。

不过他们并没有来掰我的嘴，他们不需要，他们已经想起我刚才说的话。

他胡说八道了。

他胡言乱语了。

只是墓碑上有个假名字而已。

他竟然说下面躺着一个——一个什么。

他是不是又犯病了?

他是不是存心搞我们?

要不要送他到医院复查一下?

眼看着我难逃一劫了，幸好，此时我爸的手机响了，是医院打来的，我奶奶死了。

奶奶死的真是时候。

我家的人都赶到医院去看望死去的奶奶，我以为我逃过了一劫，又可以混迹于他们中间冒充正常人了，可是他们对我产生的警惕性并没有因为奶奶的死而降低下来。因为奶奶死后的一系列事情，他们都不带上我了。

我被关在家里，我抗议也没有用，我吓唬他们说，你们不带上我，我就在家里尽情地幻想。

他们好像一点不怕我幻想，他们丢下我走了。

现在我真的可以在家里尽情地幻想了，当他们把我的爷爷的灰和奶奶的灰装在两个盒子里，当他们往下挖了准备埋两个盒子的时候，真出事了。

底下竟然有一个盒子。

为了让大家相信墓碑上的名字是假的，那个男的名字活生生地站在我家人的身边，他先是拍了拍我爸的肩膀，说，你看，这就是我，活的噢。又伸出手臂让我爸摸他，你摸摸看，是不是活的。以兹证明。

所以，现在出现在下面的这个盒子里的灰，肯定是刻在墓碑上的那个女名字。可是有着那个女的名字，听说了这个事情以后，她就从远处走过来了，她站在墓地那里，对大家说，你们看不见我吗?

大家都说，看得见。

但是大家也奇怪呀，说，你是谁？

有一个聪明人抢着说，她是这个男名字的老婆罢，要不然两个人的名字怎么会刻在一起。

呸，要不你拿回去做老婆——那男名字很生气，一甩手走了，边走他边发牢骚，夫妻也能瞎配，我不干了，我退出。

这女名字也不理睬他，自顾说，这就奇怪了，按理说死了的人别人是看不见的，你们怎么会看见我呢？

村长生气说，去去去，滚一边去，少给我捣蛋。村长又向我家的人赔笑脸说，你们别听她胡说八道，这盒子里不是她。

可是现场已经闹成一团了，我家的人可不是这么好糊弄的，无论盒子里的是谁，也无论站在面前的这个女名字是什么，我家的人都不干了，这可是关乎我爷爷我奶奶死后的大事，既然坟地是村长卖的，我家的人就撇开这个吓人倒怪的女名字，只管找村长说话算账。

村长真急了，村长大骂，一会骂狗日的，一会骂日狗的，反正都是怪到狗身上，我原来以为他是个文明谦虚的年轻人，现在才发现，他也有粗鲁的一面。

农民们在旁边哄堂大笑。

可是我爷爷我奶奶的灰还晾在露天呢，那可不行，村长说，要不，你们换一个，换一个更大的，风水更好的，不补钱，就算赔礼了。

我家的人吃一堑长一智，他们拒绝接受村长的条件，因为他们是有道理的，谁知道这些坟，到底哪些是空，哪些是实，谁知道你们村的地底下，到底有多少人在那里待着呢。

村长再次开骂，他一边骂狗，一边问农民，你们把死人都给我供出来，他伸手指着一个农民说，你，你家的那个，下边有没有人？

这农民开始犟着头颈说，你家下面才有人呢，可是话一出口，他打了一个大喷嚏，他浑身一哆嗦，禁言了。

村长追着另一个问，你说你说，到底有没有死人？

那个农民只知道憨笑，还挠着脑袋，他自己也搞糊涂了。

来看墓地的城里人一哄而散。村长在背后大喊大叫，你们别走啊，你们别走啊，我们这里多得是啊。

我幻想得累了，我睡着了。

所以后来他们到底把我爷爷的灰和我奶奶的灰弄到哪里去了，到底埋掉没有，怪我不孝，我实在没有力气幻想了。

后来我听说，虽然村长骂了狗，但是他的生意被彻底破坏了。当然我也没什么好结果，我被送进医院了。

我家的人他们真不讲理，他们觉得是因为我讲了之后，地底下才会有一个人的，他们说，都怪你，本来事情好好的，妥妥的，都怪你胡说八道，居然说出这样莫名其妙的事情，荒唐的事情。

他们完全是颠倒黑白，混淆是非。

可怜我一个吃药的人，哪里是那一群不吃药的对手，我只有乖乖地束手就擒。我又住院了。

我住进去没几天，我们病区来了一个新病友，我一看，脸好熟，是墓碑上的那个女名字，可是我再一想，奇怪呀，我明明没有见过她，我怎么会认出她来？

女名字并不知道我的心理活动，她朝我靠拢过来，朝我笑，我经不起女的一笑，我就和她说话了，我说，你怎么来了？

她鬼鬼祟祟地“嘘”了我一声，轻点，别让他听见。

谁听见？

医生。

我反对。我完全不同意她的说法，我说，医生有什么可怕的，医生是给我们治病，是救我们的。

那女名字说，但是我没有病，他要是治我的话，我就被治出病来了。

瞧，这就是典型的精神病人，明明有病，偏不承认，越不承认，病就越重，这个女名字，年纪轻轻，病得真不轻。

这一刻我的感觉好多了，居然有一个熟人比我病得还重，我兴奋起来，我去撩她，我说，你没有病，你怎么住进来了？

那女名字说，我是假冒精神病人混进来的，我进来就是为了找你求教、求助、求关爱。

我“扑哧”一声笑出来，向一个精神病人求关爱，她可真有创新意识，不过你们别以为我会相信她，才不，我只是有耐心地让她尽兴地表演，看她往下再怎么胡诌。

她果然继续胡言乱语说，我知道你和别人不一样，能够看得见别人看不见的东西，我现在站在这里，请你看看我，我到底是死的，还是活的，我到底是有的，还是无的？

我说，我看不出来，医生让我吃药了，我一吃药，就什么也看不出来了。

那女名字生起气来，不过她就算生气也显得蛮好看的，她说，我就知道，医生果然不是好东西，你能不能不听医生的话，能不能不吃药呢？

她真是病得很厉害。

我们这里的病人，什么都敢说，就是不敢说医生不是好东西，即使病得再厉害，也不敢说不吃药，她如此胆大妄为，倒让我有所警觉了，我怀疑她是医生派来的奸细，来试探我对治疗的态度，我可不能被她探了去，我得赶紧变被动为主动，所以我主动说，医生的话不能不听，药不能不吃，没有医生没有药，我就会、我就会变得不、不正常。

那女名字着急说，我不要你正常，我就是要你不正常。

瞧，她就是这么自私。

我都不想理睬她了，可是她不肯放过我，她两只大大的眼睛死死地盯住我，我又被她诱惑了，我说，你要问的这个人，就是你自己哎，难道你不知道自己是有的还是无的。

那女名字说，可是我说了不管用呀，我说我是有的，人家不信，我说我是没有的，人家也不信，我说我死了，人家不信，我说我没死，人家也不信，你让我怎么给自己一个交代——所以求你了，你就行行好，停一停药，替我找一找我吧。

起先我还一直提醒自己，她虽然可怜巴巴，但我必须硬起心肠，毫不动摇，我说，我不能不吃药，我是一个有责任心的病人，就因为我一次没有吃药，就把小村长的事业给毁了，如果我一直不吃药，我得把多少人给害了——可是后来我看到那女名字几乎绝望的眼神，我的心肠又软了，我又多嘴说，其实，有的，或者没有的，你非得弄清楚吗?

女名字执着地说，当然要弄清楚，否则我算是什么呢。

她既然如此固执，我也得想点办法了，我灵机一动，我有主意了，我立刻兴奋不已地说，哎呀呀，我终于认出来了，你就是我失散多年的女友，你就是我朝思暮想的女友，你就是我患难与共的女友啊!

她大惊大喜，扑上来亲了我一嘴，然后她拍着自己的胸口说，吓死我了，吓死我了，我以为我不是我自己呢，现在我终于可以放心了，我找到我自己了。

她满心欢喜，高高兴兴准备走了。临走之前，她还关心我，对我说，你好好治疗，我在外面等你出来。

我窃笑。她只是存在于我的幻想中，她还当真了。

再说了，进了这个地方，她走得了吗?

买方在左卖方在右

冬天已经来了。

也就是说，再过大半年，我儿子就要上小学了，所以我家必须要有学区房。

如果说是未雨绸缪，我的动作已经晚了一点。我听说有钱人，儿子还未成年，就为孙子买好学区房了。

呵呵。眼光真是远大。

也不知道到那时候还有没有学区房这一说了，不知道那时候机器人有没有灭掉人类，如果灭掉了，那么机器人会不会也需要学区房呢，呵呵，反正真是什么也不知道。

不知道，真的不知道。人穷志短理想弱，想象的翅膀就没长过。只是看到有钱人的做派，心理酸溜溜的不平衡罢了。其实如果换作我是有钱人，别说给孙子买学区房，就是重孙子、灰孙子，我也一样买，都买，全买，买好多套，一个学区买一套。呵呵，爽。

可惜我不是有钱人。

不过我还好啦，晚虽晚了一点，还来得及。

我还听说，有个人家，开始一直知道自己家的户口房产证都是学区的，哪知到了报名时才知道，早在半年前，他家这个地段，已经踢到学区外去了。

被谁踢的？那你管不着。反正是有规定的，有红头文件的，学校自己也不敢擅自作这么大的主，这可是人命关天的事情。

这不仅是人命关天，这简直是天崩地裂。

不过也不用晕过去啦。

总还是有活路的，现在都是这样。鱼有鱼路，虾有虾路，上有政策，下有对策。当他脚步踉跄地走出学校报名处的时候，就有人跟上来了。

要伐？

他没听明白。

人家蛮耐心，又说，要伐？

现在听懂了，这是要卖东西给他，卖什么呢？

学区房。

他简直是目瞪口呆。

他当然是将信将疑的，以为碰上骗子了，但又怀揣着一丝希望，如果没有这一丝希望，他真是什么也没有了。所以跟着过去一看，怎么不是，离学校不远，证件齐全，保证五年内没有人用这个户口上过学，等等，应有尽有，正宗的如假包换的学区房。

可是这还是值得怀疑呀，报名时间就那么几天，买个房有那么简单那么快捷吗？

当然有，早就一条龙伺候着了，全程配套，卖方、中介、房屋中心，绝对一路绿灯，服务得实在太周到。

那是，有市场，就有服务，现代社会，就是这点好。呵呵。

不过千万别以为这是他们的良心行为哦。

你懂的。

事情就这么解决了。当然要损失一大笔钱，但是，这钱无论他是借来的，还是怎么来的，甚至是高利贷的，也值。

当然值啦。

孩子就不会输了啦。

真的就只剩下天真了。

当他第二次去报名的时候，老师也认得他，只是朝他笑笑，说，现在动作都蛮快的。

敢情他们所有的人什么都知道。

那是，如果什么都不知道，老百姓还怎么把日子过下去呀。

所以现在轮到我了，我并不太着急，我虽然和传说中的那个人一样没钱，但是我比他有时间。

我先到网上了解行情，学区房，多得是，挑得我都头晕眼花了。

当然让我头晕眼花的不只是房子多，主要是它的房价高，我得屏住呼吸，才能数清楚那是几个零。

不过也还好，关于这一点，我是有思想准备的，你都想买学区房了，你还想着有便宜货吗？那真是想多了。

学区房首付，恰好是我们家多年来省吃俭用积蓄起来的那个数字。若不是有这个数字，我也不会财大气粗到要给孩子买学区房。

真是有一种风萧萧兮易水寒，壮士一去兮不复还的悲壮。

接下来的事情，就十分令人兴奋了，我们千挑万拣，看中了一套学区房。

根据网上留的联系人电话，我们联系上了中介小张。我不把他的名字直接写出来，那是我手下留情，不想砸了他的饭碗。

小张听说我们看中了学区房，立刻说，好呀，你们什么时候看房，钥匙在我这里，我们约时间。

旗开得胜，我马上说，说看就看。我和老婆请了假，心情激动地来到未来世界。

未来世界小区大门口有好几个年轻人站在那里，男男女女，统一的中介工作服，胸前挂有胸牌，衬衣束在裤子里，一式的打扮，一看就让人产生信任感，也让人心生美好，真切感受楼市的春天又来了。在美好的春天里，我们搭上了时代的快车。

我朝他们认真打量一番，因为装扮和长相都差不多，我看不出哪个是照片上的小张，其中的一位已经到了我的面前，说，八幢501？

我一下子没听明白，以为是什么接头暗号呢，愣了一愣。

旁边的一个也上来了，说，五幢402？

有个女的就找我老婆问：四幢303？

我也没那么笨，愣过之后我反应过来了，他们问的是哪套房罢，我赶紧说，我们是九幢603。

哦，这里。立刻有人朝我举了举手。

我赶紧笑着迎上去，哦，你是小张？

那个人也笑了笑，说，哦，我不是小张，我是小王，小张陪另一个客户看房子去了，路上有点堵，来不及赶回来，我带你们看房。

这我就有了戒心，我说，你和小张是同事吗？

小王说，是同事，是同事。

可是，可是，我还是不放心呀，这可不是买萝卜青菜，这是买房子，是买学区房。我说，为什么，说好的小张，会换一个人呢？

小王面色平静，估计他也是经常碰到我这样的客户吧，他平静地说，其实你也不认得小张对吧？你不是也没见过小张吗？为什么你相信他而不相信我呢？

这确实是有点奇怪。他说得不错，小张和小王，一样的中介嘛，同一个公司，再回想一下，我在网上看到的小张挂在那儿的照片，难道不是和这个小王差不多吗，别说服装、气质差不多，连外貌也很像，都戴着眼镜，都是文绉绉的样子。

我信了他。

不信又能怎样？

我和我老婆乖乖地跟着小王进了小区，找到九幢603，小张掏出钥匙，开门进去。

看房的具体过程和房子的具体情况我就不说了。

我能说什么，难道说我很喜欢我们想买的房子吗？

我只能说，我老婆还是比我有信心，她说，没事没事，只要好好打扫打扫，还是可以的。

她又说，反正又不是来享受的。

既然她有这样的信心和决心，我也没有理由多说什么。

然后就和小王约好，第二天就去他们门店面谈，谈得拢，就面签了。我们希望卖方再把价格压低一点。小王说，没问题，都是这样的，都要砍一下价的，你们心里有个底线就行，对方我们也会做工作的。

真是通情达理，合情合理。

隔了一天，我们到了中介的门店，没看到小王，就找小张，小张也没在，小李接待了我们，小李说，一样的。卖方正在来的路上，快到了，你们再耐心等一等。

一等再等，还没来，我有点伤自尊了，忍不住说，到底是卖方，牛叉呀，爱来不来，总是买方着急罢。

小李笑道，那倒不一定，有的是买方急，有的是卖方急，有一次我们接了一个卖家，急得什么似的，一天打几十通电话，问有没有联系上买方，你们知道他干吗？他要离婚，想转移财产，呵呵。

我老婆阴阴地瞥了我一眼。

不知为什么我竟有点心虚。

小李又给卖家打了电话，放下电话，他站了起来，跟我们说，别等了，今天不来了。

我老婆一直是觍着脸讨好地看着小李的，但那是因为急着要买学区房装出来的，她本来脾气丑，又特经不起考验，一下子态度就不好了，气呼呼地说，你刚才说他们已经快到了，这会儿怎么又说不来了呢，你是骗我们的？

小李说，不能说我骗你们，昨天跟他们联系，他们是答应了的，可是今天下午再打电话，他们就拖泥带水——

我说，那就是说，刚才他们根本不在来的路上？

小李一点也没有因为刚才说了谎而尴尬，他呵呵说，根本就没出来，他们在家里打架呢，现在打出事情来了，进医院了，这夫妻俩，先前为了卖不卖这个房子，已经打过一架，现在又为了卖个什么价打起来，唉。

人家都打进医院了，我们还能说什么，跑到医院跟他们理论？还是骂骂小李？骂小李小李也冤的，根本也不是他的事情，起先联系的是小张嘛，带着看房子的是小王嘛，可是骂小张小王，小张小王就不冤吗？又不是他们求着我们的，是我找的他呀。

算了算了，房子这么多，东边不亮西边亮，小李说，学区房我们这儿还有好多套，你们再看看。

我和我老婆对视一眼，我们是心有灵犀的，这家中介不怎么地道，我们得撤了。

小李也知道我们的心思，他也没有勉强我们，仍然面色平静地和我们道了再见，并且给了名片，说，有需要联系我。

我们还是换一家中介吧。

我们换了一家更大的品牌更好口碑也更好的中介，然后选中了一套学区房。

我们又去看房了。

这个小区叫明日之星，也讨喜，小区大门口仍然有一些中介人员在等客户，我一一看着他们的脸面，觉得蛮亲切也蛮熟悉的，我拉住一个说，你，好像是小张哎，你，是不是小张？

他说是呀，我是小张。

我说，上次我们看未来世界的一套房，就是联系的你，你没来，你的同事小王带我们看的。

小张说，哦，未来世界我们也做的。对了，今天你们是看3幢505的吧，跟你们联系的小刘，今天来不了，我带你们看房，我姓张。

咦，我就奇了怪，我们明明换了一家中介，怎么还会是小张？

我老婆不如我有涵养，直接就说，难道你们都是一家的？

小张说，都是联网的。

这算什么话，难道用上网络就都成一家了？我犹豫着说，可是，小刘并没有说他委托同事带我们看房，再说了，我们也不认得你，我只是觉得，你有点像我上次在网上看到的照片上的小张。

小张说，认得不认得，没关系的，反正是看房的。

我倒要跟他认个真，我说，那你是不是上次我和你联系过的看未来世界的那个小张呢？

小张有点抱歉，说，未来世界那边，我带过好多人看房，我实在有点记不清了。

我说，不是你带我们看的，是你的同事小王。

小张说，那我就更记不得了，我同事中姓王的也有好几个——其实，记得记不得无所谓的，只要你今天看得中这套，就行。

我和我老婆都无话可说了，你能说他说得不对吗，他是带我们去看人家的房子，又不是要卖我们家的房子，他如果是骗子，也骗不掉我们什么呀。

这样一想，我们就跟着小张去看房了。

然后，再去中介的正规门店面谈。

这一回的卖方，倒是守时的，比我们到得还早，我们一进去，他们已经在谈论网签后的下一步了。

我和我老婆一到，立刻就开始履行手续，首先当然是卖主出示房产证和地产证。卖方是一对中年男女，女的紧紧搂着一个包包，护在胸前，一听说要拿出证来，她有点紧张，动作摸摸索索的，在男人的帮助下，才将包包打开，小心地取出证来。

果然不错，两本，一本红色封面，一本黑色封面。

我和我老婆，心又灵犀了，我们互看一眼，心情已经激动起来，好像那就是我儿子的未来了。

可是小张只是拿眼睛的余光瞄了一下，就说，错了，这是《住宅质量保证书》和《住宅使用说明书》，你们拿错了。

那夫妻俩愣了愣，赶紧把那两个本本拿过去看了，两脸的蒙逼，果然是错了。

那夫妻俩你看看我，我看看你，一时不知所措，过了好一会，才想起来说话，拿错了？不会呀，怎么会拿错呢，不会错的呀。

真是废话，明明就是错了，还说不会错。

所以另一个理直气壮补充说，拿错了？可是我们的那个专门放证件的袋子里，只有这两本呀。

小张说，反正这两本不对，你们回去重拿吧——他还知道对不住我们了，回头跟我们打招呼，今天签不成了，另外再约时间吧。

我和我老婆面面相觑，难道这算是好事多磨吗？

如果真有好事，磨就磨吧，反正我们一无所有，只剩下一点耐心了。

可是那夫妻俩不服呀，他们嚷嚷起来，配合得很好，一个说，回去也拿不到的，就是这个，只有这个，家里没有别的证了。

另一个则说，要不只有身份证了。

他们嚷了几句，也知道这不是解决问题的办法，他们开始回忆他们家的房产证到底到哪里去了，这一想，咦，事情又回来了。

就在中介小张这里呀。

上次我们来登记卖房，是你叫我们把房产证带过来的。

小张说，是呀，你不带房产证来，我怎么相信你有房子，我怎么给你登记，怎么给你挂到网上卖呀。

可是我们带来就交给你了，应该在你这里。

小张笑了笑，说，这是不可能的，只是登记一下号码，就还给你们的，我们不会收你房产证的——再说了，你又不认得我，你敢把房产证交给我吗？

我们怎么不认得你，你不是小张吗，你不是中介吗？

小张说，我说小张就小张呀，我说中介就中介呀，你们真这么相信人吗？

他们说，你别管我们相不相信，反正你们的门店就在这里，我们还怕你跑了不成？所以，我们的房产证肯定是被你们留下了，你们还说，买主不相信你们，他们要看房产证才会相信。

小张又呵呵了，说，有门店就不会跑路吗？

小张这话一说，那夫妻还没反应过来，却把我吓了一跳，怎么不是呢，有个小门店而已，怎么就不能跑路呢，人家有一幢大楼，也照样跑路。

我的心脏怦怦跳了，还好，我暗自庆幸自己是个买主，不是卖主，我没有房产证可以让他们拿去。

小张的同事也都在忙自己的事情，这边吵吵嚷嚷，他们完全不在意，因为他们自己那一堆，也都是吵吵闹闹的，一直到后来他们的事情忙得差不多了，看这边仍然僵持着，就过来劝架了。

总之我听出来了，他们都和小张是同一个说法，卖主来挂牌时，是不可能把房产证交给中介的，只有到了网签时，中介才会收扣两证，拿去代办各种手续，那样中介也必定会出具收据给卖主，否则，哪有卖主会这么好说话，换句话说，哪有卖主会如此傻缺。

他们再一次吵吵起来。

小张见我和我老婆神情有异，先稳住我们说，没事的，房产证肯定在的，今天让你们白跑了，对不起对不起，等他们找到了，我们再约时间吧。

我们还能怎样，走罢。

我们走出来，回头看看这个中介的门店，我心里有些疑惑，我说，我们上次去的，就是这个门店吗？

我老婆也疑惑，也说，咦，好像差不多哎。

不是我们傻，确实差不多，看着像，又不太像，中介的门店样子都长得差不多，和他们的中介人员一样，分不清你我他。

我们等呀等呀，一直没有来自小张的消息，中间倒是有许多人，小王小李小刘小钱小什么什么，只管盯着打我的电话，问是不是要买学区房，我说，我是要买学区房，不过已经确定了卖方，明日之星，只等他们找到房产证，就签约了，不想再多看，多看有什么用，看得心猿意马，我又不能买几套。

他们说，其实我们这边的梦幻天域你也可以看看。

其实我们这边的领袖之城也不错的。

还有理想帝国，还有皇冠明珠。

还有好多外国名字。

小区的名字实在太赞了，在我看起来，都是我儿子的未来呀，这实在太有诱惑了，诱惑得我耐心不够用了，我给小张发信催问，小张说，快了快了，一来马上通知你们。

我也知道这个“快了快了”是什么，我和妻子意见一致，对不起了，小张，拜拜了。

我们又上网去找房子了。

网上的学区房真多啊，我们眼花缭乱。

我们物色了第三家中介公司，联系了小赵，小赵和我们约了时间。

就在我们将要去见小赵、小赵将要带我们看房的前一天，前边那个小张来电了，说卖主家的房产证真相查出来了，原来是他们家的儿子年纪轻轻不学好，在外面赌博，欠了巨额赌账，把房产证偷出去抵押了。

我想这谎话也说得太没水平，破绽太大，但是既然我已经抛弃了小张，我也不必和他多话，也没必要指出他的荒诞，我只是老老实实地告诉他，你们那里，看起来也不太那个什么，我们换中介了。

我说这话的时候，其实还是有点理亏心虚的，毕竟这事情上我们也不太厚道，小张明明让我们等他消息的，结果我们只等了几天就将他甩了，不过小张并没有如我想象的那样生气，他只是说，你们换的那家，是叫恋屋中介吧？

我的天，他们果然是连着的。

不管他了，我们现在只认小赵了。

这回我们看中的小区叫幸福家园，这个名字好，比什么未来世界明日之星更实在，更接地气，更贴近我们老百姓，所以我相信了小赵。

如你所料，到看房的那一天我们在小区门口仍然没有见到小赵，有个姑娘说她是小赵的同事，小赵有事来不了，委托她带我们看房。

这姑娘看起来很年轻，因为个子小，简直像个学生，我不由得嘀咕说，怎么来了个姑娘。

我老婆瞪了我一眼，说，姑娘？姑娘把你卖了，你还跟着数钱呢。

我老婆警惕性就是比我高，尤其是碰到姑娘的时候。

这姑娘其实蛮实在的，我们只是在脸上流露出一点不信任，她就主动跟我们坦白说，是的是的，我是个新手，菜鸟，呵呵，请多多关照。又说，我姓梦，你们喊我小梦就行。

我说，哦，孟，孟子的孟？

姑娘说，不是孟子的孟，是做梦的梦。

我就奇了怪，我还头一回听说有这样的姓，我嘴又贱，说，咦，姓梦，做梦的梦？有这个姓吗？

我老婆朝我翻白眼，说，怎么没有？梦露不是姓梦吗？

我知道我老婆嫌我话多了，赶紧闭嘴，由菜鸟小梦带着我们进小区，看幸福家园。

幸福家园令我们满意的。

我们看了几处房，处处令我们满意。你们早就看出来了，我们一点也不挑剔，只要它是学区房，我们都满意。何况它还是幸福家园。

然后依然是约到门店买卖双方面谈，前面的两次，都是栽在这个环节，所以在去门店之前，我老婆提议我们去给菩萨烧个香，我想嘲笑她，大学毕业都这么多年了，乡下人的迷信习性还改不了，但话到嘴边，我咽了下去，坦白地说，我也想拜菩萨。我们到西园寺去拜了菩萨，只是不太清楚到底哪个菩萨管这个事，就一一都给拜了。

拜菩萨果然管用，门店的面谈很顺利，价格也压下来了，网签的材料，这个证，那个件，一一都带齐了，小梦虽然谦虚，说自己是个新手，但其实她和那些老手一样，根本不用拿正眼看这些材料。不过也确实错不了，没有哪个比买主卖主更关心自己的行为了，真不用中介操很多心。

好了，过关斩将，我们终于杀到房屋交易中心来了。

到那里一看，我有点傻眼，简直怀疑这里边是干什么的，这简直就是一个战场，人们在枪林弹雨中大呼小叫，奔来奔去，紧张得不得了，至少也可以看作是上战场前的那种混乱、慌乱、大难临头的感觉。

其实才没有大难临头。买卖房子，是好事情，紧张中是夹杂着兴奋的，可怎么会让人感觉心慌意乱的。

这真是有点奇怪。

我一进大厅，首先看到了我老丈母娘和我小姨子，我“咦”了一声，问我老婆，她们怎么来了？

我老婆不介意地说，哦，这个要防着点的。

她不介意，我倒有点介意，防着点，防谁呢？防中介？防卖家？防房屋中心？还是防我？

不过其实我家也一样，毫不示弱，不仅我来了，我家弟弟弟媳也来了，还抱着他们的未满周岁的孩子，似乎从小就想让他接受一点教育。

那个小梦看了我们这么多人，并没有觉得意外，只是说，你们稍等，卖方还没到，刚才打电话了，马上到。

这个姓梦的运气不错，她说“马上到”，还真是马上就到了，不像前面的小张小王小什么的，说了不算数。

卖主到了，他们家的阵仗也不比我们差，也是夫妻双方连带亲朋好友，差不多凑到一个班了，至少我们买卖双方的人数加起来，是足足超过一个班了。

小梦像个班长，先快速地扫了这个班一眼，果断地说，你们在这儿站着，别走开，我去取号。人一闪，就淹没在人山人海中了。

这哪是菜鸟，整一个行走江湖的老手。

因为大厅里人实在太多，声音太杂，她说的话，除了站得离她最近的我和我老婆，其他人基本没有听见。

看到小梦走了，其他的人就蒙了。其实他们一进来就处于蒙逼的状态了，盯着我和我老婆问，人呢，那个人呢？

我嗓子疼，说不动，但我老婆很兴奋，所以她积极地大声告诉他们，取号去了。

因为听不清，有人听到的是“举报”，有人听到的是“喜好”，或者“取消”，等等。

他们根据自己听到的，七嘴八舌乱说一气，我懒得和他们解释，好在小梦不一会儿就来了，告诉我们取到了5250号。

大厅的大屏幕上有显示，广播里也有播报，小梦说，你们守着别走开，注意看，注意听，报号。

人一闪，又没了。

她人闪了，卖方的人着急呀，所有材料，尤其是房产证之类都在她的袋子里呀，现在他们只能盯住我了，好像我和这个姓梦的是串联好了的。

果然，他们责问我说，嗯？你们认得她？那个女的，中介？

我说，咦，怎么是只我认得呢，你们不也认得吗？

可是我看你小梦小梦喊得亲热，你们难道是亲戚？

我毫不客气地反驳过去，我看你们才跟她很熟很亲呢，要不你怎敢把房产证都交给她呢。

我这话一说，他们慌了神，他们一慌神，又找不见小梦，恶狠狠地围攻起我来。

什么什么什么。

什么什么什么。

我认怂，不说话了。

在人多的地方，大家的脾气都容易发作，我还是省点事吧。

可是人家脾气上来了，不想省事，说，她人呢，她人呢，她不会带了我们的材料走了吧？

这样看起来，如果姓梦的真的卷走了材料，他们会找我算账的。

他们想多了。

你们也想多了。

我又不是在写骗子，我写的是房屋买卖的事情，这地方各个方面都十分的规范，都有明确的硬性的规定，骗子很难钻空子，不容易得手，他们一般不到这里来。

果然的，我不用担心，当排号排到5248的时候，小梦出现了，说，快了快了，再过两号就轮到了，她扫了一眼一字排开的柜台，富有经验地说，估计是在九号柜台了。

小梦话音刚落，广播里已经报出了5250请到九号窗口。

大家都激动了，甚至有人尖叫起来，一起往九号柜台那儿涌过去，小梦被挤在了后面，她个子小，身子也比较单薄，在后面喊，你们过去没用，材料在我这里。

除了我们买卖双方及家属，甚至还惊动了其他的买主和卖主，他们不知道往那边挤有什么好处，就闷着头一起跟着我们往九号柜台去。

小梦个子小，灵活，她身子一矮，就从人缝中钻到柜台前，随即面对大伙，从包包里掏出一个小喇叭，吹了一口气，喊了起来：幸福家园，幸福家园，举手。

我们，这一伙人，幸福家园的买方卖方及亲属，听懂了，都举起了手。

其他跟着瞎混的，悻悻地退了开去，嘀嘀咕咕，什么幸福家园，哪来的幸福家园。

所有举了手的幸福家园，都紧紧地绕在小梦周边，简直是围追堵截，小梦分不清哪些是买主，哪些是卖主。不过真别为她担心，她有的是办法，只见她忽地又一转身，背对着大家，仍然用喇叭喊：幸福家园，买方在左，卖方在右！

柜台里的那个人，朝她笑，说，哈，喇叭，装备齐全哈。

小梦也笑了笑。她回头看了我们大家一眼，发现我们都没有听明白，重新又喊了一声：买方在左，卖方在右。

我反应比较快一点，抢先听懂了，我赶紧跟他们说，你们，卖方的人，站到小梦的右边，我们，买方的，站在她的左边。

顿时引起一阵嚷嚷。

为什么，为什么我们要站左边？

为什么我们要站右边？

左边和右边，有什么不同？

为什么要分右边和左边？

柜台里的人说，办不办，办不办，不办就下一号了？

小梦朝他笑，一边说，办的，办的，一边把材料递了进去。

材料一进去，大家立刻停止了嚷嚷，现在大家的注意力，已经不在小梦那里，而在柜台里边了。

柜台里的动作也是十分的规范快速，几乎只用几分钟甚至更短的时间，工作人员已经看过了那厚厚的一叠材料了，他开始叫名字了，孙大洪——

卖方的男主应声而出，我，我是。

孙大洪签名。

又喊，孙福珍。

那个孙大洪的老婆，正在往前拱，想必男人签过了，就该轮到她了，她刚拱到柜台前，拿到了柜台上搁着的那支笔，可是一听喊“孙福珍”，她忽然就呆住了，她的手握着那支笔，半抬半举，脸色完全僵硬了。

出事了。

她竟然不是孙福珍。

那谁是孙福珍？

人呢？

卖方男主脸色尴尬，支支吾吾，欲言又止。

工作人员严厉起来了：人呢？这人是谁？

男主说，是，是我父亲。

人呢？

死、死了。

死了？开什么玩笑，死了你们还让他来签字，怎么来的？

没有来，已经烧成灰了。

呵呵，如果睡棺材，还能抬个死尸来，抓住按个手印不知行不行，但是烧成了灰，想必无论如何来不了了。

卖方男主忽然惊醒过来，赶紧掏出一张纸，抢上前说，有，有，有证明的，死亡证明。

里边的人又好气又好笑，说，我不要死亡证明，我要活人，能签字的活人，你有吗？

那男主灵感又来了，说，咦，他是我爸，他死了，我继承他的房产，这有问题吗？

他真是想多了，哦不，这回他想少了。

连我这样的外行都知道，继承遗产可不是个简单的事情，不是一张死亡证明就能解决得了的。

我不由看了看小梦，这事情分明责任在她，尽管可能当初登记的时候，不是她经手的，但至少她没有认真核对买卖双方带来的证件，我没想到的是，小梦居然一点也不着急，笑眯眯地说，不急不急，有办法。

那卖方男主还在跟里边纠缠说，那你说怎么办，这房子不能卖了？可是我们急等钱用呢。

里边说，现在没办法了，你们应该在你父亲去世之前，先来这里过户，把你父亲的名字去掉。

那男主哭丧着脸说，他病了好多年，一直瘫在床上，怎么到这里来签字呀，再说了，我们总以为，他死了就是我们的了。

想得美。

我差一点脱口而出。

小梦笑着，勾出身子，到柜台里边把那个房产证拿出来，翻开来看了看，轻描淡写地说，哎，是有个孙福珍，我还以为就是你老婆呢——我当初问你们，除了你们夫妻，还有没有其他共有人了，你们说没有。

那卖方男主女主齐声说，人都死了，还算人吗？

柜台里的那个人，每天见识各种各样买房卖房的人物，早就刀枪不入，这会儿居然也被搞晕了，一生气，手一抬，“啪”，材料被扔了出来。

小梦捡起材料，还是笑眯眯的，说，没事的，没事的，重新搞一下。

我们买卖双方都不如她有经验，更不如她有想象力，我们想不出该怎么搞，小梦说，不难的，不难的，你不是说你们的父亲病了好多年，不能走路吗，那就抬了来罢。

卖方男人说，可我说的是他活着的时候，现在他已经死了。

小梦笑道，你别说死呀，死了就真不太好办了。

那男主后悔不迭说，可是我刚才已经说出来了。

小梦仍然笑，说，没事，他才不记得呢，每天那么多人，他都记得，那是见鬼。

那男主还是没有明白过来，我倒是明白了，我插嘴说，小梦，按你的意思，抬个活的来冒充一下。

那男主立刻说，他们不会这么笨吧？

小梦说，他们怎么笨啦，他们一点也不笨，他们都知道，心里一本账，只是睁只眼闭只眼啦，他们也知道老百姓不容易，到这里来的——哟，不扯远的了，我们商量一下，人，是你们物色还是怎么办？

他们居然真的开始商量怎么找人冒充，小梦提醒他们，不能找身体太好的，要找不能走路的，不然人家想让你们蒙混，你们也过不了关。

那男主仍然不敢相信，说，抬了来真的有用？

小梦手一抬，说，你看那边，那个是坐轮椅的。又说，上次看到一个，是担架抬来的，这个你们想好了，是坐轮椅还是抬担架，还有，你们要吩咐好了，来了不要说话，不要什么什么什么——

我在旁边听得简直忍俊不住，我失声大笑起来，我的笑声之大，竟然盖住了交易大厅乱哄哄的嘈杂声，大家被我的笑声震住了，都朝我看。

我赶紧逃走。

我老婆紧紧追着我说，你干什么，你干什么？

我说，我不买房了。

老婆呸我说，儿子不上学了？

我说，我没出息，连买着个学区房也买不成，你当初，就不应该嫁给我。

我老婆“哼哼”说，是吗，现在也未必来不及。

她什么意思？

我是跟她发发嗲的，她还当真了？她真想找有出息的、有学区房的男人去？

你以为呢？

你看看日历，都什么时候了，学校新生报名的通知已经出来了，房子还没有着落呢。

我失魂落魄回到家，小梦的电话就追来了，小梦说，哥，你别着急，你稍微等几天就行了，我正在帮他们办这个事情。

办什么事情？让死人复活、让假人冒充，然后去房屋中心签字卖房。呵呵。

我说，我等不及了，学校已经开始报名了。

小梦说，那也来得及，这一套不行的话，还有许多，对了，我们还有房卡房，房卡房很便宜，关键是办起来更加方便快速——虽然没有产权证，但是可以算学区房，前提呢，也简单，只需要你是无房户，只要把你现在的住房卖了——

我一听，两眼发黑，浑身发软，我要买个房，都已经焦头烂额，我若是要卖房——我可不敢往下想了。

我不知道我老婆什么想法，会不会因此吵得不可开交，甚至提出离婚；我也不知道我家的房产证还在不在家里，虽然我儿子还小，不会拿去抵押，但是我家丈母娘、小姨子，我自己的弟弟、弟媳，也都不是什么好鸟，虎视眈眈地瞪着我呢；我还担心我老婆瞒着我找人冒充了我，把我丈母娘和小姨子的名字加进去了，我还怀疑——总之，总之，我不想再提房子的事了。

可是我很不争气，第二天上班的时候，我竟然鬼使神差地绕到了小梦说的那个房卡房吴家角，那里确实是有个破旧的平房，我走进去，看到有个老太太在里边，老得面目都已经糊涂了，她朝我挥挥手，说，走吧走吧，这是凶宅。

我一哆嗦，赶紧逃了出来。

怎么不凶，阴森森的，不像住人的地方，倒像是——晦气，我不说了。

我彻底和房子怼上了。

难道我儿子真的不上学了吗？

当然不会。

初秋的时候，我儿子如愿以偿地进入了市里最好的小学。但可惜的是，现在他已经不是我的儿子了。

为了儿子上学，我老婆跟我离婚了，找了个后爸，有学区房。

相比买卖房子，办离婚手续倒是很顺利，我们到民政局登记，里边问：协议离婚？

答：协议离婚。

问：财产分割好了？

答：分割好了。

眼睛都没来得及眨一下，章就已经盖好了，两本和结婚证一样红的本子扔了出来，我们一人拿一本，分头而去。

之前我还打了些腹稿在肚子里，万一他们要调解，要劝和，问为什么离婚，我早想好了怎么回答，如果再问什么，我又怎么回答，我都一一作了准备。

结果一句也没用得上。

当然，我们是假离婚。

但是谁知道呢，现在已经过了我们约定的时间，可我前妻一直没有来找我复婚呀。

至于我原来准备买学区房的那笔钱，那是我和我前妻一起攒下来的半辈子的积蓄，我放到P2P金融平台上去了，很快，它们就没有了。

琴心剑胆范小青

潘向黎

对范小青，我一直是叫“小青姐姐”的，这样叫着随便，而且透着亲。因为我开了头，许多人都跟着这么叫。我本来还挺得意，觉得自己的创意广受认可，结果有一次她对我抱怨说：“都是你，现在大家都这么叫，上次连林建法都这么叫，好不容易遇到一个比我老的，也叫我姐姐，有点受不了！”头一回见小青姐姐受了委屈的模样，我忍不住哈哈大笑起来。没想到，这个在我心目中的大女人，内心依然有这样小儿女的角落。好吧，今天我在这里赔个不是，小青姐姐，你不是什么大众姐姐，你依然是从小被宠大的范家妹妹（这个形象因为范老先生的那篇写范小青和范小天的名作已经深入人心），永远的小青妹妹，好不好？

小青眉目清丽，身材纤秀，永远是得体的衣服、精致的卷发、淡雅的妆容，让人想起亭台轻巧、花香浮动的姑苏园林。她不开口，气质是淡定的，陌生人容易想的是：艳若桃李，是否冷若冰霜？她一开口，这个担心马上瓦解，她真是毫不造作、快人快语，而且经常边说边笑，眼神透明，笑靥如花，说是写苏州小巷出身的作家，完全没有小巷子的那种弯弯曲曲和阴柔晦涩。范小青的外表秀气纤弱，她的气质上却有大气、爽利的一面，二者统一于半是天然半是后天修为的灵气之中。

她在圈子里是出了名的好人缘。对朋友，她重情义、重然诺，能帮忙的都会倾力相助，而且不会告诉人家她多么忙，或者费了多少周折。那些光辉事例也无法细说，反正说起她，许多人会说：“什么事请她帮忙，只要她答应了，绝对放心！”或者说：“小青没说的，够朋友！”本来以为是江苏的作家们关系好，后来听见其他地方的人也这么说，说这些话的，都是肚子里撑得船、胳膊上跑得马的汉子，他们的夸奖是很有含金量的，让一众堂堂须眉觉得可敬，这在一个女子实在是不容易做到的。这时候我会想起一个词：琴心剑胆。除了属于江南烟雨的亲和力，小青身上确实有一种“侠女”“大姐大”的味道，这就是我自然而然叫她“姐姐”的原因吧。当今的世界粗糙、冷硬而势利，能在一个女子身上，看到细腻柔情和侠义之气奇妙地并存着，是一件让人愉快而且鼓舞的事情。

综上所述，小青给人的印象第一是美丽，第二是人好，第三呢，是劳模。二十多年来，作家朋友们对她的产量之丰、出品量之稳定保持惊叹，主编、编辑们把她当成秀外慧中、特别能吃苦的楷模到处宣扬。有一次，林建法打电话来约小说，听见我又以“忙、身体不好”之类破理由支吾，就说：“你应该学学范小青！今天的文学杂志，幸亏有像她这样的劳模。”这种含蓄的鞭策对我这号没出息的人完全没有用，人的能力有大小，我对劳模范小青的杰出贡献完全“不能至”，也不“向往之”。若说见贤思齐、向她取经，倒是想问问她，干的是最累心、最毁容的职业，而且一干这么多年，如何保持容颜不老？可有私房秘方？我猜测，这一半是得之于遗传，另一半是得之于好的心态。我见过几次，小青需要处理一件什么事，很无辜地对兄弟姐妹一说，大家马上七嘴八舌地出主意，有的还说：“这事你操什么心？早跟我说一声啊。”有的还有具体方案：“得这样这样这样。”小青可能还会说：“可是某某某说应该那样那样啊。”旁边支招的高人一脸不屑：“胡说，我来跟他说！反正我们来，你吃吧！”于是刚才还有点六神无主的小青马上高高兴兴地吃起饭喝起酒来了。所说的往往不是私事而是公事，但是小青的姿态使得公事变得柔软，好像是她自己的事，而大家是在帮范小青。

竟记不清是什么时候认识小青的了。印象深的一次是多年前，我们参加一个采风团去云南。在云南，不管有酒量还是没酒量的，在饭桌上都苦苦推辞不饮，主人们本来看她秀气，并没有对她大下功夫，谁知她竟然“将进酒，杯莫停”，自顾自喝得干脆利落，后来甚至对团长主动请缨：“团长，你就派我去敬敬他们那一桌吧！”一副年幼无知胆气冲天的样子，团长高兴，主人惊讶，两下里都合不拢嘴。那天晚上她肯定喝多了，但是没有话多，更没有哭，只是笑，回房间时笑了一路。那个笑啊，像听了笑死人的笑话，或者有了天大的好事。我很羡慕地想：酒是个好东西，可惜我没福气消受。后来在石林，我和她还换上了白族的衣服，拍了许多照片，还和旅行中一直乐哈哈的刘兆林合了影，回家一看，我还是比较本土，她却有点像换上中国民族服装的外国人，眉眼长得太洋了。

还有一次是《苏州杂志》的活动，那时候陆文夫老师还在，费振钟召集，李洁非、吴俊、徐坤、何向阳……好多人去了，苏州的作家参加的有小青、荆歌、陶文瑜、叶弥、朱文颖……我到苏州杂志那个著名的小院的时候，抬头看见，隔了一个清亮的园子，他们一色儿藤椅，错落地坐在廊下，人人神情怡然，个个笑容满面，真像一幅画。小青第一个开口：“你怎么现在才来？”（后来有人说我开始写小说很晚，我不知道为什么想起了小青清亮的那一声：“你怎么现在才来？”我在心里默默地回答：是啊，我来迟了。）后来陆老师请我们在里面喝茶，还对我和何向阳说：“我就不陪你们吃饭了，如果是你们的父亲来，那我是要陪的。”老前辈加父执的他说这个话，我们除了连连称是，还能说什么？后来到了同里，住在一家民居客栈，清雅幽静，晚餐时能喝酒的又喝了酒，饭后自由活动，李洁非和费振钟在二楼一间房间参禅一般地盘腿对坐，气定神闲地下围棋，这时听见一阵笑语喧哗，我往下一看，几个女作家笑得东倒西歪，小青更笑得靠在栏杆上。那个画面，让我想起了红楼里的群芳开夜宴。

说到陆老师，有一次陆老师请我们在苏州老饭店吃饭，陆老师的女儿是总经理，楼上楼下地张罗，顺便监督医生严令戒酒的父亲。她真是一丝不苟，每次来，目光都首先扫向陆老师面前的酒杯，后来还干脆把那个空杯端走了。酒过三巡，小青趁人不注意，把自己的酒杯往陆老师眼前一放，陆老师对着这杯天外来酒，眼睛一亮，低着头眼光左右略扫半圈，动作幅度很小地端起酒杯一饮而尽，轻轻放下，小青一边热情地招呼其他人，一边眼明手快地把那个杯子端回自己面前。不一会儿，陆老师的女儿又上来了，小青大声说："没喝，他没喝！你放心吧！"没有说话的陆老师，脸上掠过一缕笑意。看他们师徒俩合作的默契程度，我能肯定：这样的事情，肯定发生了许多次。我不觉得这仅仅是一个爱酒人对另一个爱酒人的体谅，这里面包含了对老人更深一层的理解和爱护，我一向反对对上了年纪的人讲清规戒律，赞成让他们随心所欲。后来陆老师走了，我不止一次地想：早知道这样，当时应该让陆老师再多喝几杯啊！不过，还好小青"作弊"了。

小青喝酒，最好玩的一次，是开她长篇《城市表情》研讨会的那次。开会前一天，兄弟姐妹们团团到齐，晚上，小青夫妇，还有范老先生出来给大家接风，小青情绪很高，又喝上了，她丈夫和父亲不断暗示、明说，要她少喝点，她笑嘻嘻地置若罔闻，俨然"已饮矣，遑恤其他！"的不管不顾。等到酒阑人散，我回房间的时候，看见她在我前面游游荡荡，没有方向的样子，我赶上去问："你去哪儿？""我回房间。""你几号房间？"她兴高采烈地说："我不知道！"我一听就急了："你喝成这样啦？喂，你这次可不能醉倒啊，明天一早要开会的！”她一面飘飘然往前走，一面笑嘻嘻地说：“我喝多了，明天我要睡觉，你们开吧！”我对着她的背影喊：“是谁的研讨会啊？喂喂，你等等！”虽然第二天她神志清明、衣光鬓亮地坐在横幅下面，我还是没放过她，为了这事，我取笑了她很久，哪怕她到南京当了据说很了得的领导，也丝毫没有“为尊者讳”的打算，反正就算她当真要管起人来，我也不归她管。

她偶尔被我惹急了，就反击说：“你呢？人家在生病，我爸在住院，你还只管来苏州，还带了一群人！”唉，这事是我和小青姐姐来往史上理亏的一页。2007年的10月，范老先生重病住了院，小青是孝女，奔波求医，病榻服侍，加上心里着急，胃病发作，已连续多天都只能喝粥。我不知道她这么水深火热，正好几个同事说想去苏州玩，我就大包大揽地说：“我来跟范小青说。”一找就找到了，一说她就答应了，替我们定好了住处，然后我们到了马上现身，请了一顿饭，又在两天里抽空陪了几顿饭，这几顿饭，都是我们一群人在吃，她一个人在看，因为胃痛。我非常过意不去，她身体不好，而且心里牵挂着父亲，还这样关照我们。那时候刚刚知道她的《城乡简史》获得第四届鲁迅文学奖的消息，她是短篇的状元，我也忝列其后，但是媒体尚未公布，不好声张，所以我一见到她就模仿江苏作家惯常的派头来了个拥抱，拥抱时小声说：“祝贺你啊。”她也回答：“也祝贺你。”颇像地下党在用暗号接头。后来我们到绍兴领奖，她仍然不能吃正常的饭菜，是从苏州自己熬了粥带去的，看得我觉得自己不久前麻烦她简直不人道。

在绍兴的鲁迅文学奖颁奖会出了一件意外。小青的获奖作品是发表在《山花》上的，《山花》的主编何锐作为获奖编辑参加了颁奖会。何老师是最敬业的编辑，在走廊上、电梯里，他对我们每一个人都是直截了当的一句话：“你给《山花》写小说啊！”然后就目视前方，不及其余。谁知就在颁奖晚会出发前，他在宾馆门口摔到距离地面几米的地下车库车道上，当场昏迷，送到医院急救。我们知道后都非常担心，因为何老师在重症监护室，探视不便，心里伤感并且忧心忡忡的迟子建和我还出去喝了一通闷酒，借酒浇愁。我们还说："小青肯定更难过。"后来小青专门从苏州再去绍兴看望何老师，因为我一直在和她谈论何老师的伤势，看望之后，她给我发来短信："何老师已经清醒了。他一看见我，你知道他说什么？他第一句话就说：你是不是给我送小说来了？我当时都不知道说什么好了，眼泪都要流下来。向黎，我们一定要把最好的小说给《山花》！"不记得我是怎么回答她的了，只记得后来，《山花》2008年第4期"头条推荐"就是范小青的短篇《右岗的茶树》和创作谈《永远的茶树》。现在我手上新到的2009第1期《山花》，又有她的小说《茉莉花开满枝椏》和创作谈《文学路路通》。今年何锐精心策划一系列新栏目，记得他给我打电话兴致勃勃地谈起过，而且说这些栏目都是很强的阵容，被约的作家都一口答应。后来本来应承写"回应经典"的另一位作家经过努力没能按时交稿，何锐情急之下，请范小青来救急，范小青二话不说，下笔万言，倚马而成。我知道，这是她在实践自己当时在何老师病房里的诺言。这种风格，十分范小青。

亲姐妹明算账，最后要说一点"戒骄戒躁"的话了。如今小青是个真正的"女同志"了，我知道以她的认真周全，很难把这个不当一回事，那么我希望她能把当一个好作家放在当一个好官之上，又把继续当一个好人（性别：女）放在当一个好作家之上。说来说去，人是最根本的，是什么样的人，就有什么样的作品，什么样的境界。

还有一句要紧的话：小青，时间没什么了不起，你只管一直美丽、一直劳模、一直笑嘻嘻！

范小青主要作品目录

长篇小说集

《裤裆巷风流记》1986年作家出版社

《个体部落记事》1988年春风文艺出版社

《采莲浜苦情录》1989年天津百花文艺出版社

《锦帆桥人家》1989年上海文艺出版社

《天砚》1991年人民文学出版社

《老岸》1992年北京十月出版社

《误入歧途》1994年群众出版社

《无人作证》1995年作家出版社

《费家有女》（与人合作）1995年人民文学出版社

《城市民谣》1997年河北花山文艺出版社

《百日阳光》1997年江苏文艺出版社

《城市片段》2001年人民文学出版社

《于老师的恋爱时代》2001年春风文艺出版社

《城市之光》2003年江苏文艺出版社

《城市表情》2004年作家出版社

《女同志》2005年春风文艺出版社

《赤脚医生万泉和》2007年人民文学出版社

《香火》2011年江苏文艺出版社

《我的名字叫王村》2014年作家出版社

《桂香街》2016年江苏文艺社

《灭籍记》2018年北京十月文艺出版社

中短篇小说集

《在那片土地上》1990年时代文艺出版社

《看客》1994年群众出版社

《还俗》1995年河北教育出版社

《飞进芦花》1997年华夏出版社

《范小青自选集》1999年人民文学出版社

《一错再错》2005年古吴轩出版社

《像鸟一样飞来飞去》2007年春风文艺出版社

《暗道机关》2010年文化艺术出版社

《你越过那片沼泽》2010年人民文学出版社

《人间信息》同上

《寻找失散的姐妹》同上

《你要开车去哪里》同上

《城乡简史》2011年江苏文艺出版社

《嫁入豪门》2012年工人出版社

《哪年夏天在海边》2012年上海文艺出版社

《范小青小说精选》2013年海南出版社

《请你马上就开花》2013辽宁人民出版社

《小青六短篇》2014年海豚出版社

《今夜你去往哪里》2015年台海出版社

《梦幻快递》2015年作家出版社

《走过石桥》2015年长江少儿出版社

《人群中有没有王元木》2015年长江文艺出版社

《中国好小说》2016年中国青年出版社

《碎片》2017年江苏文艺出版社

《浪漫的事》2017年长江文艺出版社

《南来北往都是客》2018年中国书籍出版社

《哪年夏天在海边》2018年人民文学出版社

《双语阅读范小青》2018年南师大出版社

《我在哪里丢失了你》2020年言实出版社

散文随笔集

《花开花落的季节》1994年上海知识出版社

《贪看无边月》1995年江苏文艺出版社

《怎么做女人》1996年群众出版社

《又是雨季》1997年四川人民出版社

《平常日子》1998年江苏人民出版社

《走不远的昨天》1998年吉林人民出版社

《这边风景》2012年江苏文艺出版社

《苏州人》2014年南大出版社

《在水开始的地方》2014年湖南文艺出版社

《范小青经典散文》2014年山东文艺出版社

《一个人的车站》2017年南大出版社

《与谁同坐》2017年中国商务出版社

《浓妆淡抹总相宜》2017年山东文艺出版社

《坐在山脚下看风景》2017年民主与建设出版社

《童戏百图》2018年江苏教育出版社

文集

三卷：《昨夜遭遇》《无人作证》《单线联系》1997年江苏文艺出版社

十二卷《范小青文集》2015年山东人民出版社

十卷《范小青中短篇小说集》2019年四川文艺出版社